U1069844

大鱼

有爱的青春陪伴者

很久以后

Springs
/著

江苏凤凰文艺出版社
JIANGSU PHOENIX LITERATURE AND
ART PUBLISHING

图书在版编目（CIP）数据
很久以后 / Springs著. -- 南京 : 江苏凤凰文艺出版社，2025. 4. -- ISBN 978-7-5594-9432-0
Ⅰ. I247.5
中国国家版本馆CIP数据核字第20250J9J53号

很久以后
Springs 著

责任编辑　王昕宁
特约编辑　李　娜
出版发行　江苏凤凰文艺出版社
　　　　　南京市中央路165号，邮编：210009
网　　址　http://www.jswenyi.com
印　　刷　天津睿和印艺科技有限公司
开　　本　880mm×1230mm　1/32
印　　张　9
字　　数　234千字
版　　次　2025年4月第1版
印　　次　2025年4月第1次印刷
书　　号　ISBN 978-7-5594-9432-0
定　　价　42.80元

江苏凤凰文艺版图书凡印刷、装订错误，可向出版社调换，联系电话025-83280257

目录

目录

第一章

叶其文

“你叫什么？是程小昭还是汪明好？”

“程小昭。”

“我也觉得你应该叫程小昭。”

很久以后

我叫程小昭。关于我名字的由来，我爸说金庸老先生笔下，他最中意的女主角是《倚天屠龙记》里的小昭，所以，他也给我取名叫“小昭”。

其实我觉得他真正喜欢的是饰演小昭的邱淑贞，毕竟他没事就会重温 1993 年版的《倚天屠龙记》。不过，我很庆幸他没给我起名叫程淑贞。

2011 年，我刚上高一，很荣幸可以就读于本市最好的高中：市一中。

开学的第二个星期，周末结束，我又要去上学了。

“六点半了！六点半了！”我妈赵玉梅正在门外疯狂地嘶吼。

我从毛巾被里探出头，借着涤纶窗帘里透过来的一束光看了看闹钟，时针指在“5”和“6”之间，而且偏向“5”。

“有本事你别起来，没人送你上学！”赵玉梅放完狠话后悻悻地走开。

我不情不愿地打了个滚，从椅背上够到校服，凑近鼻尖一闻，全是洗衣粉的味道。

我爸妈经营着一家小餐馆，长期与油烟为伍，却很忌讳我身上油腻腻的。尤其是我爸，他是个很好面子的人，也怕我在学校受欺负。我明白他的担忧，可是他没见过我二年级时把说我不洗澡的小男生的胳膊掐得发紫。

吃过早饭，我站在玄关处换鞋，我妈替我拿来行李箱和零钱包。

我住宿，计划以后两周回一趟家。

我妈说：“到了学校，先把水果和牛奶拿出来。羊角蜜都洗好了，先吃那个，别放烂了。还有核桃啊，我又给你装了一罐，别挤着一天吃完，不然吃多了上火长口腔溃疡，一打电话，说话跟含着枣儿似的……”

从我上高中开始，我妈养成了砸核桃的习惯，“咔咔”砸一晚上，把核桃仁装在塑料广口瓶里，让我拿到学校去补脑。

幸好我的成绩还不算辜负那些核桃。

“别跟我爸吵架行不行？”我坐在鞋柜上抬头看着妈妈。

我妈没有回答。

我用询问的眼神看她，她只是把刷得很干净的运动鞋放在我脚边：“管好你自己吧。”

我拖着行李箱出门，我妈在我身后大喊：“路上注意安全——”

“知道了！”

“好好学习！不准跌出前三——”

“知道了！”

“看着点车——”

“知道了！”

转了两趟公交车、一趟地铁，我到达学校时已经七点四十七分。

校门口常年挂着一道显眼的红色横幅：

——为努力学习走进来。

走进来之后，还有一道横幅与之相呼应：

——为振兴中华走出去。

就是这两道横幅，闹得我充满压力地走进来，又充满压力地走出去。

八点钟上课，我拖着行李箱一路小跑，滚轮划过柏油地面发出

“哗啦哗啦”的声音。预备铃响起，是《永不磨灭的番号》。

我刚坐好，历史老师夹着一本暗红色的“岳麓一”（岳麓版高中教材——《高中历史必修Ⅰ》）进来。

三十岁不到的年轻老师还没有沾染上老教师那股劲儿，一堂课讲完总要留出几分钟来扩展大家的知识面，为的是响应素质教育的号召。

最后两分钟，历史老师像《新闻联播》主持人一样一边收拾讲台，一边问大家：“同学们，我个人是票友哈，那我问问大家，你们知道戏曲艺人入行前要先拜谁吗？”

全班安静了片刻，接下来就是交头接耳讨论答案的声音。

“唐明皇！”我斜靠在桌子上看着窗外，手里夹着一支考试必备的水性笔，抽雪茄的都没这么酷，“他老人家也是票友！”

我不知道，就在我说“唐明皇”这三个字的时候，那个叫叶其文的男生刚好在班主任的陪同下走到教室后门，他借着门板上那块狭长的玻璃观察我。

后来我们做了同桌，他讲起对我的第一印象，即他当时的心理活动：这女生怎么酷得跟许文强似的。

班主任先进入教室，拍着巴掌示意大家安静：“刘老师，占用你几分钟时间，给大家介绍一位新同学。”

闻声，我才把视线从窗外的大柳树挪到了讲台上。

那是我第一次见到叶其文。他穿着蓝白色相间的夏季校服，瘦高瘦高的，书包随意地搭在肩膀上，抓着书包的那只手上有微微凸起的青筋。

男生的目光在班里稍作流连，便停留在窗户这边——我感觉他在看我。

目光相撞，我的肾上腺激素“哗啦哗啦”地分泌个不停。

他居然笑了。

无疑，这样一个男生的到来，要在我们班引发一阵甚至多阵骚动了。

我的同桌汪明妤不停地用胳膊肘顶我：“天哪，简直是大幅度提升咱们这届的颜值。开学快一个月了，我还没碰上一个这么顺眼的呢。这个简直是空气中稀有气体一样的存在嘛。”

不过，汪明妤同学在学完“摩尔质量的计算”之后，很自觉地说话不再跟化学沾边了。

她迅速整理着两鬓屈指可数的秀发：“我感觉他在看我，程小昭，你说他是不是在看我？”

尽管我同意汪明妤说他很帅的观点，但是为了让自己看起来不那么花痴，我全盘否定了她：“你让他理个平头试试，他那个刘海挡脸挡一半了。你看他还拿着手机，一看就不是好学生，整个一自律会整改对象嘛。”

谁料汪明妤同学不仅完全没理我，还一个劲儿悔恨：“军训的时候自律会招人，我怎么没去呢……”

我很无语，低头替她无奈了一会儿。

然而，我再一抬头，看见的却是班主任瞪圆的眼睛，他老人家威严得像只大狼狗。还是那种感觉，我感觉班主任也在看我。

我们班主任是教政治的，行动做派很有领导样子，因为长得白，人送外号“白无常”。

白无常两腮的肌肉垮了下来：“程小昭、汪明妤，就你们两个话多！”

哦，这次是真的。

我和汪明妤一齐垂头，胳膊一动不动地垒在桌子上，规矩得可以直接拍摄中学生标准坐姿宣传照。

我的脸颊开始发烫，当着新同学的面被点名，的确有点丢人。估摸着班主任的眼睛恢复正常大小，我才敢抬头。

“哒哒哒！”讲台上传来粉笔敲击黑板的声音，新转来的男生正在黑板上写下自己的名字。

叶其文。

我在心里将他的名字默念了两遍。

黑板上的粉笔字很漂亮，苍劲有力，还带着一股飘逸潇洒的灵气。

此时，历史老师看了眼黑板上对比强烈的字体，夹着“岳麓一”悄无声息地离开了。

“我叫叶其文，这是我的名字。”男生指着黑板上的名字做了个简短的自我介绍，“很高兴能跟大家做同学，以后请多多指教。”

“其文，你去那里坐。”班主任指着教室中间阳光明媚堪称“楼王”的位置。

其文？叫这么亲切，难不成是白无常的亲戚？那个位置空了这么久是留给他的？

在竞争激烈的实验班，美色只能蒙蔽“楼王”周围几个女生的双眼，并不能蒙蔽其他同学的双眼，尤其是我。我很气愤地声讨道：“这男生一米八多吧，怎么去中间的位置坐？别人还要不要看黑板了？呵，肯定是不要脸的关系户！”

是因为刚才被班主任点名心生不悦，也是为了掩盖刚才对视的心慌，我才故意这样说。

谁料，软柿子一样的汪明妤居然为了那个刚进来三分钟不到的叶其文对我发动了攻击：“又不挡着你，你瞎激动个什么劲儿？谁跟你说人家是关系户了？”

而下一秒，我就看见叶其文拎着书包径自走过“楼王”，去到最后一排。

“老师，我想坐最后一排。”他说。

最后一排单着一个张辰东，他过去跟张辰东做了同桌。

班主任也没有多说什么：“看看，看看人家这觉悟！”

我只好闭嘴。

下课铃敲响，汪明妤对我说：“这男生看着挺安静的，我猜他学习应该不错。”

我“嘁”了一声，侧身去看后面的叶其文，试图寻找出一点他成绩不错的证据，哪怕他从书包里拿出一副眼镜也算。

不过没有，他一点也不近视。

我看了他很久，只看见他慢慢地将书包里的书拿出来在桌面上摆好。这个人大概有强迫症，摆书像砌墙一样仔细。最后，他从书包里掏出一本蓝红相间的《牛津字典》。

我很小声地叨叨：“带这个干吗？‘必备三千五’都背不过呢。”

汪明妤趴过来说：“看吧，我就说他学习不差吧。”

“兴许是一英语白痴呢？”

说完，我刚要回身，叶其文却突然抬头。两人目光相撞后，他给了我一个意味不明的微笑。

我心里“咯噔”一下，怀疑刚才诋毁他的话被听见了。

不管他的笑是什么意思，哪怕是在得意初来乍到凭借一张干净的脸吸引了女生的注意，我还是被他的笑容惊艳到了。

我机械地回头，从桌屉里摸出一本《英语必修一》。

哦，不对，下节课上数学。

数学老师守着几条抛物线讲了整整一节课。下课铃一响，全班同学挤出教室，楼道里全是赶着上操的学生。

大课间跑操是我们学校模仿河北衡水中学创办的课间活动。学校要求我们排成方阵进行跑操，这样从上空遥控无人机拍摄会非常好看。每一出声势浩大的校园宣传片，片首总是面孔新鲜的高一新生在操场上整齐划一地蠕动，接下来便是一通介绍学校的“军事化管理模式”。每年都会有家长被这样的片子吸引，把孩子送进来锻炼小腿肌肉。

跑操排队的时候，叶其文在班主任的陪同下姗姗来迟。班主任笑着说：“其文哪，第一次不跑也没事，可以先看看其他同学。”

我偏着头打量班主任一脸油腻腻的笑，我猜，这个叶其文也许真是他二大爷的三表舅家的大侄子。请原谅我不道德的猜测，因为我真的很在意叶其文可以不跑操这件事情。后来我知道了，叶其文爸爸的确是个不大不小的领导，因为工作调动才携家带口来到这里。

叶其文并没有旁观我们跑操，而是自己找了个位置站进队伍里："没关系的，老师，我跟大家一块儿就行。"

班主任满意地点了点头，抄着手离开了。

叶其文站在最外圈的最后一排。我挺佩服他的，因为跑外圈真的很累。

主席台上的体育老师鼓着腮帮子吹哨，"哔"的一声尖响，全操场的方阵都开始踏步，再一声哨响，方阵开始沿着顺时针方向移动。每个人都是"巴甫洛夫的狗"，每个人都有条件反射，我的嘴巴自己喊出了"一二三四"的号子。

跑完四分之一圈的时候，我隐约觉得左脚鞋子有些松，低头一看，果然是鞋带松开了。

因为长得高，我跑操时一直待在男生圈里，于是扭头对身后的王飞扬说："你给我让个位置，我要出去系鞋带。"

王飞扬垂着眼皮看我："答应我个事儿。"

"你要干啥？我鞋带松开了你不怕绊倒啊？"

他很无赖："那就松着吧。"

"好好好，趁火打劫是吧？"

王飞扬是我初中时的同学，初一就认识，初二、初三在同一个班，初二上学期还做了一学期同桌，那时候我们经常掐架。他的成绩远不如我，一开始只能考四十几名，习惯借鉴我的作业后，破天荒考到前二十名。我猜他想让我答应的事情应该只是借卷子抄，所以我没所谓地答应了他。

王飞扬让开，我叉着腰跑到操场外系鞋带。我的体力很差，好不容易有偷懒的机会，我悄悄地把右脚的鞋带也解开了，开始慢条斯理地系着。在高中，我只喜欢夏天，因为夏天可以肆无忌惮地买蜜雪冰城三块钱一杯的柠檬水和两块钱一个的抹茶冰激凌，更重要的是，没有课间操。五分钟后，我终于等到我们班的队伍重新回来。

按理说，我走后，王飞扬应该上前一个补到我的位置上，我再站到他的位置上去，谁知李燕菲抢先补在了王飞扬身后。

原来她也出去系鞋带了。

李燕菲跟我同住127宿舍，某天晚上，她跟我们讲她十分欣赏王飞扬。

现在，我面带姨母笑地挪到了最外圈的叶其文身后。

叶其文长得很高，前面那片影子笼罩下来的时候，我感受到一种压迫感。其实我在女生里算高个子，谁知道我妈从小给我吃的什么，才上高一我就蹿到快一米七了。

我站在叶其文身后悄悄观察着他，他的肩膀很宽，人很挺拔，透过“一二三四”的号子声，我隐约听得见他细细的喘息声。他身上有股很好闻的香味，不知道是什么牌子的洗衣粉。我偷偷凑上去闻了闻，就像《怦然心动》里朱莉闻布莱斯那样。

然而，上一秒我还在臆想电影画面，下一秒尖叫声就已经穿破喉咙——随着“啊”的一嗓子号叫，我踩着叶其文的脚后跟将他扑倒。于是叶其文毫无防备地扑倒了前面的周硕，周硕则又扑倒了前面的张辰东……根据多米诺骨牌原理，我们顺利地扑倒了一排。

我只觉得右胳膊上一阵火辣辣的疼，回神之际，我们整个高一（3）班成了全校的焦点，而且当时我还趴在叶其文的背上。

我面红耳赤地从他身上滚下来，捂着胳膊吸冷气，抬眼时，一只手伸过来。

“你……没事吧？”

是叶其文。

看着那只白白净净的手，我真的不敢有任何非分之想。我刚想按着塑胶跑道自己起来，谁知他下一秒直接拉住我的胳膊把我扶了起来。突然与陌生男生接触，我紧张得无以复加，立刻甩掉他的手：“嗐，没事儿，我皮厚……”

由于心理作用，他碰过的地方开始发麻。我看见他衣服上有大片黄土渍，忙道歉：“那个……对不起啊。”

“没事儿。”他拍了拍裤子，上下打量我。

又是面带微笑。

9月中旬，我们都还穿着夏季校服，衣服薄又露着胳膊，摔倒的同学多多少少挂了彩。

站在叶其文前面的周硕是个刺头，见叶其文脸色好，以为他好欺负，上来就搡了他的肩膀一下：“新来的，你怎么回事，不会跑还不会一边待着吗？”

叶其文脸上闪过一丝不悦，有点剑拔弩张的意味，不过他很快克制下来。

“对不起，我不是故意的。”他说。

我最受不了别人一声不吭替我承担什么。见叶其文替我背锅，我想都没想，冲到周硕跟前：“不是他的事，是我先把他绊倒的，但我也不是故意的，对不起！”

“程小昭，原来你也没长眼啊！”周硕的脸臭得不行。

我扬声将他打断：“周硕，你少跟我骂骂咧咧的！”我脾气上来，也很不好惹，“是我的错就是我的错，我又没说不承认，你吼什么吼！你第一次跑步就没被人踩掉过鞋吗？还好意思说别人……”

“好了，都别说了。”叶其文把我拉到一边，“这事儿谁都不赖，是我的责任。”

他说罢，看向全班同学，略略一笑：“对不起，我向大家道歉，待会儿还请受伤的同学都去医务室看看。”

他话音落下，全班同学微愣三秒钟。不知道谁起的头，居然齐刷刷开始鼓掌。偌大的操场上，我们班噼里啪啦的掌声显得有些孤单，不过不失真诚。

几个挂彩的男生当即说不用，张辰东还大度地搂过叶其文和周硕的脖子，他比这两个人都矮，说话时踮着脚尖：“我说进了咱三班的门，就是一家人，别为这么点小事闹不愉快！”

这时，站在主席台上的年级主任拿着麦克风喊话：“喂，那是几班？赶紧挪到边上去，别耽误其他班级跑操！该去医务室的去医务室。快快快，还有半圈，其他班继续，跑不完没时间上厕所了啊！”

我还幻想着今天的事情能像蝴蝶效应一样引起年级甚至校方的注意，然后一举取消这个危险系数极高的“面子工程”，但就年级主任刚才的反应来看，应该是无果了。

我们班集体挪出操场。我一边抬胳膊看伤情，一边懊恼，怎么新同学刚来就闹得这么尴尬？

“你去医务室看看吧，好像挺严重的。”叶其文走过来看我的伤口，“拿药水擦一下，别感染了。”

我被他盯得脸红：“没事，我没事，你不用管我。”

王飞扬走上来亲切地拍着他的肩：“叶哥，你甭管她，她那皮比铁还硬比钢还强。”

叶哥？叫得还挺亲切。

比铁还硬，比钢还强？看来王飞扬还没从军训的阴影里走出来。我想都没想，痛快地给了他一脚：“我皮厚，王飞扬，你的脸皮有多厚，我的皮就有多厚。以后你别想用我一张卫生纸！”

“别呀，别呀。”挨了我一脚，王飞扬装模作样地跳起来，“我就随口一说，我陪你去医务室还不成？”

“那可别了。”我不希望王飞扬对我这么殷勤。

我说完赶紧走开了，因为头顶一直有束灼灼的目光。

我没想到叶其文会追上来，他追上我时，我正走在操场外的第二棵大杨树边上。夏末初秋的阳光还很烈，我站在阴影里，他站在阳光下。

“哎呀，不用，真的不用，你不用管我。”我连连推托，都忘了胳膊还疼着。

“没事。”他轻轻笑了下。

他走在我前面，好像怕我拒绝，非得提前把医务室占下似的。我不喜欢这样，要是他是王飞扬，我肯定扭头就走。

无奈现在我只能默默地跟着，怕再拒绝会让他觉得没面子。

医务室里，一个鬈发的胖女人坐在一张老旧掉漆的黄色办公桌前玩手机，那张桌子衬得她身上那件白大褂脏兮兮的。

我瞥了眼叶其文，他平静的眼底似有一丝嫌弃。

女校医好像没注意到我们进来，一直低着头玩手机。直到我在她面前的椅子上坐下，挡住了她的光，她才回过神。

“谁看病？”校医先是撩起眼皮扫我一眼，又抬头看了看叶其文，“你们两个是一起的？”

学校查早恋查得很严，我明白校医的意思，脸颊开始有些发烫：“不是……”

“是一起的。”叶其文说。

校医闻言又要说话，我赶紧把胳膊递到她眼前：“这儿破了，您看能不能给包扎下？”

“能。”她这才将手机丢进口袋，洗完手后找来纱布和药水。

棉棒蘸着药水涂抹在我的伤口上时，我低低地“咝”了一声，校医搽得轻了点：“跑操弄的吧？还挺严重的，当心留疤啊。”

“会留疤？”头顶有声音传来。

叶其文问完，我抬起头看他，他正垂眼看我的伤口。

我低下头无所谓地说：“嗐，没事儿，留疤就留疤吧。”

上一个这么关心我的人还是我妈。

校医解释说：“也不一定会留，得看个人体质。”她用纱布缠好我的胳膊，“好了，伤口尽量不要沾水，后天再过来换药。千万不能自己换哈，纱布容易黏连伤口，造成二次伤害就麻烦了。”

我把胳膊收回，道了声“谢谢”。

校医点着头，两手交叉用胳膊肘顶着桌子：“一共二十块，配点消炎药好得更快点。”

“不用，”我拒绝得很干脆，“不需要好得那么快。”

我有自己的打算，胳膊受伤之后就可以名正言顺地向白无常请假，甚至可以不用参加跑操，也不用擦黑板和打扫卫生区，多么划算的事情。

校医像看傻子似的看着我。

我刚想说我有消炎药，叶其文却比我先开口：“那就麻烦您再给拿盒消炎药吧。”

我觉得他真是多管闲事，偷偷拉了下他的衣角，又努力给他使眼色，谁料他不解风情地问：“你怎么了？”

校医迅速拿来一盒阿莫西林：“一共五十块。”她把药递到我眼前，抖了抖，“同学，你的药。”

加了一盒阿莫西林，竟然要五十块，我不接：“一共五十块？一盒阿莫西林要三十块？”

校医听出了我的意思，不悦地将药盒扔在桌上：“这是进口药，跟外面卖的那些乱七八糟的不一样。”

我刚要说其实我有阿莫西林，叶其文却抢先捡起那盒药，并把五十块钱放在了桌上：“钱给您。”

我扬声阻止：“能先记账吗？我身上没带钱，那二十块钱回头再给您送来，阿莫西林我就不要了。”

“你们到底怎么付？”校医问。

“我帮她付！”叶其文笃定地说。

我不好再说什么，再继续坚持下去，场面会很尴尬。

校医把药装好，我接过来拎在手里。

我心疼那三十块钱，叶其文却一副不痛不痒、无所谓的样子。他不是不食人间烟火，而是并不在乎那区区五十块钱。我心里不是滋味，他可以不在乎，可我不能不还他。

我挺讨厌他这种自以为是的行为，但一看见他那张干净清朗的脸又生不起气来。最后，我没出息地说服了自己，他是为了我好。

从医务室出来，我对叶其文说："我会还你钱的，我的零钱包就放在桌屉里。"

他"嗤"地一笑，重点全无地说："你是不是傻？哪有告诉别人自己的钱放哪儿的。"

好像真有点傻，不过我是为了证明自己真的会还钱给他。我小声嘟囔："我不愿意欠别人钱。"

"随便你。"他说完，目光移到我的胸口处，"他们都有校牌，你怎么没有？"

我下意识地捂住胸口："呃，我的掉了。"

我，高一（3）班程小昭，一个星期掉了三个校牌，正在举一己之力扩大学校校牌制造业的市场。

我当时窘迫，没能看到叶其文的表情，只听见他的声音："你叫什么？程小昭还是汪明好？"

"程小昭。"

"我也觉得你应该叫程小昭。"

"为什么？"

他很随意地答着："没有为什么，就是感觉你应该叫这个名字。"

我一点也不明白他的意思："为什么？"

他笑了："哪儿来这么多为什么，觉得这个名字好听不行吗？"

"哦，好吧。"

看来他跟我爸挺有共同语言的。

转校生一般都在新学期的前几天就转来，现在已经是开学第二周了。我好奇地问："你为什么现在才转来？"

叶其文答得很随意："我不想来，我爸妈拿我没办法。"

"哦。"我对他刚刚建立起来的良好印象瞬间毁掉，于是我认准了他是个不学无术的坏学生。

校园里人不多，我们并排走着，谁也没再跟谁说话。临到教学楼的时候，我吸了口气，郑重地对他道谢：“今天谢谢你啊。”

“多大点事，谢什么谢？我发现你这人挺……”他顿住，看了我好一会儿才接着说，“没什么，挺好的，挺懂得感恩的。”

我怀疑这不是他的原话，他大概想说我这人挺矫情的吧。

我们一直并排走着，我低着头，看见他的影子落在地上，和我的交错在一起。我觉得浑身难受，故意离远了点，可就是错不开。我不由自主地说：“那个，我们学校严查不文明交往哈，你注意点。”我并不是误会他对我有意思，只是觉得像他这样的男生，将来一定会因为这个摊上事。

我一片好心，谁料叶其文挑挑眉：“不文明吗？我觉得我们交往得挺文明啊。”他语气很平常，只有最后一个“啊”字微微扬起。说完，他轻松一跃，跳上了教学楼的台阶。

我的脚僵在了半空中。

他是什么意思？是不是在讽刺我自作多情？

见他走远，我忙叫他：“哎，你这里！”

叶其文随着我的手指的方向低头，很快找到校服下摆的黄土渍：“没事。”

他嘴上说没事，手却捂得严严实实的。

我进教室的时候，恰好上课铃响起。

这节课是语文，趁着语文老师还在摆弄多媒体，汪明妤凑过来问我：“你刚才和叶其文一起去的医务室？”

“是啊。”

“那怎么就你一个人回来了？”

“是吗？”我朝叶其文的座位上飞速扫了一眼，“是哦。不过我也不知道他去哪儿了。”

顾不得下落不明的叶其文，我翻箱倒柜地找出语文课本：“谁让他跟我去医务室了，就因为他，我还多花了三十块钱呢。”快上课了，我赶紧把阿莫西林塞进桌屉，问汪明好，“对了，老师让干吗？”

“老师说待会儿检查《出师表》。”

“糟了！”我大慌，“我没背过呀。上周语文老师不是说看个人能力吗？《出师表》是必修几来着？”

“必修五。”汪明好说。

“程小昭，你没能力吗？”我埋头找书，汪明好一脸要揍我的表情，“你中考语文是全年级最高分，入学摸底考试，又是最高分！”

我找书的手一滞，斜了汪明好一眼。我知道她并没有恶意，但是我不喜欢她的表情和语气，好像是我成绩优异却故意卖乖。

我解释道：“我就是瞎猫碰上了死耗子嘛，一班那个谁，人家考一百四呢。你摸底考诗词填空不还满分吗？你没能力吗？老说我干什么？”

语文老师在主观题居多的语文题型中死咬诗词填空这一客观题不放，才高一就勒令我们背诵并默写必修一至必修五的全部篇目。她说谁敢丢那五分，她就敢罚谁站到天荒地老。

我在背诵方面没什么天赋，不过我也不想站着上课，更不想高一就被那本定价三块两毛五的语文课本折磨到秀发全无，所以我只好每次都将希望寄托给缪斯女神和我那 4.5 的视力。

还记得开学第一周时，我因为背不过《沁园春·长沙》受到过语文老师的“罚站警告”，课后我像甩离婚协议书一样将《语文必修一》摔在桌子上，屈腿蹬着凳子的横栏开骂：“汪明好，你说说，凭什么我们要被几本单价三块两毛五的书折磨三年？”

当时我写错了“挥斥方遒”的“遒”，而汪明好是默写全对选手，所以她不能感同身受。她抚摸着我的膝盖对我谆谆教诲：“现在不背以后还不是要背？老师也是为了我们好。再说了，知识是无价的嘛。”

我理亏无语。

现在，由于我“论谁有能力”的一通分析，吓得汪明好紧紧抓住我的手搭在她的胳膊上，让我充分感受她真皮层下躁动不已的立毛肌：“程小昭，你摸啊，我汗毛都立起来了！”

这时，大屏幕上已经显示诸葛亮的大头照。看到诸葛先生那顶灰蓝色的通天帽，我心如死灰。做学生的就是这样，背不过谁的文章时，会希望谁没在历史长河中存在过，考试的时候又恨不得跟古今中外所有的名家大师攀上亲戚。

“好，咱们开始上课。”语文老师拍拍巴掌示意大家抬头，“大家先停一下，上周放假前让大家背诵《出师表》，刚才又给了大家五分钟的时间准备，现在我们来提问一下。”

我喉咙发紧，小声对汪明好说：“你待会儿把本子举起来吧，我感觉会提问到我。”

汪明好很乐意跟我合作：“好，要是提问到我，你也把本子举起来，举高点，要不然我看不见。”

“好。”

“都准备好了吗？”语文老师目光灼灼，“咱们这次就选个最漂亮的吧。”

男生们长舒了一口气。

汪明好近乎惊叫：“怎么办？我感觉就是我了！”

“你能不能不要这么自信？”

“程小昭！”我话音刚落，语文老师像吊嗓子一样念了我的名字，“程小昭！”她又叫了一次。

从没这么抗拒过别人的夸赞，我应声而起，这是做学生的条件反射。

语文老师斜靠在多媒体控制桌上看了我一眼：“背吧。”

我向她抬了抬负伤的胳膊，希望她会有点恻隐之心并从轻发落，又或许她会看在我受伤的分上放了我重新挑人。

我在等语文老师的特赦令，迟迟没有开始。

然而，等来的只有她不耐烦的声音："怎么还不背？"

"马上背。"我咬了咬嘴唇，一边冲语文老师微笑，一边伸手去摸眼镜盒。缪斯女神今天不上班，我就只能靠我4.5的视力和那副一百来度的近视镜了。

我摸到眼镜戴上，又戳了戳汪明妤的胳膊。

"背课文需要戴眼镜吗？"语文老师将金属控制桌敲得震天响，"摘下来，要不然就别背了。"

我只好慢吞吞摘下眼镜，轻咳一声，背道："《出师表》，后汉诸葛亮……写给后主刘禅……"

我在想，要是这个时候班主任再领来一个张其文或王其文什么的，那可就太好了。

"当！"那张倒霉的金属控制桌又被敲得余音袅袅。

看见语文老师的表情，我打了个寒战："先帝创业未半而中道崩殂，创业未半而中道崩殂，中道崩殂……"

糟糕！大脑像宕机一样，满脑子都是灰色的雪花，只有刚才看到的那一句在循环播放。

我搜肠刮肚地想了半天，忽然灵光一现："先帝创业未半而中道崩殂，越明年，政通人和，百废俱兴……"

全班爆笑，甚至有几个好事的男生开始鼓掌。

我的脸像火烧一样。衣角隐隐有力，我低头一看，汪明妤正冲着我竖起大拇指。

不过，值得庆幸的是，语文老师是被我气笑而不是气疯，她摆摆手让我坐下："坐下吧，坐下吧，程小昭初中学得不错嘛，《岳阳楼记》都出来了。"

我屁股上像长了一根刺，迟迟不敢落座，今天真是丢人的一天。

语文老师环顾教室，问道："咱们班不是新来了一个同学吗？在哪儿？叫什么名字？"

"叶其文。"前排说话的女生声音里都是粉红色的泡泡。

语文老师将视线定格在最后一排的空位置上：“哦，叶其文。叶其文呢？叶其文是不是没来？”

“来了。”叶其文打了声报告，从后门进来。他衣服上一片湿，原来是跑去卫生间洗衣服了。

我用本子挡住半张脸，只露出一双眼睛观察语文老师的表情。三十好几的人了，一点都不注意表情管理，笑得跟见了自己亲儿子似的。

语文老师笑着说：“这么精神的小伙子呢。叶其文，你会背《出师表》吗？”

“不会。”叶其文连停顿都没有。

“……好吧，你进来坐下吧，这节课就先不检查了。”语文老师将 PPT 调至下一页，“程小昭和叶其文，你们两个最迟明天晚自习前去办公室给我背《出师表》。”

我没精打采地“嗯”了一声，连眼睛一块挡住了。

汪明妤也“钻”进我的本子后面：“程小昭，你和叶其文还挺有缘分的呢。你看你把他绊倒，他就送你去医务室，刚刚我看见他冲你笑呢。”

我红了脸，刚想骂人，谁料汪明妤恍然大悟地说：“我知道了！你一定是故意的！”

我像五雷轰顶：“我故意什么了？”

“你敢说跑操的事儿你不是故意的？”

我被汪明妤气得发愤图强，当天中午没睡午觉，硬是把《出师表》背了个七七八八。自己默背了几遍还算顺畅，下午课满，准备在晚自习前去找语文老师碰碰运气。

我是物理课代表，去之前顺手收齐了课后小练。

我托着物理课后小练走到教室后门的时候，叶其文叫住我：“你要去背书？”

“是啊。”我说。

我想起来，他也是被语文老师“钦点”过的。

他扣好笔盖：“等下，我跟你一起去。”

“你？”我不禁质疑，他怎么可能背得下来。

不过，他看上去很从容。

“走吧。”叶其文走过来轻轻地把我从门口推出去，“我不知道语文老师的办公室在哪儿。”

“我知道。”我一边带路，一边告诉他，“高一语文组办公室在宏博楼，哦，就是办公大楼，在第五层，511。”

叶其文浅浅“嗯”了声，一直跟我并排着走。

天还没黑，东边是昏蓝色的天，西边是鸭蛋红的夕阳。物理组办公室同在五层，我们先交完作业，又一块去了511。我事先问过语文课代表，语文老师今天值班。

511语文组办公室，我敲了两下门，但是没人应声，最后我硬着头皮推开门。门一开，恰好看见背对着门口的电脑屏幕上显示着花花绿绿的游戏界面——语文老师正戴着耳机有节奏地敲着鼠标玩游戏。

感觉背上有风掠过，她才摘麦回头。三个人互相对视，不过是我跟叶其文“做贼心虚”。

语文老师按灭显示器的手是急促而慌乱的，但声音和语气仍旧理直气壮：“你们俩干什么？为什么不敲门就进来？”

我不好意思地说：“我们是来背课文的。”

语文老师阴着脸若有若无地“嗯”了一声：“你们俩背得还挺快，不用背了，直接默写吧。”

今天语文组办公室就语文老师一个人值班，办公室里全是空位。语文老师指着自己对面的位置叫我和叶其文过去：“去那儿坐下，自己找纸笔。”

我不想默写，背不背得下来还不一定，更何况是写。我挠着头试图争取宽大处理：“老师啊，现在都快六点了，六点半我们还要回教室听英语听力。”

“不耽误你们上晚自习。”语文老师抱着胳膊端坐在转椅里，“这样吧，一个人写前四段，一个人写后四段。”

我的前半部分背得最熟，不假思索道：“老师，我写前四段。”

叶其文却是一副无所谓的样子。

语文老师邪魅一笑：“程小昭，你写后四段，叶其文写前四段。”

我无奈地拉开转椅坐下。叶其文从就近的笔筒里抽出两支碳素笔，递给我一支。我接笔的时候，发现他居然在憋笑。

我咬着笔杆断断续续地写着，因为提笔忘字，刚写到一半，那支笔就已经被我咬出一片大坑。

我写到“臣本布衣”时，语文老师的手机响了。她接起，电话那头传来一声奶声奶气的“妈妈”，她捂着听筒跑了出去。

我不抱希望地戳了戳叶其文的胳膊：“喂，庶竭驽钝怎么写？”

叶其文立刻停笔，然后在手心里工整地写完并伸到我面前。“庶竭驽钝”四个字印在他浅浅的掌纹上，他的手很漂亮，五指修长，骨节分明。

“牛啊。”我顾不得欣赏，迅速把空白的部分补充起来。

我又问他“攘除奸凶”和“咨诹善道”，他都一一写在手心拿给我看。

叶其文的部分比我的短很多，他早就写完了，却捏着笔杆装作没写完。

等我写完，我们才一起交给语文老师。

语文老师扫了两眼便扔下我的后四段，两手托着叶其文的前四段仔细欣赏起来：“你的字不错，练过书法吗？”

他回答：“小时候跟着我爷爷练过。”

“我看以后咱们班的黑板报可以交给你，回头我跟你们班主任说一声。”语文老师除了赞许还是赞许，“你爷爷是搞书法的？”

“不是，他就是普通的退休教师。”叶其文说。

其实叶其文的爷爷并不算普通的退休教师，而是 X 大汉语言文学专业的教授，还曾是学院学术委员会的会员。

那天托了叶其文的福，我除了手有点酸以外，完好无损地从宏博楼出来了。路上，我问他：“你的《出师表》好像背得很熟，一下午就背过了？”

他看了我一眼，却未回答。

回到教室听完英语听力，班主任抱着会议记录本走进来：“同学们，先停一停，今天下午开会，有几件事要说。”班主任扫过堂下埋头的我们，“都停一停。老师讲话的时候要认真听着，学习也不急在这一时半会儿。”

“我最喜欢听白无常讲话了。”汪明妤深情凝视着台上年近半百的班主任，“大家都不许学习，可以心安理得地偷会儿懒。”

我在心里附议，忘记听谁说过，说很多人像猪一样懒，却又不能像猪一样懒得心安理得。

我们正是如此。

班主任看一眼本子便讲一条：“最近咱们学校早恋的情况十分严峻，有些同学不仅在本班发展，甚至还跨班发展、跨年级发展，影响十分恶劣！

“所以从今天开始，未经允许，不能串班，更不能串年级。要是有坐实早恋的……”班主任顿了顿，看我们一眼，好像是在警告谁，“必须有一方离开，从咱们学校离开，不管是退学还是转学，那都是你们自己的事情了。”

这些事情与我无关，我听得怡然自得。

可我没想到，在这之后，男女同学间的相处，任何风吹草动都被放大，而我竟然也会受到困扰。

班主任接着讲：“再有，趁着咱们是高一，学习任务还轻，学校搞了个互帮互助小组，帮大家提提成绩。咱们这个小组的划分主要就看这次月底的模拟考试成绩，按照成绩两两分成一组，国庆节放假回来就重新排座位。所以下周的月考，大家要发挥出自己最好的水平。”

我不屑地“嘁”了一声，丝毫不认可这个方案。

“好，今天就说到这儿，大家继续学习吧。”班主任夹起记录本离开。

第二章

第一名

我与他对视，他冲我笑了下，抬手比出个大拇指。

我眼睛一亮，好像心里有盏将要枯竭的油灯，因为他的一个微笑和一个手势，豆大的亮光倏然蹿成火苗。

很久以后

秋意渐浓，逐渐褪去了夏日的闷热和烦躁，微微一阵风起，还有些凉意，今年的天估计要冷得早一些。

周五下午倒数第二节课是体育课。高考不考体育，体育老师对大家持放任自流的态度。男生一般打篮球或者踢足球，女生们则是看男生打篮球或者踢足球，实在不想看的就扎堆聊天。

篮球场上，我们班和五班的男生正在商量组队。场外有一排腰粗的杨树，树根从地里鼓起，我在视野最好的一棵杨树下面坐下。

汪明妤去校超市买了两瓶红牛和四根泡椒凤爪，回来后挨着我坐下：“给。”

我只接过红牛，费力撕开拉环后，问道：“为什么买红牛？”

汪明妤是个黑暗料理爱好者：“我想试试红牛配凤爪。”

我仰头喝了一口：“别再把自己毒死。”

她朝我翻了个白眼。

汪明妤拉开拉环，一边喝，一边将视线转移到围栏格网内的篮球场上：“你说人家怎么能连打篮球都跟别人不一样呢？”

我知道她说的是叶其文，这一周她就没说过其他人。

我随着她的视线看向篮球场。淡蓝色的天空上飘着几抹细碎的流云，白色的三分线上，身材颀长的少年微微跃起，手腕拨动，篮球乖巧地落进篮筐。

一个完美的空心三分球。

“啊啊啊，进了进了！”汪明妤一手举着凤爪，一手举着红牛，疯狂打Call（网络流行词，指为应援某人某事而发声，有呼喊、喊叫、加油打气的含义）。

所幸尖叫的不止她一个，要不然我还得装不认识她。

我不紧不慢地喝了一口饮料：“嗯，是挺帅的。”

也许是那个“挺”字用词不当，老天惩罚我，让我当场呛了口红牛。

汪明妤啃着凤爪，辣得嘴唇发红，不停地“嘶哈”：“我不行了，我好心动啊！程小昭，你不心动吗？”

“还行吧，但是我更喜欢大叔类型的。”

汪明妤用小拇指勾出纸巾擦嘴：“哪有不喜欢鲜肉喜欢大叔的？你这是病，得治。哎，你想到大叔的时候，可以试着代入一下班主任的脸。”

我听到她的话，满口红牛差点喷出来。

汪明妤已经擦干净手，双手交叉放在胸前，一副仰望上帝的模样：“帅死我了！”

我撇撇嘴，再往篮球场上望了一眼。叶其文正举起双手与队友击掌，瘦长胳膊上的肌肉线条清晰可见。

是挺像样儿的。其实，更让我惊讶的是他的交际能力，短短一周的时间，他已经跟全班男生打成一片，包括曾有过冲突的周硕。

汪明妤用纸巾包着凤爪的一端在树根旁刨土：“哎，你说他为什么要转到我们学校呢？我听别人说他是青岛人，他一个外地人怎么不住校呢？咱学校那学区房可是不好租……咳咳，程小昭，上个星期的电视剧你追了没？”

我余光一瞥，正好看见跟我同宿舍的赵冉冉和李燕菲。两个人应该是刚从校超市出来，一个人拎着一瓶雪碧。

“……咳咳，追了呀。”

虽然我不知道汪明妤说的具体是哪一部电视剧。

赵冉冉和李燕菲跟我们打招呼，我和汪明妤顿时假笑起来。

等她们走远，汪明妤才问：“应该没听见吧？”

我猜测着说：“没吧。”

一节课的时间，汪明妤啃完四根凤爪。

下课铃响，篮球场上的男生们结束了挥汗如雨的友谊赛。我眯起眼睛看着他们一个个捡起随意丢在地上的外套，也不嫌脏，拍打拍打就往身上套。

赵冉冉在李燕菲的怂恿下，抱着雪碧往叶其文边上蹭，红着脸把雪碧举到他面前。

我的心顿时提到了嗓子眼，也许是好奇叶其文接下来的反应，也许是讶异赵冉冉拥有在众目睽睽之下向同学示好的勇气。

叶其文把外套随意搭在肩上，一阵风吹过，撩起他额前的碎发。

赵冉冉双腿紧紧并拢，踮起脚跟又轻轻落下。她不停地重复这个动作，低着头，却始终举着那瓶雪碧。

可是叶其文摇摇头，披上衣服，一只手穿进袖子里，说了句什么，赵冉冉就抱着雪碧走开了。

他是怎么拒绝的呢？怎么拒绝女生又不伤害她的自尊心呢？

我绝对猜不到他会说，对不起，我有牙髓炎，不能喝碳酸饮料。

这是赵冉冉告诉我的。当天晚上，她拉着我、李燕菲，还有另一个室友王思雨，分析到凌晨两点半。最后我们困得不行，只好告诉她，叶其文绝对是真有牙髓炎，说不定他还骨质疏松，甚至是对碳酸饮料过敏，喝一口就会浑身长红疹子。

高一的第一次月考提上日程，接下来的一周，备考组的老师、印刷厂，以及我们，通通陷入忙碌勿扰的状态。若有一阵风过，市一中的每一间教室必将掀起成片雪白的试卷，而按住它们的手，都是稚嫩而又微有变形的。

按照计划，9 月 26 日开考，27 日下午考完，28 日、29 日两天判卷，30 日出来成绩。

9 月 30 日上午，学习委员把还带着打印机热度的成绩单放进布告栏的透明卡槽里，刚想把它摆得正一些，就被全班同学包围了。

毕竟这是进入高中后第一次比较正式的考试。

学习委员是个个子偏小的女生，从人墙里突围出来的时候，眼镜歪到了鼻子下面。

汪明妤捧着脸坐在位置上观察越围越厚的人墙，我也很不淡定，几次想去又不敢去。其实刚考完试，各科老师就把答案下发到大家手里，考得如何，每个人都大致有数。

汪明妤说："我不敢看。我就语文好点，选择题还错了五个，物理、化学估计连及格都够呛呢。"

我说："我的政治也是啊。对完答案统计错题的时候，班主任那眼神简直要把我凌迟处死。"

汪明妤用手肘顶我："你去看看吧，顺便把我的也看一下。如果我考得还行，就告诉我；要是很差，就别说了。"

我顶回去："万一我考得也很差呢？"

"你再差能差到哪儿去？入班第三，摸底第二，怎么着也跌不出前十吧？"

"谢谢你这么看得起我。"

我们两个互相顶着胳膊有一搭没一搭地聊天，眼看成绩单前的人墙渐疏，汪明妤又问："你说叶其文的成绩怎么样？"

我说："管好你自己吧，操心事那么多。"

我话音刚落，就看见叶其文从前门进来。成绩单贴在靠门的墙上，他长得高，鹤立鸡群，站在人墙之外低下头扫了一眼。

他看完转身，我看到他额前浓黑的头发上挂着几粒水珠，大概是去卫生间顺道洗了把脸。

我与他对视，他冲我笑了下，抬手比出个大拇指。

我眼睛一亮，好像心里有盏将要枯竭的油灯，因为他的一个微笑和一个手势，豆大的亮光倏然蹿成火苗。

我立马站起来："我去看看成绩单。"

班上大部分同学已经看完，我过去的时候，王飞扬和李燕菲还在拿着本子誊抄自己的各科成绩。

李燕菲抄完了不肯走："王飞扬，你物理是咱们班最高分呢，能不能把卷子借我看看？对了，你国庆节准备干什么？"

王飞扬没答第二个问题，只说了一个"行"字。

我还没到成绩单前，就听见王飞扬阴阳怪气地"哟"了一声："程小昭，考第一都这么沉得住气啊？"

我耳朵一炸："你说什么？"

"你第一啊。"

我赶紧去看，"程小昭"三个字赫然出现在成绩单榜首。

第一名，我居然是第一名！

王飞扬拿碳素笔戳了戳我的背："傻了吧，万年老二老三老四老五。"

他说得没错，我在初中一直是万年老二老三老四老五。

李燕菲说："程小昭，你简直太给咱们宿舍长脸了！"

我"嘿嘿"笑着，低头去找汪明妤的成绩。

王飞扬从自己本子上扯下一页纸递到我眼前："不抄下来？"

我接过他的纸："又不是不发成绩条，抄什么抄？"

我迅速找到汪明妤的名次，第三十八名，跟摸底考试一样，不知道这个成绩对她来说算好算坏。我没抄自己的，只替她抄下各科成绩。

我抄完，将笔扔给王飞扬，居然鬼使神差地去看叶其文的名次。

沿着第三十八名慢慢向下看，我在第四十三名找到叶其文的名字。在六十一人的班里，这个成绩有点落后。不过，他是转校生，不适应环境也算情有可原。我替他分析着那行数字，语文、数学不错，英语差得出奇，物理、化学不错，政治、历史又差得出奇，地理、生物算是平平无奇。

他明显偏理，要是把英语成绩搞上去，上了高二去到理科班，说不定也是一匹黑马。

“哎，程小昭，你国庆节干什么？”王飞扬又用笔杆戳我，“学校门口刚开的那家奶茶店叫什么？哦，阿茶大水杯……”

“噗……人家叫阿水大杯茶！”我顾不上头顶那只三百六十度无死角的监控大眼睛，笑得后槽牙都露了出来，“王飞扬，你也去学校门口开家奶茶店吧，就叫阿茶大水杯，绝对大卖！”

“笑个屁！”王飞扬拧起眉，“国庆节出不出来玩？给个准话。”

“不去啊，我有事儿。”

他却说：“你答应我了的。”

我疑惑地道：“我什么时候答应你了？”

王飞扬气呼呼地走掉了。他说的是跑操那次，可是我真的忘了。

我看完成绩，站在讲台上偷偷寻找叶其文。他正坐在座位上跟张辰东聊天，低着头听张辰东讲话，偶尔还扬起嘴角轻笑，那副云淡风轻的样子，好像一点也不在乎成绩单上的数字。

为什么呢？我觉得所有人都应该为那些数字哭，或为那些数字笑的。

十一放假前的小班会，班主任下发安全责任书后又开始分析月考成绩，老头子难掩得意之色：“这次咱们班在全年级二十个班里排名第一，希望同学们继续努力。成绩条已经下发到大家手里了，考得好的用不着骄傲，考得不太理想的也用不着气馁，自己分析找找原因，自己分析不出来的，去办公室找我分析也行。

“再者，这个假期别光想着玩，调整调整状态，赶紧适应高中的节奏。

“嗯，对了，关于咱们这个互帮互助小组，新的座位表待会儿我让班长贴出来。主要是根据成绩以及大家的身高安排的，先按照这个坐，真觉得不合适的以后再说吧。”

班主任想了想，又笑眯眯地说：“我看也别等着放假回来了，拉拉桌子的事儿，现在就换了吧。值日生打扫完卫生，咱们就放假喽！”

说到放假，连班主任都眉目舒展地笑起来。

不过，遗憾的是，我和汪明好的同桌缘分到头了，因为我的新同桌是那个……新来的。

班主任走后，我们争先恐后地挤到班长那里看座位表，唯独叶其文没有。他坐在座位上，不紧不慢地将排列整齐的书墙拆分，再挑拣出有用的装进书包。

他一早知道他的同桌是我。

说起来，我能和叶其文有同桌之谊，还要感谢他妈妈，甚至叶妈妈还单方面见过我。

知道儿子偏科厉害，叶妈妈曾在刚开学的时候找班主任聊天。他们认真分析了叶其文的成绩，借着互助小组的东风把我安排给他做同桌。

叶妈妈忧虑地说：“我儿子是个自来熟，跟男孩儿做同桌，脾气对了，就天天聊 NBA（美国篮球职业联盟，指 NBA 篮球赛）、足球和打游戏，脾气不对就老掐架。和女孩儿同桌呢，就怕……”

班主任立刻想到我。大概在他眼里，我就是介于男孩儿和女孩儿之间的那一类吧。

“程小昭本分得很，学习还挺不错的。你看你看，就是那个女生。”他指着正巧飘过的我，“别看小姑娘柔柔弱弱，她能撑起我们班半边天呢，学习好、人品好又勤快，跟别的女生不一样。”

当时我正巧从印刷厂回来。我本来是去拿印好的物理练习册的，印刷厂的大爷一问我是高一的，就让我顺道把全年级的政治练习册一块儿抱走。

练习册一直从腰堆到下巴，我两手抱着再用下巴抵住，一路从西南角的印刷厂蹒跚到东北角的宏博楼，在看不见路的情况下还闻了一道儿的墨香。

估计那是班主任对我最厉害的一次吹捧，直接把我夸成了我们班的半边天。

我正和汪明妤深情拥别，叶其文眼疾手快地把我的桌子拖到最后一排和他的拼在了一起。于是，我仅仅是略有凌乱的桌子被瞬间对比成了垃圾场。

"缘分哈。"我倾着身子试图遮挡一桌子垃圾。

他点点头，"嗯"了一声，竟然有些脸红。

放假当天，我回到家的时候已过六点半。我以为爸妈这个点都在餐馆忙活，谁知道钥匙只扭了一圈，门就开了。推门进去的瞬间，我被沙发上盘坐的人影吓了一跳。

幸好不是江洋大盗，是我妈。

赵玉梅窝在沙发里，灯也没开，光看影子，人跟沙发融为了一体，阴森森的，跟入了魔似的。

我"啪啪啪"把灯全部打开："这个点儿，你们不忙？"

灯光刺得她用双手捂住眼睛。

我妈没说话，适应了大半分钟才把其中一只手从眼睛上挪开。

我记得冰箱里有上周买的可乐，开门一看，居然一听都没少。撕开拉环，可乐冒出"嘶嘶"的声音，听着十分解压。

"你们真的没忙？"依照我对我爸妈的了解，这是万万不可能的，除非卫生局过来把我们家的小馆子给"取缔"了。

我坐到我妈身边，把她另一只手拉下来，这才发现她的左眼睛肿了。

"你们又怎么了？"其实我已经习以为常。

我话音刚落，我妈“哇”的一声大哭起来。

我很少见我妈哭，平时我妈受了什么委屈都不哭，除非我爸又动手了。

我妈一边哭，一边骂：“程路平，王八蛋。”她扑上来抱住我，“小昭啊，要不是为了你，妈早去死了！”

这话实在听她说过太多次了，我最讨厌她说这句话。

每一次都说是为了我，仿佛我就是他们生活中的累赘。

我很冷血地推开她：“再有两年，我就成年了。”

我妈愣住，跟不认识我一样。

我把可乐往她手边推了推：“喝点可乐吧。”

她还是愣愣地看着我。

晚上七点多，我爸从外面回来，两个人再次争吵起来，这时我才弄清楚前因后果。

原来是我爸把行车证弄丢了，我妈知道后就不停地说不停地说，先是告诉了来帮忙的小姑，接着告诉了开便利店的邻居，甚至来个相熟的顾客都要说上一遍，于是彻底搞烦了我爸。我爸撂下炒勺，从后厨冲出来给了我妈一拳。

他们的争吵从开始到结束，我全程窝在房间里看《泰坦尼克号》。

杰克说，赢得那张船票，是他这辈子最幸运的事。

我悲观地想，也许泰坦尼克号的沉没才是杰克最幸运的事，因为露丝将会一辈子记住这个英俊潇洒、在冰冷的海水里舍身救了她的男子。他将永远以最美好的形象出没在她的记忆里，不必担忧平淡的生活会消磨他们之间圆满无缺的爱。

杰克死去，我哭得稀里哗啦。

门外的争吵声沉默了，然后彻底结束。

紧接着，饭菜飘香，赵玉梅和程路平平静得像什么都没发生过。我最恨他们这样，为什么不能撕破脸皮一战到底？为什么不彻底结束这种挣扎不休的日子？

后来我发现，他们不过是习惯了这样的生活，两个人将底线放得很低，争吵就像生活里的一点小插曲，没什么大不了的，轻伤不下火线罢了。

可是我呢？是否也该让自己习惯做他们的炮灰，把这些当成生活的一部分？

也许会吧，事实证明我也的确习惯了这样的生活。

饭吃到一半，我妈从饭桌的抽屉里取出一张请柬："小昭啊，明天你爸一个同学的儿子在一个叫 A 什么的洋饭店里办婚宴，我们忙，就不过去了，你全权代表了吧。你看国庆节放假，我们也没顾得上给你做点好吃的，你过去人家那里多吃点。"

我本来想拒绝，因为我在一家快餐店找了份兼职，明天有自己的安排，但看到我妈哭红的眼睛又有些于心不忍，最后还是接下请柬："不耽误时间吧？我谁也不认识，只负责吃饭。"

这家酒店离我兼职的快餐店不远，吃完中饭后直接过去，应该不会耽误。

"吃饭就行。"我爸很客气。

"不耽误，不耽误。"我妈很讨好。

我低着头扒饭，突然说了句："妈，我想去学画画……"

说完我就后悔了，我自己又不是没有钱，跟他们说这些干什么？

果然，一阵沉默之后，是此起彼伏的阻止声。

"什么，学美术？学那没用的东西干什么？"

"你都上高中了，哪有时间学美术？"

"小昭啊，你别是想艺考吧？咱家哪有闲钱给你艺考啊？"

"对了，考试了没？"

我像个木偶人一样回房间取来成绩条，扔在饭桌上，又把自己关起来。门外传来他们欣喜的大叫，紧接着，我妈敲着房门问我想吃什么水果。

我说不吃。

他们是不是忘了，今天是我的生日。

第二天一早，我对着穿衣镜，提上从批发市场低价买来的黑色工装裤。快餐店要求我们必须穿黑色的裤子，店里会统一提供上衣和围裙。

我上身穿了一件自己的白衬衫，系扣子的时候发现今天这身搭配特别像司仪。

我妈说的洋酒店叫 Autumn’s Appointments（秋天的约定，下文简称“AA”），是本市一家十分高档的星级酒店，以承办婚宴出名。

我爸是个极其爱面子的人，他一定是害怕在老同学面前丢脸才叫我来的。

这年头混得不好的，路上见到个熟人都恨不能钻下水道里去。所以，我发誓将来至少要做一个可以体面参加同学会的人。

趁着兼职午休，我到达了外形模仿白金汉宫的 AA 酒店，站在门口往里一看，明晃晃的水晶吊灯从三楼垂下来，晕得我分不清东南西北。

在签到处替我爸交了份子钱后，我找了张最角落的桌子坐下，毕竟只有主桌上才放名签，非重要客人应该都是乱坐的。

趁着周围还没人，我隔着圆桌上的玻璃转盘去够正中间的粉玫瑰和大百合，乍一看像真的，仔细看又像假的。

我伸长胳膊去够，身侧传来拖动椅子的声音。

“程小昭？还真是你啊！”王飞扬那张嬉闹惊讶的脸突兀地出现在我的视线里，让我有种身在教室的错觉。

看着他，我忽然想起“阿茶大水杯”，所以忍不住鼓着腮帮子笑喷了。

王飞扬一头雾水：“你笑什么啊？”又问我，“你怎么在这儿？”

“新郎他爸是我爸的同学。你呢？”

“新郎是我表哥。”王飞扬骄傲得好像 AA 酒店是他们家开的，

“我还以为你是今天的司仪呢。”

他说完也开始“哈哈哈”，我咬牙切齿地给了他一脚。

不得不说，王飞扬是个练习佛山无影脚的好对象。

看他准备长坐不起，我问：“你是贵客，应该坐主桌吧？”

他把碗碟摆好：“坐哪儿不都一样？”

我“哦”了一声，什么都没说，他却自己开始解释：“你别胡思乱想，我就是怕你一个人怯生。”

他的话很有“此地无银三百两”的意思。

我不自恋，但也不傻，再加上青春期女生的小敏感，我觉得王飞扬这段时间似乎对我有点过度关注了。不过，他是一个痞男，学习不好，风评也不好，成天一副吊儿郎当的样子。

我初二的时候跟他做过一个学期的同桌，刚开始他很讨厌我，经常说我长得难看，还嘲讽我读死书。那时候我们整天掐架，不过他根本不是我的对手，我又偶尔发发慈悲教他学习，恩威并施下，他竟然开始讨好我、关心我。

而且，有一件事，时至今日，我依旧印象深刻。

那天是圣诞节，晚自习大课间，很多人在互赠苹果。窗外飘着鹅毛大雪，班里的同学有一大半趴在窗户边蹭着暖气看下雪。我坐在座位上计算一段圆弧的长度，正要出结果的时候，“砰”的一声，一个又红又大的蛇果从天而降，砸到我的作业本上。

我恨恨地拎着苹果的蒂柄把它从本子上提起来，苹果的底部都被砸出果汁来了，粘连着我的作业本扯出去老远。

肇事者脸上的悔意呼啸而过，他轻咳一声：“那个，这给你吧，没人吃，快坏了。你看你，圣诞节也没人搭理你。”

“滚蛋！”我很没好气地把苹果扔进垃圾桶里。

说实话，我挺心疼的。论苹果，那可真是个五讲四美的好苹果。但我当时以为王飞扬是有别的意图，我尽量以委婉的方式告诉他：“王飞扬，我是十月的，你是腊月的，我比你大一个月……”

他也不傻，我还没说完，他就明白了，于是愣了愣后开始骂我：“我是腊月的怎么了？程小昭，你少自作多情了，给你一个苹果，看把你给嘚瑟的。你长得那么难看，脸又大又圆，牙还不齐，爱吃不吃，老子还不如喂狗呢！”

他说得义愤填膺，好像我的误会是对他莫大的羞辱。

也许真是我想多了，所以作为补偿，我让他敞开了骂我。我也记不清那天他究竟骂了多久，反正现在想起来，我是真的佩服我当时的胸襟。

此刻我越想越气，哼笑道：“我怯生？吃个饭，我怯什么生啊？我用不着你坐我身边，我就不想跟你一桌吃饭。”

“你神经病啊？莫名其妙。”王飞扬一脸蒙，“哎，我表哥结婚，我愿意坐哪儿坐哪儿，你管得着吗？”

也是，谁叫这是人家表哥的婚礼呢，人家比我厉害。

“好好好，你不走，我走。”我倒了倒椅子站起来。

看电视剧时，最喜欢这句台词，无奈中带着决绝，决绝中还带着一分霸气。

“你干什么去？”王飞扬扯住我的袖子。

我跌坐回圆背椅上，捂住肩膀：“你干吗？”他扯得很急，我真怕我那劣质衬衫上风雨飘摇的扣子会当场崩开，再当着诸位来宾的面露出半个肩膀来。

王飞扬瞪着我：“程小昭，我招你惹你了，你怎么跟吃了枪药似的？”

我不爽地看着他，但仔细想想，我确实有因为之前的误会对人家恶语相向的意思。所以我没继续怄气，不过，我也没跟他道歉，心里想的是以后还是离他远点比较好。

宾客越来越多，我选择沉默坐着等待开席。

十二点左右，良辰吉时，中国的传统习俗配的却是西方仪式——特地从英国空降来的神父一身黑袍端正地站在台上，新娘的父亲挽着长裙曳地的新娘款款向新郎和神父走去。

神父捧着圣经，用英语问："张若滨先生，请问您愿意娶邓婉女士为妻子，无论是疾病或健康、贫穷或富裕……您都愿意爱她、安慰她、尊敬她、保护她吗？"

穿着燕尾西装的张若滨先生郑重地说："我愿意。"

神父又问了新娘同样的问题。

新娘红着眼圈使劲点头："我愿意！"

宣誓结束，被婚礼现场互许承诺的新人感动，我随着宾客大力鼓掌，喃喃自语："真幸福啊。"

"是吧，我也觉得很幸福。你看我表哥多帅啊，跟我长得像吧？"王飞扬好了伤疤忘了疼，在一片掌声中跟我耍起贫嘴，"程小昭，你说，要是将来我……咳咳……我结婚你会来吗？"

"不随份子我就来。"我很坦诚地说。

"你这人真没劲。"他扫兴道。

敬酒仪式结束后很快开席，一道松鼠鳜鱼诱得我直咽口水。王飞扬离那道菜近，顺手夹了一筷子给我："你吃这个，你不是最爱吃鱼吗？"

他竟然还记得我爱吃鱼。我跟王飞扬同桌的时候，告诉过他我喜欢吃鱼，可他却说是因为我脑子笨，身体缺鱼，才喜欢吃鱼。

我看了看碗里的鱼，又看了看他那副盼我赏脸的表情，到底还是没出息地夹起了那块鱼肉。

王飞扬问："对了，你和那个谁同桌啊？"

"叶其文啊，就是刚来的，长得很帅的那个。我学习累了就和帅哥聊天，咱们班的女生估计要羡慕死我了吧。"我回道。

王飞扬气得眉毛倒竖，推着玻璃转盘呼啦转了一圈，也不管是不是有人正在夹菜。

我低声斥他："你干什么？别人还吃不吃了？"

"我干什么？我好心被当成驴肝肺！"王飞扬气得摔筷子走人。

他倒是走了，弄得我成了桌上的焦点。

我赶时间，填饱肚子后匆忙赶回店里。我兼职的快餐店与AA相隔一条街，虽然已经到了十月，但今天日头很毒，我摊掌遮脸快步跑回店里。

刚换上灰黑色的围裙钻进工作区，就有单子递进来。

“中杯柠檬水不加冰，小杯的奶茶半糖，加西米。”同事小琪递完单子又问我，“小昭，你做几天？”

我拿来杯子，用压汁棒把铺在杯底的柠檬片用力碾碎：“就做一天。”

小琪惊讶：“一天？”

我轻快地“嗯”了一声：“因为我暑假就在这儿做了，之前培训过，炸派、放时间牌、打饮料、做冰激凌……什么我都会，经理跟我熟，短工他也要我的。”

小琪是附近大学的学生，十分羡慕我这样来去自如的工作时间：“原来是这样啊，怪不得经理总夸你机灵呢。”

我笑了笑：“还成吧，我就动手能力强点。对了，今天早上换油，你有没有尝尝第一锅炸的薯条？”

小琪用力点头：“尝了，真好吃！”

“是吧，复炸油真的不行。”

我们两个好像职场上的新人和老人，不过年龄却颠倒了。

我将雪碧倒入柠檬水中，封口之后又用力摇匀，转身将柠檬水摆在大理石台面上，目光顺便落在门口，正巧有一男一女推门进来。很眼熟。

女生走在前面，自然地给男生引路，男生保持着一定的距离。

最终，他们选择南面靠窗的位置坐下。我的目光一直紧随他们。女生身后是咖啡色的窗帘，深沉的咖啡色将她的皮肤衬得雪白，栗色长发自然斜披在一边。

我定睛一看，竟然是赵冉冉，她怎么这么好看？

再一看，在她对面坐下的竟然是叶其文。

那个新来的，我的新同桌。

叶其文穿着简单的白色T恤，外面套一件暗红色的格子衬衫，配黑色的长裤和黑色的匡威。隔着很远的距离，但我仿佛能闻到他身上清新的洗衣粉味道。

“你发什么愣呢？”小琪伸手把我的视线打断，“还有一杯西米奶茶。”

我一连三个“哦”，转身去拿奶茶杯。我虽然在做奶茶，但眼睛仍旧像监控探头一样，小心翼翼地执行着任务。

奶茶刚做好，小琪又递给我一张单子：“一杯柠檬水，常温，一杯珍珠奶茶也是常温，三分糖。”

我接了单子去做柠檬水，用压汁棒捣烂柠檬片。

我没觉得自己走神，小琪实在看不下去柠檬片的惨状，大叫一声：“喂，都成柠檬酱了！”

我赶紧把食指贴在嘴唇上：“嘘，你别那么大声。”

“你今天怎么了？看什么呢？”

我朝窗边努嘴：“那两位是我同学，女生是我室友，男生是我同桌。”

小琪回头看了一眼：“怪不得呢。你是怕他们认出你来？那男生长得可真好看，干干净净的。”

“我就是好奇他们怎么在一起。”

也许是我的语气让小琪误会了，她手肘撑着大理石台面，凑近我，问了一个让我当场吐血的问题：“你是不是喜欢他啊？”

我直接把压汁棒抽出来对准了小琪的天灵盖：“信不信我能当场撬开它？”

“好好好。”小琪怕怕地走掉。

等做完常温的柠檬水又去做常温的珍珠奶茶，这些工作没做一千遍也有八百遍，步骤配料我都是烂熟于心的，可做这杯珍珠奶茶的时候，我总觉得上一杯好像少了点什么。那感觉就像考试在涂这一门答题卡时，总感觉上一门的没涂。

我越想越确定，一定是我刚才光顾着关注叶其文和赵冉冉，忘了加东西。

我把奶茶封口后拿给小琪，悄声问她：“刚才那杯奶茶是加西米的吗？我好像忘加了。是哪一桌的？”

“天哪，你疯了吧！”小琪惊恐地看着我，瞄了瞄叶其文和赵冉冉的方向，“是你同学那桌的，他们提前在手机上点的单。”

怕什么来什么。

小琪安慰我：“应该没事儿，你别害怕，人忙着呢，谁会因为没喝到西米就过来兴师问罪啊？那也太煞风景了吧。”

想想也是。我松了口气，把心放回肚子里去。

果然，叶其文和赵冉冉喝完饮料就离开了，从头到尾都没往我这边看上一眼。

虽然庆幸，但又有些失落。

晚上六点，我结束工作顺便去买了一份排骨米饭，吃过之后搭乘地铁回家，换拖鞋的时候，发现一双陌生的鞋子。

“是昭昭回来了吗？”客厅里传来小姑的声音。

小姑正和我妈聊天，我坐到她们一旁的沙发上：“小姑，你怎么来了？”

小姑刚要说话，被我妈按住了肩膀。

见状，我已经明白原因，她一定是过来慰问伤情的。我没说话，默默地坐着吃桌上的圣女果。

我妈问：“吃饭了没？厨房里还有包子。”

我说：“吃了。”

小姑说：“你妈说你兼职去了。又不是寒暑假，兼什么职啊，怪累的。你上了高中，学习压力应该挺大了吧，我看着脸都瘦了。”

我随口搪塞：“还行，在家闲得慌，还不如出去干点活。张琳呢，她放假了没？叫她过来找我玩啊。”

张琳是小我一岁的表妹，来年就要参加中考。

“她啊，她去参加了个什么数学补习班，上课去了，一节课一百块钱呢。你说现在的老师多会赚钱。”小姑边说边压低了声音。

我妈立刻附和：“就是啊，小昭那时候就这样了。现在的人哪，都这样，没有咱那个时候淳朴了。”

我妈和小姑你来我往地抱怨起来，我随便找了个借口回到自己房间，然后隐约听见她们换了话题。

小姑说：“我昨天去咱爸妈家里了，对门那家外地人简直……嫂子，你是不知道，可吓死我了！那夫妻俩吵架，男的动刀子了哎，把他老婆吓得从家里跑出来！”

爷爷奶奶住在乡镇，胡同里至今还是一户一户的老房子，因为村子里的年轻人大多进城务工，空出来的房子就尽数租了出去，租给来乡镇企业工作的外地人。现在，爷爷奶奶住的那条胡同，几乎全是外地人了。

我妈吓得发出一连串的“哎哟”声：“可千万别招惹那些人，他们光脚的不怕穿鞋的。你跟咱爸妈说说，千万别跟他们犯来往，最好连照面都别打。”

小姑应着：“我早就嘱咐过了……不过，咱爸妈那房子也旧得不像样了，嫂子，要不然咱们商量商量再给修修？”

我妈应下：“行，我和你哥商量。你这做闺女的天天往娘家跑照顾爸妈已经够累的了，我看哪，这修房子的钱就叫你哥出吧。”

“这怎么行？小昭再有两年也要上大学了，该出的，我和老冯也要出一份的。”

大约九点多，小姑离开后，我妈过来敲我的门：“你晚上吃的什么？我和你爸剩的饭再给你热下？”

我懒懒地回答："不用了，吃得很饱。"

我妈没走："你学什么美术啊？耽误时间吗？"

我从床上跳下来去给她开门："妈？"

我妈觉得我那积极的样子是得了甜头，皱眉道："一叫你玩你就乐意了。只要不耽误学习，你爱干什么干什么去，我懒得管你！"

她不知道，我是为她难得的开明而感动。

"要多少钱啊？"她问我。

可我还不习惯她的开明，她越这样，我越于心不忍，弱弱地说："不用你管了，我自己有钱。"

"你自己那点钱，你自己存着去吧。"她说完，居然从口袋里摸出一沓现金，"够了吧？不够再说。"

我愣着，心里却只有愧疚。我知道家里条件不好，所以不应该提这样的要求。最终，我也没舍得用那笔钱去报一个美术班。

临睡前，我翻着手机，QQ上有一条来自班级群查找的好友申请。

我点开来看，是叶其文。

想起白天的事情，我有些犹豫，他不会是来兴师问罪的吧？

我最终还是点了同意，"您已添加对方为好友"的系统提示下立刻多出一条消息，是叶其文发来的。

叶其文：你在和谐路那家快餐店打工？

程小昭：没啊。

他没说话，直接传来一张照片，照片里的我正捣着柠檬片东张西望。

程小昭：……呃，可能是吧。

叶其文：奶茶是你做的？

程小昭：呃，可能是吧。

叶其文：没加西米。

原来真的是为了这件事情，我有些不好意思。

程小昭：对不起啊，也许是我忘了。

我正躺在床上尴尬到四肢僵硬不能动时，再次收到他的消息。

叶其文：为什么不加？

这个问题的无厘头程度不亚于在考砸之后班主任捏着卷子问你为什么没考好。除了粗心失误、没好好复习以及忘了涂准考证号这样的不可抗因素之外，难不成还有人故意考不好吗？

我缓缓打出一个“？”。

叶其文：你是故意的？

我没想到一个连《出师表》都能背下来的人会跟汪明妤有一样的脑回路，不由得气急败坏。

程小昭：我是忘了，不是故意的！

我为什么是故意的？难道他认为我是想引起他的注意吗？如果我真的想引起他的注意，我可以直接不加茶底。为了自证清白，我飞速打了一句话并发送过去。

程小昭：我真的不是故意的，祝你和赵冉冉“百年好合”。

发完之后感觉很爽，就像狠狠地甩了找麻烦的人一个大嘴巴子。

不过，我还没爽两分钟，叶其文回复了一条令人吐血的消息，而且那条消息只有两个字。

叶其文：谢谢。

如果说我使的是力大无穷金刚锤，那么他用的就是武林绝学海绵掌。

这算是恋情实锤吗？可我为什么没有感受到吃瓜群众应有的快乐？我发誓我一定要向班主任揭发他们。

另一边，叶其文的脸火辣辣地烧起来。他把手机扔在一旁，但是没过两秒又忍不住抓过来看是否有新的消息。当看到聊天对话框里仍旧只有那段令人尴尬的对话时，他又像烫手山芋一样把手机扔了出去，仰躺在床上望着天花板出神，尴尬过后，一股强烈的失落感涌上心头。

白天在快餐店，当他喝到最后一口奶茶却发现没有西米的时候，他甚至核对了点单记录，随即忍不住偷笑起来，现在他才知道，原来自己不过是个跳梁小丑罢了。

第三章

在希望的田野上

夜深人静，我双手交叉枕在脑后，突然发现脑子里塞满了叶其文俏生生的笑脸。

还有，被他点过的那侧脸颊居然隐隐生出麻麻的感觉。

很久以后

放假第三天，汪明妤诚邀我去她家写作业，还特别要求只准带理化生和数学，其他的带了也不许写。

我到达汪明妤家小区时刚好八点半，敲门敲了三分钟，汪明妤才穿着睡袍从卧室游荡到门口：“你怎么这么早啊？”

“都八点半了，早什么早？”我把她推到盥洗室洗漱。

等她洗漱完又吃过早饭，我们才开始写作业。我心性算定，带得汪明妤效率也高，中午十二点就写完了三四张卷子。

汪明妤靠在电脑桌旁的转椅上望着天花板感叹：“好爽啊！”

作业进度条向着终端突飞猛进当然很爽，我就是体会到这一点，所以才逼迫自己成为一个效率极高的人。

中午汪妈妈打来电话，说没法回家，叫我们自己解决午餐。

汪明妤的母亲照看一家名烟名酒店，父亲则经营一家名叫“花瓣雨”的影楼。

我在她家冰箱里找到郫县豆瓣酱、鲜面条和卤蛋，炒了豆瓣酱做卤子又煮了一锅面条，最后加以香菜点缀。

我说这是正宗的安徽牛肉板面。

汪明妤一开始还跟我较真，说里面既没有安徽也没有牛肉，但她尝了一口后态度一百八十度大转弯，竖着大拇指夸我：“家里不愧是开饭店的。”

“是饭馆。”我纠正她，“这跟家里是干什么的有什么关系？我就是单纯的自立自强而已。你们家还是开影楼的呢，那你很会照相吗？”

“当然会啊！”汪明好一拍大腿，撂下碗筷，跑回房间去，转眼举着一个相机回来，对着我一阵“咔嚓”，“你别动，让我给你拍几张。稍微低头，哎，对，这个角度特别好，四十五度角是人最美的角度。今天阳光真好，正好落在你这儿，简直太美了。”

我很抗拒，但是碍于她手持“凶器”，只好一动不动。

汪明好照完后捧着相机坐过来给我看拍好的相片：“还不错吧？你相信我，我这手艺是我爸亲传的。喏，相机还是上个月刚买的呢，这款性能不错。”

汪明好的相机是佳能的一款微单，小巧玲珑，又配了几个镜头，价格不菲。

她把相机递给我，我没有去看照片，而是羡慕地端详起她的相机，突然就想到我那夭折的美术梦。我很羡慕汪明好，也很羡慕赵冉冉，我羡慕很多人，羡慕他们漂亮自信、落落大方，所以我一定要拼命地学习，只希望有一天能够实现自己的愿望。

半天回神，我说：“我来帮你拍照吧。你把头发散开，穿那条藏青色长裙，再把白衬衫扎进裙子里面，挂上这个可以伪装文青。”

“不错啊！”汪明好被我说得心动，“那不如下午我们去外面拍照吧？”

“好，但是要先写完数学作业。”

汪明好答应下来又催我看刚才的照片。

我滑动着相机屏幕一张张地看。她拍得很好，有一张是我坐在木质餐桌旁讶异地抬头，手微微捧着造型完整的板面，还有一张是我抬头后，面对镜头茫然无措。

不得不说，像我这样剽悍的人，难得被她捕捉到如此纯情少女的瞬间。

汪明好得意地笑："好看吧？程小昭，你真的挺好看的，去我爸那儿拍套写真吧，不收你钱，摆在我们橱窗里当宣传照，怎么样？"

我玩笑道："我才不照呢，影楼风。"

汪明好被我气得张大嘴巴："谁跟你说开影楼的照相就都是影楼风了？难道卖奶茶的就天天喝奶茶吗？你们家开饭店，你还天天下馆子了？"

汪明好叫起板来不比我差，我双手合十向她拜了拜："我错了。"

吃过午饭，把数学作业写完，三点多的时候，汪明好换好衣服开始化妆。

这是我生平第一次接触到化妆品。

看到那些瓶瓶罐罐，我很自然地想到赵冉冉，想到她和叶其文坐在快餐店时，整个人都散发着精致美丽的气息。而我呢，从有护肤意识开始，一年三百六十五天，常伴左右的就只有一盒芦荟胶。

不知道为什么，我总是忍不住回忆赵冉冉和叶其文坐在快餐店的画面。我曾提醒过叶其文，学校严查不文明交往，没想到他竟然这么快就有了苗头。

我出神的时候，汪明好已经把自己的脸涂得惨白，顺便把眼圈涂成了黑色，我感觉自己正在目击花木兰的相亲打扮现场。

还好汪明好在我的劝说下，卸掉了脸上的妆容。

化妆再卸妆，闹得我们疲惫不堪，最终汪明好自己打消了拍艺术照的念头。四点钟，我和她一起出门，她说要把那些照片洗出来几张。我觉得有几张还算满意，就没有拒绝。

虽然汪爸爸的花瓣雨影楼就在附近，但我还是坚持去了别的照相馆。把事先挑好的照片上传至电脑，照相馆的老板告诉我们明天下午来取。我家离得远，我付钱之后，让汪明好帮我取照片再带到学校来拿给我。

回去的路上，我想起昨晚的乌龙事件，想跟汪明好说，却又不知道如何开口。要是被她刨根问底牵扯出叶其文和赵冉冉的事情，闹得尽人皆知，到时候不好收场。

汪明好问："你怎么了？想什么呢？"

我隐晦地说："没怎么，就是昨天晚上憋出点内伤。"

谁料汪明好大叫一声："哎呀，我也是啊！每次半夜想起来上厕所都犯懒不想动弹，硬逼着自己睡着，早上膀胱都憋疼了。"

我无言以对，拍了拍她的肩膀："你能憋到早上八点半，膀胱质量不错。"

路上经过一家理发店，汪明好走过，我又把她拉回来："汪明好，你说我去剪个头发怎么样？剪成短发？"

我说完，把自己的马尾巴拉到胸前比画了一个剪刀的手势。

"怎么突然要剪头发？"

"总留长头发多麻烦。"我又问道，"我的脸……又大又圆吗？"

"不啊。"汪明好认真端详着我的脸，"哦，你是想剪短发，显脸小。"

"那我的牙呢？"我龇起牙给她看，"我的牙不整齐吗？"

汪明好很诚实："下牙有一点，上牙还好了。"见我陷入沉思，她忙劝我，"牙不齐怎么了？没人会注意到的，难不成你还要去戴牙套吗？很丑的。"

最后我恨恨地说："我不管，反正我就是要剪头发！"

王飞扬说我的脸又大又圆，说我的牙齿不够整齐，我表面上看起来毫不在意，但是我不想给新同桌留下不好的印象。

我真的把汪明好拉进理发店里去了，花了二十块钱剪掉一头乌黑的长发，剪了个普通的学生波波头。剪完之后，我站在镜子前面适应了很久，好像显得脸小了一点。

"好看吗？"出了理发店，我问汪明好，她刚要表态我又捂着头发打断，"算了算了，你别说了，不好看，一时半会儿也长不起来了。"

汪明妤把我的手拉下来："好看，好看的。"

"真的吗？"

"真的。"

虽然比不上赵冉冉，但是我希望能比之前好看一些。

假期结束，学校如期开学。也许是我那垃圾堆般的桌子画风大变，我习惯性地走到原先的位置上。发现错了之后，我默默地飘回新的位置。叶其文正坐在自己的位置上收拾东西，他没跟我说话。

自从那天晚上我祝他和赵冉冉"百年好合"之后，他就没再找我聊天了。我更新了说说，空间访客里也没有他。

我本来想访问下他的空间，奈何好面子又舍不得开黄钻，所以作罢。

我桌子上的书按照高低排得井然有序，最常用的都放在右手边，被白色的伸缩书立固定得很好，根本不用担心歪掉，左手边则是厚重的《现代汉语词典》和《古汉语词典》。

有田螺姑娘辛勤劳作，我也不好意思不闻不问。我轻咳一声，问道："这是你弄的？书立也是你的？"

他没有停下手上的动作，一边把自己的黑色书立摆满，一边回答："太乱了，看着闹心。"

这个回答让人没有了感谢他的欲望。

半天他才看我，目光落在我的头发上，眼珠转了一圈："你怎么剪头发了？"

"削发明志不行吗？"

"丑。"

"没赵冉冉好看。"我阴阳怪气道。

此时，汪明妤正好过来给我送照片。她哪是来送照片，分明是过来八卦我边上那个人的。

我刚和叶其文做同桌还没有一分钟就已经闹得很不愉快，于是我收起照片，无情地将汪明妤“驱逐”。

我把照片夹进书里，叶其文瞟了一眼：“那是你的照片？”

我藏好：“干什么？”

他收回目光：“不干什么。”

叶其文似乎是个很懒言的人，尤其是上课，基本是缄默不语的。我时不时偷瞥他一眼，他干净流畅的侧脸上只有全神贯注的表情。

帅哥总是很吸引人，但是我不敢多看，贪图一时美色白落个花痴的名号多不值当。

整个上午，各科老师的讲课内容基本都是围绕上次月考展开，深度剖析了我们的成绩后开始讲解错题。由于我是首次权威性考试的第一名，连着四节课被老师点名表扬，那一上午，我分外谦卑。

也许是我太没出息，我觉得当个万年老二挺好的。

上午最后一节是英语课，我再次确认了一件事，英语的确是叶其文的大短板。我偷偷地瞄着他的卷子，阅读理解和语法知识填空错得一塌糊涂。

老师最后留给我们自由讨论的时间里，我本想履行自己的职责，刚要开口，他却用胳膊把自己的卷子盖了个严严实实。我半张着嘴，感觉周围的空气都是凝固的。他斜我一眼，那眼神让我浑身发冷。我恐怕是一不小心触到某人的自尊心了。

好吧，那就沉默吧，于是我们沉默了一整个上午。

中午我没去吃饭，直接回了宿舍，把行李箱里的日用品和零食往柜子里一堆。想起今天早上叶其文那句“太乱了，看着闹心”，我准备关门的手顿了顿——稍微整理一下，应该也费不了多少时间。

我把头半探进柜子里整理东西，闻到一股酒精的味道，伸手一摸，原来是上周的苹果自己发酵了。

趁着还没人回来，我想赶紧处理掉这些垃圾，刚用塑料袋包住，门“吱嘎”一响，吓得我惊呼一声，捂住胸口。

赵冉冉跟我同样的动作：“程小昭？你可吓死我了，我还以为宿舍没人呢。咦，你怎么剪头发了？”

所有认识我的人都在问我这个问题，叶其文说丑，王飞扬也说丑，班主任说我还挺有觉悟的，要是咱们班其他女生也这么有觉悟就好了。

当时班主任说完，全班同学，不管男生女生，齐刷刷扭头盯着我看。

我尴尬地笑着把苹果扔进垃圾桶里：“理发店打折就剪了。你怎么回来这么早？没去吃饭吗？”

赵冉冉“嗯”了一声：“食堂有什么好吃的，我妈给我拿了很多水果玉米。你也没吃饭吧？”

我点头：“但是我有面包。”

“面包有什么好吃的？”赵冉冉从行李箱里掏出两根真空包装的水果玉米，递给我一根，“吃这个吧。”

我收下后又礼尚往来地回赠给她两个面包，说：“这个牌子的超好吃。”

李燕菲和王思雨还没回来，我和赵冉冉坐在床上啃玉米。她就坐在我边上，我偷偷地看她。她的脸不大，牙也很整齐，扎着黑长直的马尾。我记得在快餐店见到她时，她是一头卷曲的栗色长发，这可真是神奇啊。

真要问我剪短发的原因，其实汪明妤说对了，我就是为了显脸小。因为我见到了赵冉冉脱下校服的样子，我很羡慕，我也想像她一样好看，也想像她一样往那儿一坐就能吸引别人的目光，我羡慕她落落大方的模样。

十六七岁的女孩儿，谁不想这样呢？然而我的改造好像不尽如人意。

我正在出神，赵冉冉忽然叹了口气，又长又重的叹息声听得我心塞。我自觉地放慢了咀嚼的速度，很怕会打扰到她。

我试探着问：“你怎么了？”

“没怎么啊，”赵冉冉对我却是一个大大咧咧的笑，“就是觉得最近太胖了，得减肥。”

赵冉冉口风紧得很，一个字也不对我说，我却鬼迷心窍似的盘问起她，还故意提起叶其文：“叶其文那个人可真是太慢热了，一上午都没跟我说几句话。”

赵冉冉眉头动了动，无所谓地“哦”了一声。

她的样子很反常，我更加好奇她和叶其文的关系了。

翌日中午，我和汪明妤在学校食堂吃饭，她正对我麻辣烫里的鹌鹑蛋虎视眈眈，擦着哈喇子说：“给我尝尝藤椒味的麻辣烫好不好吃。”

我说：“那你喝口汤不就得了？”

我们正在麻辣烫碗里打狙击战，隔壁桌上一阵骚动。我侧头去看，李燕菲和王思雨，还有几个女生围了个圈，每个人离开时手里都扯着一块肉，焦红色的脆皮上还撒着孜然。以我对美食的敏锐观察力，立刻判断那是学校东北角的挂炉烤鸭。

一不留神，碗里的鹌鹑蛋就没了一对儿，我统共就加了两个。

“程小昭，你过来！”赵冉冉从人墙里探着头，“你过来，你和汪明妤都过来！”

汪明妤跑得比我快。

我过去之后才知道为什么那么多人围着赵冉冉，不大的餐桌上满满当当全是美食，一整只焦脆的挂炉烤鸭，还有一个小蛋糕和一大提葡萄。

赵冉冉把鸭子分给我一大块，又把最后一小块蛋糕拿给汪明妤，擦着手说：“你们都吃了吧，我减肥。”

我问道：“怎么这么多好吃的？你过生日吗？”

赵冉冉说：“是。葡萄回宿舍再分给你吧。”

“你妈妈给你送的？”汪明好问。

“不是啊。”赵冉冉笑了笑，叫我们赶紧回去吃饭。

中午回到宿舍，我别无可赠，咬着牙打开了我妈给我装的核桃罐子叫全宿舍随便吃。

赵冉冉分给我们葡萄，我一边吃人家的葡萄，一边觉得不可思议，这葡萄原来是五班一个叫赵驿的男生给的。但是，国庆之前她还拉着我们分析叶其文的只言片语，10 月 2 号她还和叶其文在快餐店喝奶茶，这才 10 月 9 号，叶其文这么快就被她从好友列表里移出去了？

我仔细想了想，难不成是我误会了？

晚自习第一节课是语文，语文老师破天荒地让我们自由阅读。她拍着巴掌从后门进来：“好了，同学们，大家静一静，从这周开始，咱们每周的周二晚自习都上阅读课。学校统一给大家订的《语文周报》已经让课代表去拿了，上面有作文指导，要重点看看。”

全班欢呼。

看什么不重要，读什么也不重要，重要的是没有书面作业，也没有背诵要求。

在全班的欢呼声中，语文老师无可奈何地走掉。

又是一节可以心安理得偷懒的课，我只后悔没从家里带本杂志。

大队人马已经拥到储物柜旁找课外书，我看见一个男生站在后门口张望，手里拿着两罐旺仔牛奶，有两句广告词在我耳边循环播放：请注意！三年级（2）班的李子明同学，你的妈妈拿了两罐旺仔牛奶要给你……

这时，赵冉冉从我和叶其文身后经过，哦，原来那个旺仔男孩就是五班的赵驿。

我看着身边不吵不闹的叶其文，想起来我说的那句“没有赵冉冉好看”，心里突然涌起一股莫名的愧疚感。

课代表把《语文周报》发下来，没有一个人在读，叶其文也没看，他在看什么我没看清楚，只隐约看见一个“田”字，再配上那本书翠绿的封面，我立刻联想到一个名字。我想安慰他，于是试图寻找话题：“你看的什么？是《在希望的田野上》吗？”

他愣愣地扭头，看了看封皮又看了看我，脸上的表情不可名状，然后爆声大笑。

哦，原来叫《麦田里的守望者》。

叶其文的笑声太大，除了周围的同学，站在后门的赵冉冉和赵驿也在看他。

赵驿一脸蒙，赵冉冉则脸色铁青。

“你小声点，”我真想捂住叶其文的嘴，“你不会是悲极生乐了吧？”

晚自习的铃声响起，赵冉冉握着两瓶旺仔回到自己的座位上。她看了我一眼，我心虚地低下了头，感觉自己是个吃里爬外的小人。

我低着头正在自责，叶其文戳了戳我的胳膊，脸上的笑意还没有完全消散，把《麦田里的守望者》递给我：“看吗？”

“不看。”我把书推了回去，“我告诉你，我刚才是故意的，我知道这个叫……”我伸长脖子看了一眼书名，“咳……《麦田里的守望者》。”

“哦？”他明显不信，“那你为什么故意说错？”

我没法圆谎，只好承认：“好吧，我不知道。”

叶其文脸上有几分悻悻之色，好像觉得我就这么承认了，他挺没成就感的。

没有课外书，也没来得及问别人借，我百无聊赖地翻开《语文周报》，幸亏这上面除了青春美文和作文指导，还是有东西可看的，比如说版面与版面之间那一长溜的冷笑话和职业院校的招生广告。尤其是那串天花乱坠的招生广告，让我恨不得现在就拨打热线电话。

我抖着报纸准备开始看了，往边上一瞥，叶其文居然还在看着我，他垂着眼皮，一副要我给个说法的样子。

我哆哆嗦嗦地问："你……有事啊？"

他瞅了瞅赵冉冉的方向："那天谁祝我'百年好合'来着？"

"对不起，我真的不是故意的，我是因为看到你们两个一块儿出来有点惊讶，一时分心忘记放西米了，而且你误解我，我只能那样自救呀。"

"哦。"叶其文面无表情，似乎对我的回答很不满意。

我追问道："我还想问，你为什么会觉得我是故意的呢？你也太自恋了吧。"

他没再理我，而是傲娇地把头扭到一边，继续去看那本《麦田里的守望者》。

可我明明看见他的脸有点红。

我把《语文周报》翻来覆去看了好几遍，越看越难受，这就跟全班同学都在看综艺节目，就我一个人守着新闻联播一样。

于是我翻出了《语文练习册》……

叶其文很震惊："你要做题？"

我可不想给别人留下什么学霸的印象，以后万一考砸了，那多没面子。我赶紧解释道："不是，不做题，我就是看看上面的阅读理解，这报纸也太无聊了。"

"看阅读理解？"他显然不明白。

"对，就是看阅读理解，光看故事不做题的。"我看了一眼教室的摄像头，低声解释，"嗐，你是不知道，我已经把《语文练习册》《基础训练》《五三》，还有什么《世纪金榜》上的阅读理解全都看了一遍了。"

"哦，不过不包括科技文阅读。"我补充道。

显然我又戳中了叶其文的笑点，现在是上课时间，他想笑又不敢笑，那副憋得难受的样子让我很想拿根针扎他一下，帮他笑出来。

我又说："这算什么？人外有人，我前同桌汪明好，她连答案和解析都看完了，我还没看呢，现在要看了。”

叶其文用本子挡着脸憋笑：“那你们怎么不直接看小说？”

我赶紧把他手里的书扑倒：“别举着，有摄像头，你瞧瞧谁看课外书不是扑在桌子上看啊？大家根本不敢带来的。军训的时候有人看《霸道总裁的心尖宠》，叫白无常给逮着了，写了一千多字的检讨呢。再说了，一本小说那么长，看不完心里难受，全看完那得浪费多少时间啊。”

“懂了。”叶其文点着头，“但是谁那么无聊啊，看霸道总裁？”

我不屑：“你们不是还看什么《绝代兵王》的吗？这是代沟，谁也别褒贬谁了，求同存异吧。”

他却很不买账：“我不看那个，没法跟你求同存异。”他又说，“我看东野圭吾。”

“哇！我也看东野圭吾！我最喜欢《白夜行》了。”我很激动。我这人有个毛病，跟谁有共同爱好就想往知音那条道儿上发展。

我刚要跟他交流，桌子猛地晃了两下，是前面的同学用力顶的，打扰到人家看书了。

叶其文冲我摇摇头，我把话憋回肚子里去了。

不一会儿，他递来个本子，上面写着：你刚才要说啥？

嘿，这个招儿还不错。

不过我觉得这句话不符合叶其文平时的语言习惯，看着末尾的那个“啥”字，我陷入沉思，忘记了回答他的问题。我掰着手指头开始数数，数完后我写道：你是不是觉得写“啥”比写“什么”省事？

其实非也，因为“什么”统共才七画，但是“啥”有十一画。

叶其文拿到本子后，看了看本子又看了看我，笑得眼睛都没了。他低头接着去写，从我这个角度看过去，他的身体还在抖。

有那么好笑吗？

他写好后再次把本子拿给我，写的是“你太 2 了”，后面一连三个感叹号。

这个“2”倒是很省事了。

最后，叶其文才回归正题：你刚才想说什么？

于是我便写了一个《白夜行》的问题：你觉得唐泽雪穗对亮司是什么感情？

他用笔杆戳着脸颊，想了半天才动笔，写得倒是挺快，我很快拿回本子：是利用，是喜欢，也是合作伙伴吧，但是不能说是爱。我很不喜欢她。

我认真看了叶其文的答案。他不喜欢唐泽雪穗，不过我却是可以理解她的，甚至我觉得我与她是同一类人，比起爱别人，我们更愿意爱自己。

我把这些写给叶其文看，如果这算是我对自己的深度剖析，那么他就是目睹我解剖自己的人。我不介意让他知道这些，因为我本身就没有对他预设防线，我对他有种莫名的信任感。

叶其文在本子上“唰唰”写了两笔，本以为他还会再写什么，可是他把本子收起来插进书立里去了。

我小声道：“怎么不写了？你不会是质疑我的人品吧？我人还是很好的，也不自私。”

他把食指竖在唇边：“嘘，我知道。”

就这样，我们结束了第一次笔谈。

我开始看《语文练习册》上的文章，迅速进入另一个世界。等到下课铃响，我从位置上站起来伸了个懒腰，已经把笔谈的事忘得差不多了。

舒展完筋骨，我又坐下，指着最末看的一篇阅读理解跟叶其文说：“你也看看这个，这篇叫《钩》，是讲贪污受贿的，我觉得写得特别好。”

叶其文单手接过我的本子。他显然不知道我有多么邋遢，本子刚一竖起来，书页里就“哗啦哗啦”掉出来三张数学卷子和两张化学答题卡。

汪明好跟我同桌不到三天就养成了一个非常好的习惯，拿我的书从来都是用捧的。

叶其文低头去捡，等看清楚捡起的纸片上写着的科目时，露出了十分无奈又好笑的表情。

“你可太厉害了，语文书里什么都有，就是没有语文。”叶其文本来就很想笑，等看到我刚才说的那篇《钩》，终于控制不住了，“人家这篇文章明明叫《钓》吧！”

“嗯？是吗？”

我不信，非要亲眼核查，拿过来一看，还真叫《钓》。这也不奇怪，因为我从小就是能把“小熊猫”写成“小能猫”的人。

叶其文捧腹：“你傻不傻啊！第一怎么考的？”

我一时无语。

“哎，你不是生气了吧？”叶其文凑过来问我，“对不起啊，我没别的意思。”

我算是个好相处的人，跟我做过同桌的基本上都和我成了很好的朋友，比如汪明好，比如王飞扬。

我当然希望叶其文也是。

“不是不是，我没生气。”他严肃的表情让我害怕，我连连摆手，大刺刺地说，“嗐，我这人就是眼神不好，我也不知道怎么考的第一，挺阴错阳差的。”

叶其文却不信，他觉得我是为了让他宽心所以才故意自嘲的。他解释：“我刚才真是开玩笑的，说真的，我觉得你挺厉害的，考第一绝对是实至名归。你上生物课背嘌呤嘧啶背得那么顺溜，英语课上分析那个什么主语从句，还知道梨园鼻祖是唐明皇。”

我愣愣地看着他，嗯？怎么回事？他刚才说的人是我？

我被夸得不好意思，搔着头发：“过奖过奖，你昨天物理课上平抛运动那题解得才叫一漂亮！”

其实这样的场景似曾相识，记得刚和汪明好同桌的时候，我们就是这种尴尬的互夸模式。

我说：“哇，你有酒窝哎，好可爱。”

她说：“哇，你头发好多啊，真羡慕。”

不过，翌日上地理课，我们一路闲扯，从太阳系的星星扯到动物园的猩猩。

汪明好说：“我上次去动物园，那猩猩长得可真够丑的，黄不拉几，一身毛跟等离子烫过似的，牙还很尖。”

我说：“那是狒狒吧？”

一阵“哈哈哈”之后，我和她的画风就彻底改变了，开始互嘲互损，开始“打架斗殴”，开始抢麻辣烫里的鹌鹑蛋。

我想这是一个过程吧，从生到熟，从拘谨到毫无下限。就是不知道我和叶其文什么时候能彻底熟起来。说实话，我还挺期待的，要不然像刚才那样假笑笑得脸疼，想想都难受。

叶其文正准备把那本《麦田里的守望者》装进柜子里去，我拦住他：“你这样不行，太容易被发现了，要是叫白无常看见，他才不管是守望者还是霸道总裁，通通给你没收。你看看别人……”我环顾四周，低声说，“人家都拿旧报纸包起来，这样一来，你就算明目张胆摆在桌子上都不见得会被发现。”

我一副过来人的样子，讲得他一愣一愣的。

好事做到底，我说：“拿过来，我给你包。”

他把书交给我，我开始四处收罗报纸：“我包书皮的本事那可是一绝，上小学我就自己包书皮了，要不然怎么能有一个没被聚氯乙烯毒害过的好身体呢。”

叶其文轻轻点了一下我的脸颊：“王飞扬说你的脸皮比铁还硬比钢还强。”

“你有毛病吧！”我低声尖叫。

他敛了笑意，端正地坐好：“你快包吧。”

我的心却狂跳不止。

我目光巡视一圈，最后落在手底下的《语文周报》上，现成的书皮来了。

我把书放在中间，将报纸又撕又折，为了展示我那本事名不虚传，特地用两倍速包完了那本书。

“喏，好了。”我把成品推到他的桌子上。

叶其文拿着穿上新马甲的书看了半天，报答似的问我：“谢谢啊，你有想看的书或者杂志吗？我可以从外面给你带。”

我张了张嘴刚想说有，又一想，让他一个大男生去书摊上买青春杂志有点不大人道：“暂时没有，等有了我再告诉你吧。”

“你想要什么……都可以告诉我。”他低着头，声音几乎低不可闻。

我舔了下嘴唇，不知道怎么回答，只觉得挺不好意思的。

晚自习结束后，我收齐物理作业回到宿舍，站在127门口时却有点害怕面对赵冉冉。

赵冉冉和叶其文关系破裂，我却和他相处愉快？中午明明吃了人家的烤鸭和葡萄，我还站在敌方？

不过，也许是我想多了，127的氛围还和往常一样。临睡前，王思雨问了我一道化学题，其他两人一起凑过来听着。我讲完之后，李燕菲仰天长叹：“时间时间快些吧，别让我再受苦了……反正我下半学期要学文。”

王思雨和赵冉冉郑重地附议：“我也学文！”

只有我还在摇摆：“我可能要学理吧。”其实单纯从难易程度上来讲，我觉得文理没差，但是我妈说了，学文将来不好找工作。

熄灯之后，我本来以为今晚的卧谈会要免掉，谁知道李燕菲那颗八卦的小心脏悸动不已。查房老师的手电筒光刚一晃过，她立刻抛出今晚的主题：“赵冉冉，你和五班的赵驿是怎么认识的？”

漆黑寂静的宿舍里有两次身体翻动的声音，是我和王思雨。我们半探着身子预备听赵冉冉开讲，赵冉冉倒也大方：“就是国庆节，我和几个初中同学一块去唱歌，我有个同学是五班的，他和赵驿玩得好，就叫上他一起去了，就这么认识了啊。他之后就开始跟我各种聊天，还约我出去玩。”

赵冉冉是个很擅交际也很会劳逸结合的女生，说话间，让我想起初中时我们班那个万年第一，李文晶。

临近中考，李文晶依旧会在周末发上一长串的QQ动态，喝奶茶、唱K、游戏厅里抓娃娃……而我，我看着桌子上被我翻成烂狗肉的《中考五三》和《尖子生学案》，羡慕得发疯。

“那咱班那个叶其文呢？你之前不是说他卷着校服裤子打篮球简直帅炸了？你还说他不喝碳酸饮料，下次就给他买脉动？”

李燕菲一开口，吓了我一跳，她真是哪壶不开提哪壶。

赵冉冉沉默了，直到她再次开口，中间那段空当，宿舍里静得吓人，我们四个人的呼吸声都听得一清二楚。

赵冉冉说：“我一开始就是看他比别的男生高冷，觉着好玩。他有能耐转到咱们学校来，转就转了，但他那个成绩，去普通班不好吗，非要来实验班，浪费资源！”

她自顾自说着，我们三个人都陷入沉默。

“我不是故意说他坏话哈……哎呀，你们就当我什么都没说好了。”赵冉冉似乎也觉得自己有点过火，忽然将话题引到我身上，“对了，程小昭，你昨天中午不还跟我说他来着吗？”

“啊？”我刚要翻动的身体中途僵硬。

“哎，程小昭说他什么了？对了，你跟他是同桌，你觉得他怎么样啊？”李燕菲显然更想听我这个叶其文的同桌的说法，一骨碌从床上坐起来，目光炯炯地盯着我。

看着对面床上立起一座兴奋的山，我想自己应该是在劫难逃了。但我还没开口，赵冉冉就替我发言了：“程小昭说他高冷，还不爱理人！”

呃，我记得我当时说的应该是慢热吧，好像也没说他不爱理人。

王思雨抬起头来望着我：“是吗？我看你俩好像挺熟的啊，晚自习笑那么大声。”

我解释：“那个……是他笑点太低了，我说什么他都会笑……”

赵冉冉哼哼着：“他该不会是嘲笑你吧？”

“应该不是吧。”我有些唯唯诺诺。

我真恨自己，连一句笃定的话都不敢说。也许是初中亲眼目睹过卫生间里那些扯头发的糟烂事，我很害怕得罪人，也不愿意在宿舍里惹是生非。

卧谈会不太圆满地结束。

夜深人静，我双手交叉枕在脑后，突然发现脑子里塞满了叶其文俏生生的笑脸。

还有，被他点过的那侧脸颊居然隐隐生出麻麻的感觉。

我捂住，可这感觉却在往肉里长。

该死，真该死！

第二天早上 5 点 30 分，我靠着生物钟自然清醒。按照我们学校的作息时间，6 点之前到教室即可，所以 5 点 40 分起床，时间会刚刚好。

但是我自小被我妈驯化，养成了早起的习惯。还记得刚上小学那会儿，我爸妈还在地铁站摆摊卖煎饼馃子，爷爷奶奶在乡下，没人照顾我，爸妈什么时候出摊我就得什么时候起床，那时候我每天上学去得比门卫大爷还早。

我揉着眼睛起床，被子上有军训时留下的折痕，稍微一叠就很像样子。

三位室友还没起床，我只能摸黑洗漱。经过王思雨的床时，一只白森森的手从上铺的栏杆里横伸出来，冰凉凉的什么东西“丁零”

一响，打在我的鼻尖上。

“程小昭，你起了？帮我开门吧……”

紧接着，一串钥匙从鼻尖滑到我手里。

我们班的教室钥匙由学生自己保管，按照座次表依次传递，传到谁就由谁负责教室一整天的门窗开关。我习惯早起，所以成了127的义务开门人。

到达教室后，我开门、开灯，再插上饮水机，齐活之后顺便接了一杯水。杯子接得太满，我赶紧啜了一口，喝完水刚一抬头，空荡荡的教室里多出来一个人。

这是国庆节开学之后，我第三次在六点钟之前碰到叶其文。

“你又来这么早？”我问。

“嗯，你不也是？”他把书包搁在桌子上，抄起水杯往饮水机这边来，“我妈有事，起晚了没人给我做早饭。”

他走过来时，衣袂飘香，天天回家就是好。

我忙把嘴里的水咽干净：“对了，你们家用什么牌子的洗衣粉？这个味道很好闻哪。”

他略显疑惑地挑了挑眉，抬起一只胳膊闻着校服袖子：“这个我还真不知道，回头帮你问问我妈。”

“哎，不不不，我就随口一说。”

“味道大吗？”他又闻了闻另一只袖子，“可能是我妈没把洗衣粉冲干净。”

他的脑回路有点清奇，我解释道：“我不是那个意思啊。”

叶其文张嘴刚要说什么，一道洪亮的声音将他打断：“哟，你们俩来得挺早！”

班主任背着手从后门进来。

他这个姿势很像身怀六甲，没办法，男人过了三十，总有一天肚子会变大。

我正脑补着瘦长的叶其文二十几年后大腹便便的样子，班主任笑眯眯地说：“你们俩这互助小组效果还挺立竿见影，好习惯都开始互相影响了嘛。”

我对班主任挤出一个僵硬的笑。

班主任看着叶其文，脸上露出“亲表舅看大侄子”的微笑：“其文，下次月考，我可要看到你的进步！”

叶其文很抗拒地点了点头。

教室里陆续来人，一个个被吓得哈欠连天还要举着本子装认真。

见班主任还没有离开，我很狗腿地拿起黑板擦，又给叶其文使了个眼色，他会意后立刻放下水杯开始帮我清理黑板槽里的粉笔灰。

班主任问：“你们俩今天值日？”

我呵呵笑：“不是。”

班主任赞许地“嗯”了一声。

我们收拾完毕，教室里人也基本到齐，班主任很满意地靠在多媒体控制桌前准备讲上一段：“同学们，静一静，耽误大家两分钟时间说点事情。今天早上呢，不是我值班，但我还是过来了，因为我就想看看我不在的时候大家都是什么时间到教室的。”

班主任向我和叶其文投来欣慰赞许的目光，我们俩低头的动作出奇一致。

果然，他开始表扬我们：“程小昭和叶其文五点五十分就已经到教室来了，还义务给大家服务，烧水、擦黑板，刚才还收拾了讲台。”

“今天的值日生是谁啊？”班主任扫视一周，班上两位男生低着头举起手。

幸亏班主任没有生气：“以后值日生记得早来……咳，咱们这个互帮互助小组也要行动起来了嘛，趁着高一还有时间有精力。同学之间也没什么不好意思的，该问就问，该帮就帮，真有觉得不合适的，也可以来找我协调。”末了，他没过瘾，又把视线移到我和叶其文身上，“程小昭，叶其文，下次月考我尤其要看到你们这一组的进步！”

我微微抬起眼皮偷瞄叶其文，他有些许失落的神色，看来他也不是完全不在乎成绩的。也许那种不在乎只是一种伪装，让别人甚至自己觉得，不在乎的东西得不到就得不到吧，反正也没为它花过心思。

可是，做学生的哪有不在乎成绩的呢？其实我们比家长还要在乎。

“早自习上什么？课代表呢？赶紧布置任务啊！”班主任走了半天又忽然在大窗户里露出个头。

班里黯淡的读书声霎时高了一个八度。语文课代表惊醒似的连滚带爬跑到黑板前写下早自习任务。

——复习《劝学》，并阅读刘亮程的《今生今世的证据》。

课代表说：“大家先按照这个任务来，待会儿语文老师会过来布置其他任务。”

课代表说完，大家嘟嘟囔囔地开始学习。

我找出昨天的《劝学》默写稿，只复习错字错句，这样做既省时又省力。

我正在复习，叶其文顶了顶我的胳膊：“你想什么呢？跑神了。老师说让做报纸上的模拟测试题，下课要交。”

我一抬头，看到语文老师正站在讲台上，抱着胳膊望这边。她一只手伸进粉笔盒里，虽然我不相信她的准头，但还是结结实实打了个寒战。

我缩着脖子问：“她什么时候来的？做什么报纸啊？”

叶其文表情僵硬：“做《语文周报》，就是昨天你给我包书皮的那个。”他把他的报纸塞给我，“给，我看看你那张还能不能拯救一下。”

他迅速把《麦田里的守望者》那本书从书立里抽出来，又迅速扒掉它的“马甲”。

我看在眼里急在心里，脑子里有一黑一白两个小人儿正在不停地较量，要了显得我不够义气，不要一定会被语文老师痛斥。

算了算了，好人做到底，我牙一咬心一横，把报纸塞回去："还给你，我的呢，拿来！"

他摇摇头，把那张缺掉一半还烂兮兮的报纸抚平。这张褶皱不堪的"废纸"在他手底下好像是一张饱经沧桑却又千金不换的藏宝图。

幸亏我包书皮的时候阴错阳差地选择了带练习题的那一半，要不然我们就该去翻垃圾袋了。

"这报纸烂成这样，还只有一半，老师指定要说你。"他迅速在报纸上写下他的名字，这样我就再也没法换了。他边写边告诉我："没事，我是男生，脸皮厚，挨两句训不算什么。"

他埋头做题，我也埋头做题，教室里除了"沙沙沙"的写字声，只偶尔有几声板凳挪动的响音。我正将选项中错误的拼音划掉，他忽然说："那不如你教我学英语吧。"

"好。"我答应下来。他用了我的烂报纸，就意味着要替我挨骂，我内疚得厉害，现在他就算扒我的皮抽我的筋我也认了。我多希望他再多对我提点要求啊，可是偏偏就到此为止了。

做完最后一道文言文阅读题，刚好六点五十分，五十五分的时候，课代表下来收报纸。我们刚把报纸交齐，语文老师就从一沓光滑平整的报纸里抽出那张皱皱巴巴的"藏宝图"，看了看署名，果然把叶其文叫过去问话。

叶其文淡定地过去，我忐忑地观望，好像产房外徘徊等待的"准爸爸"。虽然这个比喻不太恰当，但心情总是差不多的。

没想到，讲台上的画风一直是其乐融融的，甚至语文老师还亲切友好地拍了拍叶其文的肩膀。虽然如此，他回来的时候，穿过教室的前七排桌子向我走来，我仍旧觉得他像一个英雄，一个为我而战的英雄。

七点整，老师抱着报纸离开，早自习结束。除了不在学校吃饭的走读生，大家拥挤着去往食堂。

汪明妤过来找我，我说：“我不去吃早饭了，从宿舍里带了面包。”

其实我什么都没带，只是没心情吃东西而已。

人潮退去，教室里只剩下几个人。

我问叶其文：“你是怎么跟老师说的？她骂你了吗？太对不起了，你知道吗，我现在恨不得把心肝脾胃肾都掏出来给你。”

“这么有诚意？”他一笑，“那我要一个就行了。”

“什么意思？”

“我是说，就这点小事不至于。”

他又接着说：“当然没骂我，老师就问我是怎么搞成这样的，我就实话实说了。放心吧，没提你。再说了，看《麦田里的守望者》又不丢人。”

“可是她的态度也太好了吧。”

“哦，可能是因为她是 X 大毕业的，我爷爷又恰巧当过她的系主任。她说她也是刚从班主任那儿知道。”

好吧，合着我操着生孩子的心，他是开联谊会去了。

更可气的是，他说这句话的语气就跟别人问我昨天晚上吃的什么，我说吃的辣子鸡丁没什么两样，没有骄傲的感觉，十分平常淡然。

“你不去吃饭吗？”叶其文把早自习用过的书收好，看好课表，又拿出来第一节课要用的英语书。

“不去了。”我说完向他伸手，“你上次月考的英语试卷呢？方便给我看看吗？”

他讶然：“这么快？”

“我是行动派……”

“你还苹果派呢。”我正说着话，王飞扬走过来对我伸手就是一记脑瓜崩儿。

“你神经病啊！”我一只手捂着脑门，另一只手抄起叶其文桌上的《牛津字典》往王飞扬头上比画，不过比画了半天也没敢下手，“王飞扬，今天算你好运，这不是我的家伙什儿，砸坏了要赔钱。”

叶其文却挑眉道：“砸吧，不用赔。”

我被他逗得大笑，王飞扬则气得一个眼大一个眼小。

王飞扬悻悻走开后，我则开始帮叶其文分析英语试卷。相较而言，听力算是所有题型中得分率最高的，阅读理解和语法知识填空是重灾区，短文改错也只对了很基础的两三个，作文基本上都是简单句，得的十三四分不过是得益于字写得工整。

我觉得英语上了135分才算是优秀，120分都没什么竞争力，何况他只有80多分。

我看试卷的过程中也时不时看一眼叶其文，他安静地忙着他的事，在一张物理卷子上用公式表达着v、g、t的关系，那是一道自由落体的题目。

也是，这个时候不做点自己擅长的缓冲一下，难道拿出政治课本默写商品的基本属性吗？

为了调节气氛，我轻咳一声：“哎，你说二十六个英文字母是不是都有各自的物理含义？”

叶其文说：“XYZ好像还没有，不过它们是数学里的坐标系。”

“哦哦，还真是呢。”我把英语试卷推到他面前，像主治医师安慰心理承受能力不太好的家属，“我看了，就是阅读理解和语法知识填空差点事儿，稍微下点功夫，搞上去就行了。”

他问：“真的吗？”

我也不知道是不是真的，反正对我来说不是真的。因为我是个资质平庸的人，成绩是从书山题海里一步一步鏖战出来的，甚至还有点不稳定，所以我也不相信小说里那些从来没有认真对待过学习的学渣竟然苦读一年半载就考上了Q大。

叫我一个从小学一年级起就不停地苦读，到头来却连Q大的脚后跟都摸不着的人去信那个，也太残忍了。

但是我不能那么说，叶其文是叶其文，他不是程小昭，他有他的可能性。

我笃定道："当然是真的，你物理那么好呢！"

他不明白："物理好跟学英语有什么关系？就因为知道二十六个英文字母分别代表什么物理量吗？"

"当然不是。因为物理学得好的都特别聪明啊，不像我，有些拐弯抹角的题目真的很费劲。"

他拍拍我的肩膀："别老妄自菲薄，我觉得你很厉害。"

怎么成他安慰我了？我笑着说："好，我很厉害。"

"你有纠错本吗？"我抽出一个棕色的牛皮本，"这是我的。我建议你从现在开始就准备一个纠错本，整理错题并且定期回顾。"

"怎么整理呢，比如说这个吧……"我翻着我的纠错本向他展示，"就像这样写好翻译，再总结出知识点。最好把同类型的题目写在一起，这样比较容易复习。"

他似乎明白了，微微点着头："好。"

"你坚持每天做一篇语法填空题，我保证，下次月考，这种题绝对错五个以内。"我夸大了题海战术的作用，不过它真的有效。而且，有很多事情，只要在前面加上一个期限，就会大大增加它的可信度，提高当事人对它的信心。

我怕他坚持不下来，随口说："这次月考，我的语法知识填空错得也挺多的，要不然我跟你一起做吧，咱俩互相监督。"

叶其文笑了："好。"

假如是默片的话，现在应该是十分温馨美好的一幕，但是我的肚子却在这个时候"咕噜"了一声。

我尴尬地咳嗽起来。

我低着头，不好意思地看了眼叶其文。

他问："你的面包呢？赶紧吃点东西吧，我去给你接一杯热水。"

"呃，其实我没有面包。"

“那你吃这个吧。”叶其文从书包侧袋里摸出一包蔓越莓饼干。

我接过那包饼干，迫不及待地扯开包装袋。等我吃完，他又拿给我一条巧克力。

我这次的打开方式就温柔了很多，我边吃巧克力边说：“要是有横扫饥饿感的设备就好了。”

“你当我是自动售卖机啊？就只有此刻尽丝滑！”叶其文略带嫌弃的话里隐含着笑意，下眼睑浮起一对好看的卧蚕。

此时，阳光透过窗户落在他蓝白色的校服上，还有他漆黑的眉目上。

我看呆了，巧克力慢慢被我含化。

叶其文问道：“程小昭，你知道我对你的第一印象是什么吗？”

我回神：“什么？”

“我刚来的那一天，正上着历史，全班上下没一个说话的，就你说唐明皇他老人家也是票友！我当时在想，这女生怎么那么酷啊，酷得跟许文强似的。”他笑了笑，接着说，“我现在才知道，二得跟光头强似的！”

我抿着嘴笑，要不是顾忌着刚吃完巧克力，一张嘴可能有损形象，我也要把我对他的第一印象告诉他——你个自律会整改对象。

第四章

n=1 时，等号成立

我在六十一个名字中找到“叶其文”不过用了三秒钟。

这样的经历后来变得很频繁，他好像成了我生命里一个高亮度显示的点，不管人群如何密集，我总能一眼找到他。

中午，我和汪明好一起吃饭。为了避免再次发生鹌鹑蛋事件，我和她都要了南区 2 号窗口的大理过桥米线。我们嫌砂锅太沉，就让老板用一次性盒子打包。

揭开一次性餐盒的盖子，水珠扑簌簌往下落。红油里浸着粗细刚好的米线，我加了鹌鹑蛋、海带结和羊肉片，红绿搭配，相得益彰。

汪明好费力掰着一次性筷子，她总是找不到正确分开它们的窍门，每回都弄得一长一短，她总说是筷子不行。

“这筷子不行啊……程小昭，我还是觉得你好，孙曼可太闷了，都不怎么跟我说话。”

“才几天啊，熟了就好了。”

“叶其文闷吗？”

“不闷，”我挑起一筷子米线吃着，“他人还挺好的。”

汪明好撇嘴：“是吗？你以前可不是这么说的。”

“那他现在还是你男神吗？”见汪明好这两天已经对叶其文兴致缺缺，我故意这样问。

汪明好拌了拌米线，准备开吃：“嗐，其实也就那样吧。”

果然，新鲜感过去，荷尔蒙没效力了，就从男神变成“就那样”了。

可是，我却比以前更喜欢他。

汪明妤吃着吃着，叹了一口气：“我现在比较担心我的物理和化学，上次好不容易才及格，现在越来越听不懂了，反正下学期我要去学文科！”

“没出息！就是学文科也得等到明年四月份，现在说这些有什么用？不懂就问嘛，问孙曼、问老师，也可以问我嘛。”

她点着头：“不说这些了，都没心情吃饭了。”

吃过午饭，时间还早，汪明妤说想给家里打个电话，我就陪着她去了公共电话亭。“中国联通”的大中国结旁边镶着一块锈迹斑斑的不锈钢牌子，牌子上面写着：2001 级毕业生捐赠，祝母校的明天更加辉煌。

不过才几年，不锈钢也生锈了。

我在想，2001 级一定出了许多优秀的毕业生，要不然怎么能捐出一个电话亭呢？也许我们这一级也会出现这样的人物，就是不知道会捐什么。

汪明妤将电话卡插进卡槽里，趁着还没接通，我说出了我的想法：“你说咱们这一级将来捐什么？”

汪明妤想都没想：“捐个食堂吧。”

嗯，汪明妤有可能就是那样的人物。

可事实是，我们毕业几年后，只给学校捐了一块黑不溜秋的泰山石，也请人刻上“祝母校的明天更加辉煌”。那块石头摆在了 2010 级毕业生捐赠的紫薇树旁边。

汪明妤打着电话，又是要巧克力、柿子，又是要草莓酸奶的。我看得心痒，也掏出电话卡，可我不能打给我爸妈，因为他们现在一定很忙。还记得军训那会儿，有一天我中午吃完饭给我爸打了个电话，他当时正在炒菜，一只手摸出手机，一只手拿着味精罐子，结果他把手机扔进了锅里，把味精罐子靠在了耳边。

不过，我可以给我爷爷打电话，但是我不希望我奶奶接，因为她耳朵不太好。

“你是谁？”还真是我奶奶接的。

“哎！奶奶，我是囡囡哪——”我拔高的声音一出，周围一群人看了过来。他们听见了有什么用，我奶奶又没听见。

“奶奶，你叫爷爷接电话好不好？”

一句“老太太，把电话给我”之后，听筒里传来爷爷的声音：“喂，您找谁啊？”

我的音量终于恢复正常：“爷爷，是我。”

“哦，小囡呢，咋打电话了？你奶奶也真是的，什么都听不见，还接电话了。”

我一跟老人家说话就不由自主地拿出哄孩子的语气：“没事儿啊，就是今天吃完饭，时间还早，不急着回宿舍。你们吃了吗？”

爷爷说：“吃了，吃的西葫芦和白菜，西葫芦是昨天晚上剩下的，白菜是新炒的，因为菜市场卖三毛钱一斤，已经连着吃了好几天了。”

我说：“怪不得食堂的汉堡里的生菜都换成白菜了呢。”

爷爷又叫我少吃汉堡多吃饭。

奶奶在那边说了句什么，爷爷就替她传话：“你奶奶说赶集的时候得买点新棉花给你做袄子，问你要红袄子还是粉袄子。”

“……有黑的吗？”我哭笑不得，都上高中了，谁还穿大红大粉的袄子，“爷爷，这才十月份啊。”

爷爷说：“今年冬天冷得早。”

我努力回忆地理课上学的哪些知识可以预测今年冬天要早冷，厄尔尼诺还是拉尼娜？

爷爷又说：“你奶奶说她昨天晚上做了个梦，梦到今年冷得早。”

好吧。

那边奶奶不知道怎么听见了，大喊起来：“可不是嘛，我梦见今年冬天下着大雪，天又冷又黑的！指定冷得早！”

我只能说：“也行吧，那叫奶奶别累着了，不要粉的也不要红，应该没有绿的吧？”

最后爷爷告诉我，我爸和小姑决定过两个月给他和奶奶修房子了，还要收拾天井。

我问对门那家外地人还好不好，爷爷说还好。

下午倒数第二节课是物理，下课之后我跟着老师去办公室拿晚自习要用的预习教案。我拿完刚出来，五班的物理课代表追上来拍我的肩膀："你们下节课上体育吗？"

女生叫周丽辰，瘦长瘦长的，气质很好。看着她校服里面套着的那件纯棉立领木耳边衬衫，我联想到上世纪三四十年代上海滩的大家小姐，书香门第，留洋归来。

虽然我们班和五班是同一个体育老师，但是周五下午才有体育课。我说："不上啊，今天才周四。"

周丽辰闻言，没精打采的："我们下节课本来是上化学，但是化学老师今天下午有事，就跟体育老师换课了。"

这有什么好失望的呢？只是改了时间，又不是直接被占掉。

我说："我们班应该没变，还是周五上。"

周丽辰突然把我拉到一边，用新拿到的试卷把我们俩的脸都挡起来。我觉得这个画面落在不知情的人眼里可能会引起误会，她刚要说什么，我抗拒地退了一步，和她保持安全距离："有话好好说。"

显然，周丽辰一门心思放在要说的事情上，我这样的反应并没有引起她的注意："你们班是不是有个叫张辰东的？"

她声音压得很低，说"张辰东"三个字的时候几乎是轻飘飘带过的。已经在一起上过三四周的体育课，而且我们班和五班在同一楼层，抬头不见低头见的，她分明是在明知故问。

"有啊，怎么了？"

周丽辰耳根开始泛红，吞吞吐吐的，不知道要说什么。

我看了看手表，很不客气地把窗户纸捅破："你要他 QQ 啊？"

她摇着头小声说："我就问问，我上的那个小提琴班新来了一个男生，我看着好像是他。”

“小提琴？”我微微吃惊，“你是说张辰东会拉小提琴吗？真的假的？我可看不出来。”

周丽辰使劲点头：“他拉得很好，已经快满级了！”

我对音乐考级没有概念，也不知道在国庆节的某一天周丽辰去到培训班的小提琴教室时，有个新来的男生在老师的要求下，当着全班同学的面演奏了一首《渔舟唱晚》。

周丽辰迟到了十分钟，不好进去打断，就站在门口痴痴地望着。那把小提琴真是漂亮，背板上有漂亮清晰的深褐色虎皮纹路。男生闭着眼睛拉琴，一开始羞涩拘谨，而后渐入佳境。

周丽辰从音乐老师那里得知，达到这样的水平，张辰东不过才学了五年，而她呢，整整九年还原地踏步。

周丽辰告诉我，她真的很笨，刚开始学的时候连握弓都学不会，由于姿势错误，大拇指还得了腱鞘炎。

她笨吗？入学摸底考试年级前五名，物理竞赛组的尖子成员，张辰东哪有那么好，是她自卑了。

张辰东和周丽辰在小提琴方面不就像李文晶和我吗，一个天赋异禀，一个平平无奇。

后来，我还是给了周丽辰张辰东的QQ号，她加没加，我就不知道了。不过，某个周末周丽辰通过QQ问了我一个颇具哲理的问题。

周丽辰：你说，缘和分哪个更重要？如果只能选一个的话，你选哪个？

我喝完一杯水又去倒了一杯才回复她。

程小昭：我觉得缘是分的前提，分是缘的保证，所以一样重要。

老师说了，答题的时候观点要全面，要不然得不了高分。

周丽辰：我觉得缘更重要，因为没有缘就没有分，分可以争取，而缘只能看天意。

那时候的我们总是神经兮兮地讨论“青春疼痛”文学。

周五早自习，叶其文刚一坐下就迫不及待地从书包里掏出一个东西，往我桌上一拍："给，送你的！"

看见那个绿色桶状物时，我简直不敢相信自己的眼睛，确认了好几遍才皱着眉头念出上面的字："西湖龙井，清香宜人……"我觉得不可思议，"你送我绿茶？"

"不是，"他忙拧开绿茶罐子，"这是洗衣粉。没找到合适的罐子，就随便装了。"

我更加不可思议："你送我洗衣粉？"

倒是叶其文摸不着头脑："你不是一直想知道我们家洗衣粉是什么牌子的吗？"

原来他还记得那件事呢，我有点不好意思了："我就随口一说，你还当真了。"

早自习上生物，黑板上写着复习光合作用的过程。叶其文从书立上抽生物课本的时候大着舌头说了一句话，我咳了两声，权当没听见。

可是我听见了，他说的是："以后咱俩就一个味了。"

为什么我脑子里会蹦出来两只小鸡崽呢？它们头顶光圈踩在云朵里，一起俯视着一家烤鸡店。一只小鸡说，真好，咱俩现在是一个味的了。另一只小鸡说，嗯，都是奥尔良味的。

我翻着生物课本找到光合作用那一节。在此之前，我特意去蛋白质那一节看了看那个搞笑的肌肉女。不得不说，生物课本简直就是乏味学生时代的快乐源泉。还记得初二下学期学两性生殖系统的时候，连老师都是红着脸的："同……同学们，这节课自己看看吧。"

现在，我又有了新的笑点。

叶其文看了一眼生物课本的封面，立刻用手捂住，同时做了好几个深呼吸："哎，你还包书皮吗？"

“还来？你疯了吧？”

“不行，这东西太恶心了！”他手盖住的是封面上的流动镶嵌模型。

我“扑哧”一声就笑了：“你不是有密集恐惧症吧？”

他已经从书包里扯出一张报纸：“你行行好吧。”

“有备而来啊？行吧。”我就又替他包了一回书皮。

中午，我把伪装成西湖龙井的洗衣粉带回宿舍。我今天回去得晚，到的时候，其他三个人都已经在了。王思雨和李燕菲坐在赵冉冉的床上聊天，话题是赵冉冉床下那双白色的阿迪达斯球鞋。

我当时对这些东西还没有概念，不明白为什么一双鞋子多了三道杠之后价格就会直逼四位数，而且大家还都觉得穿这三道杠很有面子。

不过，后来等我有了钱，我也很乐意为附加在商品之外的东西买单，而且还一发不可收拾。

李燕菲艳羡地说：“这鞋可真好看，是最新款吧？”

王思雨说：“是挺好看的。”

赵冉冉羞涩地绞着手指，她的反应让我觉得这双鞋子并不简单。

果然，她说这是五班赵驿帮她带的。

她问我好不好看，我诚实地点着头：“好看的。”

但我不知道赵冉冉是不是被开心冲昏了头脑，又或者是上课没认真听讲，我说完之后她居然张口来了一句：“赵驿说这是他姑姑从美国阿迪总部带回来的！”

昨天历史课上讲“经济全球化的影响”，老师明明指着 PPT（演示文件）上那个阿迪达斯的大标志说 1949 年创办于德国。

她们聊着天，我把茶叶桶往床上随手一放就去洗脸，出来的时候，居然发现那三个人拿着我的东西研究开了。

赵冉冉正费力拧着上面的盖子：“程小昭，你现在就开始喝茶叶了？这谁拧得这么紧啊，打都打不开。”

王思雨说："肯定不是茶叶，闻着像洗衣粉。"

李燕菲把茶叶桶接过去："来，给我试试。"

"你们干吗呢？"我不知道我为什么会那么紧张，三两步就冲上去夺下了茶叶桶，捂在怀里抱着，"怎么乱动人东西啊？"

李燕菲委屈巴巴地跟我说了声对不起，王思雨不好意思地上床睡觉。赵冉冉嫌弃地看着我："看把你吓的，又不是多宝贝的东西。"

你怎么知道不宝贝？

赵冉冉有些不满："咱们都是一个宿舍的，至于那么小气吗？洗发水和沐浴液不也都是你用我的我用你的……"

她说得义正词严，好像做错事的人是我。

宿舍气氛被我搞得很僵，于是我把茶叶桶掖进柜子里，笑嘻嘻地给自己打起圆场："哎呀，不是不让你们碰我的东西，你说我这里面装的万一是生石灰，你们不问一句就拿去用了，灼伤你们的绝世容颜可怎么办呢？是不是啊？"

赵冉冉终于让我逗笑，李燕菲也没心没肺地笑起来，王思雨提醒我快到点了赶紧上床睡觉。

分歧暂告一段落，我一边佩服自己，又一边叹着气。其实我很生气，我不喜欢她们随意碰我的东西，但是我又很没出息，很讨厌自己总是选择用圆滑的方式处理事情。

中午我没睡好，下午上课就有些头疼，我闷闷不乐地坐在位置上等待打预备铃，翻书的时候不小心碰到叶其文的手肘。

他好像也没睡好，正趴在桌子上打盹儿，睡出一对欧式大平行来："你怎么了？"

我撇了撇嘴，懒得搭理他。

他笑我："你嘴角上挂沙袋了。"

我依旧没理。

这节课上数学，我翻出昨天的卷子，摊在桌上等着老师来讲。

数学老师夹着书进来，却没有直奔主题："这节课该讲应用题了吧？那我们接着讲……不如咱们这次找个同学给大家讲讲吧，用你们的方式交流也好理解。哪位同学愿意给大家讲一下呢？”

“我！”叶其文举手。

这小子入戏还挺快的，刚才还一门心思笑话我呢，现在就沉迷学习不能自拔了。

怎么有种被遗弃的感觉？

叶其文没有上讲台，站在自己的位置上举着试卷开始讲：“如果每幢楼为五层，那么所有建筑面积为 10×1000×5 平方米，所有建筑费用为（k+800）+（2k+800）……最终 k 解得为 50。”

“很好，思路清晰，叶其文同学最近的学习劲头很足啊。那么第二问呢？盖几层楼会使得小区的综合平均费用最低呢？”

叶其文流畅地说着解题步骤。

“不错，很严谨。”数学老师赞许地“嗯”了一声，“答案是什么？”

叶其文将目光落在试卷上，认真地念：“当且仅当 n=1 时，等号成立。”

老师沉默了三秒钟，脸色风云变幻：“白费工夫了，你坐下吧，算数再去小学回回炉。”

全班哄堂大笑，当然也包括我。

叶其文坐下，我鼓着腮帮子对他冷嘲热讽：“你傻不傻啊？算了半天，合着就盖一平房啊？”

可是，当我看到他试卷上的答案时，才发现真正傻的人是我，他的答案明明是 8。

他把试卷盖住：“你开心了？”

什么叫我开心？

这算什么？烽火戏诸侯吗？我一直不相信世界上会有周幽王那样的人，我也没想到有一天我会像褒姒一样坐在教室里看着当了舞台剧演员还不自知的老师和同学哈哈大笑。

我真该骂他一句，叶其文，你就是一个蠢货。

叶其文似乎看透了我的心思，眉头动了动，不以为意地解释着：“班主任昨天给我妈打电话，把咱俩夸了一顿，我妈说让我好好谢谢你，帮你充个饭卡什么的，结果我把钱拿去买皮肤了，所以得补偿你一下。”

我不相信。

于是他告诉我有个游戏叫英雄联盟，刚刚在中国公测，他最喜欢的英雄是审判天使凯尔。

我将信将疑地点了点头，可还是不信。

如果说苦难是一分一秒都难挨，快乐的时光总过得很快，那我一定是很快乐的，因为还没反应过来就已经十一月了，按照四季划分，算是冬天了。

今年并不像奶奶说的那样冷得很早，深秋连场像样的冷雨都没下过。给人一种错觉，今年的冬天不会来了。

阳光明媚的秋天里，我们班和五班的体育课终于在下一个周五重合。周丽辰很开心，对谁都亮起那口细糯的白牙。她见着我时，拍着我的肩膀：“程小昭，你今天不错哟！”

有人邀她上场打羽毛球，她毫不犹豫地答应，抓着秋天的尾巴，赶紧把校服脱了露出里面漂亮的格子衬衫，温柔的浅绿色，真好看。

我一会儿看看周丽辰，一会儿又看看旁边篮球场上的张辰东。周丽辰每一次接球发球都无比认真，羽毛球在空中划出一道优美的弧线。可是好不容易张辰东的视线往她那边去了，她的拍子却又一不小心与羽毛球失之交臂，周丽辰再次娴熟漂亮地发球，张辰东却转身了。

那时，我真想按着张辰东的头，看，你给我看！

叶其文上场打篮球之前叫我帮他看着外套，我就送了他两个字：“不行。”

他无奈地把外套扔在地上。然而，眼见一只蚂蚁爬进他的衣服袖口里，我赶紧把外套拾起来搁在一个闲置的乒乓球台上。不过由于放衣服的人太多，下课拿衣服的时候他告诉我这件好像不是他的。

我心里愧疚却打死不认错，还把责任推到他身上："谁叫你自己去晚了。"

"没事，哥原谅你。"他随便拿了一件，并不跟我计较。

我倒生出点愧疚之心。

11 月 20 日期中考试，这场考试才谈得上是真正意义上的大考，五所高中联合出题，五所高中联合排名，就连印刷试卷用的 8 开 B4 纸都比平时的上档次。

那天我坐在监控全开的教室里，听老师启封答题袋前讲考试纪律。我暗示自己绝对不能失手，又不停地劝慰着要放轻松。

上次的成绩实在让我压力山大。

拿到柔滑洁白无坑洼的试卷时，我落笔竟然有些犹豫。高大上的白色纸张把我的字衬得很丑，我觉得自己还是喜欢灰蒙蒙的试卷。

考试结束那天，所有人都松了口气。我们去教室外面把书一摞一摞重新搬回来，桌子跟桌子重新拼在一起，教室布局恢复原样，我才觉得这场战争是真正结束了。

接下来就是惯例，对答案、估分、统计错题……

五天之后成绩出来，我去物理组问作业，物理老师选择性屏蔽了我抗拒的表情，鼠标一点，桌面上弹出新鲜出炉的电子版成绩表——我是第四名……

这次的第一名是我们班长，也是入学时的第一名。

很客观地讲，我上次月考的成绩的确名不副实，但拔得头筹的感觉却是真真正正烙印在我心里。就算知道那个位置不属于我，可是我曾经拥有过，再次屈居人下时，总难免失落。

本来下午第一节课就该去取成绩单的，但是学习委员硬生生拖到了大课间，我怀疑她是想逃跑操。

成绩单被放进卡槽里，围观的场面一如既往的壮观。我心里有数，就肆无忌惮地撺掇叶其文：“你堂堂七尺男儿还能叫区区期中考试吓住？快去快去！”

他非要让我跟他一起去，我一脸嫌弃：“瞧你这样儿，跟大半夜看了鬼片似的。”

“什么意思？”

“不敢自己去上厕所！”

他什么都没说，直接把拳头递到我脸边：“去不去？”

“好好好，陪你去。”

我在六十一个名字中找到“叶其文”不过用了三秒钟。

这样的经历后来变得很频繁，他好像成了我生命里一个高亮度显示的点，不管人群如何密集，我总能一眼找到他。

“三十五名哎，不错啊！”我真的替他开心。

我看着成绩单的中下部分，他却看着成绩单的最上方，真奇怪，我们居然在看对方的成绩。

他只是“嗯”了一声，似乎不甚满意。

我连他的年级排名一起看完，在心里略略一算：“嗯……班级排名比上次进了八名，全年级呢，好像进了九十六个名次吧。”

他错愕地盯住我：“我自己都忘了上次考多少。”

我窘迫地随口扯谎：“呃……我就是记性好，全班的名次都能记个七七八八。”

谁料我话音刚落就来了个踢馆的，王飞扬抱着胳膊打量我：“那你说，我上次考多少啊？”

他那副“我倒要看你怎么圆场”的欠扁样子让我很想打人。

周围好几个同学把注意力转移到我身上，甚至有男生开始起哄：“程小昭，你是不是特意记住我们叶哥的成绩啊？哈哈哈！”

找真的很想找个洞把自己埋了。

不光是我，叶其文应该也是吧，他的脸也红了。

起哄的几个人里，江超凡最为起劲，一副开别人的玩笑与自己无关的样子，真叫人讨厌。

“说什么呢？”叶其文把他推到一边。

几个男生闹哄哄的，听得我心里烦躁不安，这样无下限地开玩笑，对我对叶其文都没有好处。我只好装作听不见，一门心思去看成绩单，目光无所适从，唯独扫到王飞扬的成绩时吓了一跳，他居然考进了前二十名。

真可怕！

我回到位置坐下，叶其文也回到位置坐下，王飞扬还站在那里，拎着本子，没有誊抄成绩，就只是站在那里看着。我们从初一认识到现在，他好像没什么变化，又好像变了不少。李燕菲就站在离他不远不近的地方，抬头看会儿成绩单，又低头在本子上写写画画。

我看着他们发呆，叶其文摇了摇我的胳膊：“你在想什么？要上课了。”

“别跟我说话！”我猛地扭头吼了他一声，声音太大，闹得周围一圈人都看着我。

看吧，看吧，都看吧，看的人越多越好，最好全班都知道我对他的态度，最好他现在能跟我大吵一架，也让大家知道他对我的态度。看啊，我们闹得多僵……好像如此，就不会有人再胡乱开玩笑了。

但是叶其文没有，他一句话都没说，舔了舔嘴唇开始找书，手指在书立上停了半天也没能把政治课本抽出来。

我后悔了，这又不是他的错，胡说八道的人又不是他，我却拿他出气。

课上，班主任指着一张插图都没有的PPT讲我国的基本经济制度，讲国有经济的地位，说国有经济控制着国民经济的命脉……讲到这里，他阴阳怪气地化用到我们身上：“某些同学啊，本末倒置，国有经济还搞不好，净想一些乱七八糟的。期中考试的成绩已经出来了，想必大家心里都有数。我说的是谁，谁自己心里清楚。”

他没有点名道姓，但成绩下降的我忍不住对号入座了，一节课下来，没听进去什么，却吓出一身冷汗。

下课铃响，班主任夹着本子离开，我跟断了线的木偶一样瘫痪在桌子上。

“啊，对了，程小昭，你出来一下！”靠走廊的大窗户“呼啦”一声被拉开，冒出来一张白面团子似的脸。

窗边那几个同学的心脏可能是水泥做的，平静自如。我咽了口口水又做了个深呼吸，心虚到不行。我告诉自己，我又没犯错误，只不过是没考好而已。

看见我时，班主任皱着眉头往胳肢窝里重新夹了夹本子：“你身体不舒服？”

“我……没有。”

他按亮手机看了看时间：“放学之后，你到学校门口去一趟，你爸妈刚才给我打电话，说今天下午要来给你送点东西。”

“我爸妈？”我不敢相信自己的耳朵。

“嗯，我待会儿还有个会。”班主任收了手机，“你这次考得不太理想，选择题错那么多，涂错卡了还是怎么的？等有时间我再单独找你谈吧。”

“知道了，”我头皮发麻，“谢谢老师。”

下午放学我没有去食堂，跟大多数同学走相反的方向。我第一次在休息时间去校门口拿东西，本应高兴的一件事情却让我觉得惴惴不安。爸妈总是忙着挣钱，怎么会无缘无故来学校看我呢？

不远处，叶其文推着他的黑色山地车从人群里经过，俊秀舒朗的少年不声不响就让周围的男男女女自动褪成灰色。他不紧不慢地绕过人群，一路吸引众多目光。

亲眼目睹那些同学捂着嘴巴惊讶的样子，我心里的优越感又莫名开始泛滥，甚至很想告诉他们：知道吗？这么好看的人是我同桌，我是全市一中离他最近的人。

赵玉梅和程路平跟其他家长一样拎着饭盒站在校门口。见人越聚越多，保安过来驱赶，我指了指西边的透明栅栏墙，示意他们过去。

“你们怎么来了？”我察言观色的本事尚可，可从他们脸上读不到什么。

我妈打开饭盒盖子，先露出一份排骨米饭：“你奶奶最近老嚷嚷着难受，我们陪她上医院做了个检查，顺道来看你。”

排骨米饭让我爸端着，饭盒第二层是一份青椒炒肉，我妈把一次性筷子拿给我：“你在学校也没什么油水，快吃吧。”

她和我爸一人端着一道菜，我隔着铁栅栏把筷子伸出去够饭盒里的肉。

我刚碰到那块精致的小排，我爸忍不住笑起来：“跟探监似的，哈哈哈！”他的手抖得很厉害，我筷子一滑，什么都没夹到。

虽然我也觉得很像，但是现在我想先吃饭：“爸，你能先别笑了吗？你看看人家。一看你就是新来的。”

我爸左右摆头，看了看淡定自如的其他家长，轻咳两声，收敛了笑意。

我终于夹到那块排骨：“奶奶哪儿不好受？”看爸爸那样子，我也知道没什么大事。

“就是心脏不好，没什么大事。”我妈说。

“本来想这个月给你爷爷奶奶修房子的，看来只能等下个月了。”我爸说。

“考试了没？”我妈又问。

“考了，考得还行，就那样。”我边吃边说，装得很若无其事。不是说情绪会感染的吗？我希望他们能受到我的感染。

“多少啊？”

“第四……”我的声音随着排骨吞下。

我说话的声音并不高，但是边上有好几个家长一起扭头看我。

甚至有个不怯生的胖阿姨丢下女儿，过来问我：“小同学，你是几年级的啊？一看就是实验班的吧？成绩这么好呢，你们老师说没说什么时候分班啊？”

我把饭咽下去了，却装出嘴里满满当当的样子，示意她我现在没法说话，因为她女儿的脸色明显不好看。

我妈也装得谦逊：“高一的小孩儿，刚上学没几天，这成绩哪能算数啊。”

也许是虚荣心得到满足，一个并不理想的成绩哄得我爸妈眉飞色舞。我有种逃过一劫的感觉。

吃完饭，我爸把脚边装水果的袋子提起来。他们果真是没有“探监”的经验，塑料袋装得太鼓，栅栏间距太小，根本塞不进来。没办法，他只能踩上栅栏下面那道水泥墙把水果给我递过来。

紧接着，我妈开启了啰唆模式：“先把葡萄吃了，我今天早上洗的时候看见已经烂了几个，吃不完就跟同学们分分。对了，还给你买了点榴莲，那个也坏得快。苹果不怕放，留着最后再吃……都赖你爸，给你买了箱奶，他给忘拿了。”

我爸不好意思地搓着手：“你们学校有好奶吗？要不然我明天再来……”

我摇摇头，忽然一阵心酸：“不用了，我自己买就行。”

我妈用叉子插了一块榴莲过来：“快吃吧。”

我很喜欢吃榴莲，喜欢榴莲特有的臭味。我咬了一口，问我妈：“怎么舍得给我买榴莲了？”

我妈答得坦诚：“昨天二十多一斤，今天成十九块九了。”

我又哭又笑，鼻涕差点喷出来。

我爸掏了半天也没掏出来一张卫生纸，他伸出袖子给我抹着眼泪：“别哭了啊？”

他袖子上有固体清新剂的味道，他车上总放着那个，有时候是茉莉味的，有时候是桂花味的，小摊儿上卖十块钱三盒。他总是不愿意让人闻到他身上的油烟味，可这些清新剂里面的对二氯苯对人体有害，我告诉过他，可他不听我的。于是我说："爸，没事儿。咱不用这些，你要是真喜欢香水什么的，等我将来挣了钱，给你买一缸名牌香水，把你给泡起来。"

我爸虽然不知道什么是祖玛珑，但还是很配合地点了点头。

我不哭了，认真地看着我爸和我妈："爸，以后咱有话好好说行不行？我妈就那样，她不嘟囔难受，你忍不了就躲她远点。妈，以后你少说两句行不行？不要总当着外人的面数落我爸，你给他留点面子嘛，他是男人。"

我爸妈并没有听进去，只是表示不想当着这么多人的面聊这个话题。

最后，我妈说："我又给你砸了罐核桃，你多吃点，补补脑子。我和你爸没什么本事，你可得好好争气，前三名还是得保持住吧。你表哥都考上公务员了，劳动局呢，一上班就先发了一个月的工资，五险一金都有，过年过节还分福利，过生日都有蛋糕券……"

我点了点头，觉得身上的压力是真的大。

爸妈走了，我还愣愣地站在原地，看着他们疲惫臃肿的身体，鼻子再次酸了起来。

我爸打我妈的时候，我殷切地期盼他们离婚，但是就在刚才，我在心里问自己，假如他们离婚，我真能做到那么洒脱吗？我妈经常说日子就是稀里糊涂过下去的，看到他们刚才其乐融融的样子，我似乎也妥协了，也许就这样稀里糊涂过下去吧。

我回到教室的时候才六点十五分，班里同学大概只回来了一半。

汪明好一个人吃饭时效率一向极高，她跑到我前面的位置坐下，回头跟我面对面聊天："程小昭，你怎么了？眼睛怎么红红的？"

我很矫情地说："没事，眼睛里进沙子了……"

她很不屑地"嘁"了一声："你滚！沙子都进言情剧女主角的

眼睛里了，哪有工夫往你这儿钻！”

汪明好的嘴炮功夫都是跟我学的，我也没想到有一天师傅会被徒弟气死。

不过，当我拎出一串巨峰葡萄的时候，她就很自觉地向我低头认错了。

汪明好给我听了会儿咀嚼音，见同桌孙曼回来，又跑去给孙曼听。汪明好是个很好相处的人，她和孙曼已经是好朋友了。我真替她们开心。

我趴在桌子上想事情，想我爸妈，想成绩，想高一下半年的文理分科，想现在怎么跟我同桌和好……

也许叶其文进来的时候，我的眼里还保留着一点点红晕，眼角还残存着一丝丝泪痕。他似乎是被我可怜兮兮的样子唬住了，忍不住问我：“怎么了？哭了？”

真没出息，冷战都不像回事儿，他关切的表情立刻让我很心软。

“对不起。”我坐直了身子，郑重地向他道歉，“真对不起，我这人有时候就跟条疯狗似的，今天下午的事儿，你别往心里去。”

我本以为他会说，没关系啦，我没往心里去。

可是他说：“嗯，你对自己的定位很准确。”他无视我一脸黑线，自顾自说下去，“程小昭是一条疯狗，属动物界，脊索动物门，哺乳纲，食肉目，犬科……且野外长大，从未注射过六联疫苗！”

够狠。

我不甘示弱地回击：“那叶其文就属植物界，绿藻门，绿藻纲，小球藻科……单细胞生物，且长期进行无性繁殖！”

我们边说边笑，用所学的知识互相攻击，这是专属于学生时代的快乐。

显然是我更胜一筹。我正得意扬扬抱着胳膊欣赏叶其文吃瘪的样子，他忽然伸脚蹬住我凳子上的横栏，使劲往他那边一勾。我没有任何防备，身体前倾的时候还维持着抱胳膊的动作，像一只被剪掉侧鳍的鲤鱼，平衡感极差。

凳子与地砖摩擦，发出一声长长的“吱”——那声“吱”引得班里所有同学齐刷刷地盯住我们。

万幸，我不是扑进他怀里，而是人仰马翻地栽倒在地。

我上半身躺在地上，双腿双脚挂在凳子上，睁眼看见的是头顶明晃晃的长条灯棍儿。

叶其文赶紧站起来扶我，像收起一把折叠躺椅一样把我从地上折起来。他还挺有劲儿的，我有一百一十多斤呢。

我捂着腰，趴在桌子上哼哼：“你这个人……”

他小心翼翼地探头过来：“你没事吧？谁知道你往哪边歪啊。”

那我往哪边歪？

“用不用去医务室看看？”他刚把手放在我的腰上，我一巴掌给他打掉。

他还挺委屈：“……谁让你说我无性繁殖来着。”

叶其文非要拉我去医务室，我一挺腰一皱眉：“老娘又不是纸糊的！”

他这才作罢。

晚自习上英语，英语课代表把答题卡发到我们手里。期中考试刚刚结束，这节课的任务就只是错题更正和分析作文。

我看了叶其文的英语试卷，经过近一个月的题海战术，虽然没能达到我向他保证的效果，但是有了明显的进步，尤其是语法知识填空，十个题只错了四个，阅读理解最简单的第一篇也能做到一个不错。

我很满意，但是他呢，我没看出来乐观的情绪。他上英语课总是跟会计到了月尾守着一堆账似的皱着眉头。看着他愁眉苦脸的样子，我忽然害怕，万一他就此放弃了怎么办？

也许是害怕自己精心栽培一个月的心血会付诸东流，也许就是单纯希望他的成绩能好，我问：“阅读理解和语法知识填空要不要再约一期啊？”我明明很盼望得到肯定的答复。

他正在写一个长单词，还没来得及回答，我激他：“你不会是嫌累，不敢了吧？”

“没有，我不嫌累。”

“好，那每天再背一篇作文例文，敢不敢啊？”

“好。”他想了想，也答应下来。

得到肯定的答复，我终于放心，因为据我现在对他的了解，他姑且算是个言出必行的人。

期中考试结束，各科成绩一目了然，又多了一个文理分科该何去何从的依据，大家讨论这个话题的次数也越来越多。

我发现一件很奇怪的事情，我们似乎从来没有思考过文理分科究竟是不是一件好事，或者说文科分科是不是一个合理的存在，就已经全然接受了它。而且有很多人因为它得到了安慰，也有很多人因为它纠结得头发掉光。

理化生不好的这类人会安慰自己，不及格就不及格吧，反正下学期我就学文去了，牛顿、门捷列夫什么的，咱们这辈子也别见了。政史地不好的那类人就会想，学文没出息，将来找不到好工作，仅这一条就够了。

而纠结到头发掉光的，就是像我这种，两边都平平无奇的。

当然了，我是古天乐那种“平平无奇”。

叶其文很明显就是第二类人，因为他的政治和历史仍旧没什么起色。在英语晚自习和历史晚自习衔接的那个课间，他看着历史试卷上那道区分“宗法制、分封制、礼乐制和世袭制”的选择题失魂落魄。

他无奈又委屈：“学的时候，我觉得这完全就是人和狗的区别，怎么一做题就跟看四胞胎似的？”

我记得考试之前复习宗法制，我为了方便理解，这样记忆：“宗法制中的嫡长子继承制，所谓嫡长子就是正妻所生的第一个儿子，假如我是个男的，我就是我们家的嫡长子。”

结果遭到了叶其文嗤笑：“还嫡长子，难不成你们家还有庶出的啊？”

真的，当时我觉得他学得可扎实了，一语中的，分得比我清楚多了。

现在我只能安慰他：“没事儿，下学期就分科了。”

他挑挑眉：“那你呢？你学什么？”

其实我没有很明确的答案，我还挺喜欢历史和地理的，但是我又一想，喜欢有什么用呢？就长远来看，明显学理的路子要宽很多，可以赚很多很多的钱。我迟迟没有回答，在我思索的这段时间，我和他陷入了死寂般的沉默。

“大概率是学理吧，我妈说学理将来好找工作。”我说。

叶其文松了一口气似的拍着我的肩膀，欣慰道：“就是嘛。我爷爷说了，其实文科比理科要难学，理科只是难入门，只要入了门，稍微走走就是康庄大道。文科才是真正的易学难精，很多人都是越学越找不到方向的。”

我不屑，你爷爷一文学教授，还挺会给文科脸上贴金的，要是问个研究原子弹的，你看他说不说这话。

“那你决定了？”叶其文问。

不知道为什么，我就“嗯”了一声。

“那分班之后，你去哪个班？”

白无常是教政治的，所以我们分文理之后，不考虑班主任中途辞职之类的因素，高一（3）班有百分之九十九的概率会是一个文科班，所以学理科的人是一定会分流到各个理科班主任手底下的。至于具体是哪个班，现在谁也不知道。

叶其文刚才问我什么？问我分班以后想去哪个班？

“我想去哪个班？”我笑了一声，“你以为级部主任是我爸啊？

我又没有你那样的好……”我忽然意识到了什么，声音渐渐弱下去。我后悔了，我怎么能说这种话？

叶其文呆滞片刻，回身坐正，不再面对着我。他也没有看我，只用很低的声音说了一句：“我就是问问，没别的意思。”

灯光下，一张侧脸消沉，睫毛眨了眨，垂下去，没了动静。

可是怎么办？我真的不是故意的。

又是一个僵局，我居然一天惹到他两次。

我们沉默半天，我想到底还是我的错，于是我摇着他的胳膊向他求原谅：“哎呀，你不是说了嘛，我就是个犬科，还是野外长大的那种，还没注射过六联疫苗。要不然你再掀一回我的凳子，反正腰间盘都碎了，也不差尾巴根儿了……”

从小到大，我这样哄过谁呢？

叶其文迅速把他的胳膊抽走，一副不想让我触碰的样子，可是他眉宇间又隐隐有了笑意。

“你想笑就笑啊，憋着多难受。”我把手往他胳肢窝里伸，还没够到，他就笑了，这人真不经逗。

他一边笑还一边生气：“程小昭，你真是狗咬吕洞宾，不识好人心！”

“我知道我知道。”我边说边在桌洞里掏，摸到的好像是核桃罐子。算了算了，给他吃点也没什么。

我讨好地把核桃罐子推到他面前：“你生气累了吧？吃点东西，补充下能量。”

“这什么啊？”

“我妈给我砸的核桃。”

他倒真不客气，打开盖子抓了一大把丢进嘴里，边吃边问：“我没生气……程小昭，你是不是也特……瞧不起我？”

我连连摆手：“我没有。”

“撒谎！”他瞪了我一眼。

“没有瞧不起，是嫉妒。就算有人装出瞧不起你的样子，大概率也是因为嫉妒。我不能说所有人都是，反正我是。”

“嫉妒？”叶其文皱着眉头。

我点头：“对，你刚来的时候，我觉得你就是个……”我停顿了一下，语气委婉，“我一开始觉得……咳……你是靠关系进来的，班主任还给你那么好的位置，跟你二大爷似的照顾你，所以我就很嫉妒。我在想，有些人，我成绩比他好，我比他更努力，我的前途理应比他光明。可是他呢？他一出生就站在父辈和祖辈的肩膀上。”

叶其文耷拉着眼皮“嗯”了一声：“直接说我不就行了？还换成‘有些人’，真虚伪！”

我接着说：“后来我想了想，其实也没什么好羡慕的，别人的肩膀哪有自己脚踏实地来得牢靠呢，而且还要承担那么多非议。”

我说完，本来以为叶其文会沉默思索，然后对我的观点表示赞同，谁料最后他跟发了狠似的：“非议就非议吧。程小昭，你知道吗，玛雅人说明年就是世界末日了！”

第五章

他是对我很好的人

他人就在那里，他好不好，你们不会自己去看吗？他的人、他的品质都是客观的，我再有发言权，我对他的每一句评价也都带着主观色彩。

很久以后

关于世界末日这个传言，那几年闹得沸沸扬扬，据说玛雅人有五个神秘的预言，一是玛雅文明的终结，二是汽车飞机的发明，三是一战二战的发生，四是希特勒的生死，第五个就是世界末日。

前四个都已经被证实，第五个已经近在眼前。说来也怪，越是怪力乱神的东西就越有人相信。

我不开心的时候，也希望它是真的，可是我又怎么舍得，因为我身边有这么多可爱的人陪着我呢。

叶其文说："非议就非议吧。程小昭，你知道吗？玛雅人说明年就是世界末日了。"

他严肃笃信的样子弄得我哭笑不得："玛雅人亲自联系你了啊？那种东西你也信？世界末日，所以呢？"

"所以……咱俩下学期分班，还在一个班吧。"

他说得很轻，却把我的心戳得像个停不下来的钟摆。我红着脸，没皮没脸地笑了："你这也没什么因果关系啊，应该是反正世界都要末日了，还管什么分班，咱直接辍学得了。"

他瞟了我一眼，没再说话。

我明白他的意思，他想跟我继续在一个班。

其实，我想去严雪梅老师的班。严雪梅老师是个三十五岁的年轻女性，有着魔鬼的面庞、魔鬼的身材以及魔鬼的性格。我们年级一共十五个班，十四个男性班主任，唯独她一个巾帼英雄。

我们学校会在高一下学期分文理，并且重新分班，高二的时候会将各班级成绩最好的优等生再挑出来重新组成两个尖子班，一个是理科尖子班，一个是文科尖子班。而且据传言，理科尖子班的班主任就是严雪梅老师。

可是我不能告诉叶其文。

下晚自习回去宿舍，我刚进门就遭到围追堵截。

李燕菲特地从卫生间跑出来，手里还提着裤子："你和叶其文好了？"

我晕头转向："你胡说八道什么呢？"

王思雨剪着脚指甲的手也停了："我们又不会说出去。"

"之前对叶其文感兴趣的是赵冉冉，没想到现在你们俩成了同桌，好上了，要不要这么……"

李燕菲没说完，我就抄起枕头扔过去："造谣可耻！"

赵冉冉正巧推门进来，双眼红肿。不知道为什么，她今天最后一节晚自习没有在教室。

"你们干什么呢！"见我们打打闹闹，她气性很差。

看见她，我有点心虚，李燕菲的话让我觉得跟动了人家的奶酪似的。

李燕菲还是大剌剌的，没有一点眼力见儿："聊天呀，赵冉冉你最后一节课去哪儿了？班主任找你吗？"

赵冉冉脸色很不好，我拽了拽李燕菲的胳膊让她少说两句，看看人家王思雨，这脚指甲"嘎嘣嘎嘣"剪得多是时候。

李燕菲会意之后冲我吐吐舌头，上床睡觉了。

赵冉冉打了盆热水坐在床沿洗脚，我正收拾着被褥，就听见水盆打翻的声音。"哗啦"一声，水漫了一地，蓝色的塑料脚盆撞到卫生间门上又"砰"的一声弹开。

赵冉冉赤脚踩在湿漉漉的地板上："你们刚才在说什么？说我和叶其文是不是？程小昭你和他怎么了关我屁事儿啊！"

她背光坐在床上，我看不见她的表情，但是她的声音冷得不行。

我最怕的还是来了，我和赵冉冉之间的关系就像一座有了裂缝的石板桥，终于在今天因为行差踏错的一步，裂缝在桥身疯狂蔓延，随时都有可能崩塌。

李燕菲和王思雨噤若寒蝉，谁也不出来解释一句。从头至尾，从江超凡开玩笑开始，到李燕菲开玩笑结束，我一句不该说的话都没有说过，可为什么后果由我承担？

我该说什么呢？怎么解释？从赵冉冉的角度来讲，事实却如她所言。

我默默端起脸盆去卫生间洗漱。天气渐冷，水龙头里的水很凉，捧起一捧浇在脸上，却一点感觉都没有。

等我洗漱完毕，宿舍仍旧静得吓人。

看着赵冉冉平躺在床上把自己埋进被子里只露出一个委屈又无助的脑袋，我难过得要命。

我试探着蹲到她床边上，说了一句既狗血又无意义的话："事情不是你想的那样……"

几乎所有影视剧都会出现这一句台词，事到如今，我才知道说它的时候是怎样一种渴望挽回又无能为力的心情。

赵冉冉烦躁地闭起眼睛翻了个身，我叹了口气正想离开，床板突然"嘎吱"一声。我还以为床塌了，再一看，她已经掀了被子坐起来："程小昭，你不知道吧，国庆节的时候叶其文约过我，就在和谐路的一家快餐店。"

我愣住。

"你知道他跟我说什么了吗？"赵冉冉打量着我的表情，隐隐得意，"他特地约我出来的，跟我示好！你知道吗？"

宿舍里另两位仁兄齐刷刷从床上立起来，连耳朵都是立着的。

说实话，我心颤还是有的。

“我告诉你们吧，他那个人看起来像模像样的，平时见了谁都爱搭不理装高冷，其实特别特别……”赵冉冉为了让自己的话听起来逼真，每说一次“特别”都要摇一下头，“特别假！你们想想，刚认识几天就能随便约人出去的人，能好到哪儿去？看着挺有钱的，喝个奶茶都跟我AA。他那个成绩能来咱们班，还不是靠着他爸……啧，程小昭，你别觉着自己跟捡着宝了似的！”

我听明白了，赵冉冉的重点在最后一句话，她说这么多无非就是想告诉我，叶其文不过是个她不稀罕的人罢了。

不过我不信。

李燕菲却是信了：“天哪，我真没想到，我还觉得他跟我们特别不一样，给我一种很遥远的感觉，我连看都不敢多看他一眼，原来他是这样的啊。”

王思雨静默半天：“真的假的？”

李燕菲继续说：“是真的还是假的，程小昭最有发言权了！”

赵冉冉“哼”了一声：“问她？你们不知道人家现在是什么关系吗？”

“也是哦。”

她们全部看着我的反应，等我爆发，那副既八卦又迫切希望我讲叶其文坏话以证清白的样子，真的让我很生气。

以前我可能会打个哈哈糊弄过去，可是今天我不想。不为别的，只为叶其文是我的同桌，是对我很好的人。

我扫视她们，冷笑道：“叶其文怎么样，你们问我干什么？他人就在那里，他好不好，你们不会自己去看吗？他的人、他的品质都是客观的，我再有发言权，我对他的每一句评价也都带着主观色彩。赵冉冉，包括你，你刚才说的每一句话都带着主观色彩！还有，知道什么叫唯心主义吗？唯心主义分两种，你们这叫主观唯心，还有一种叫客观唯心。就你们还准备学文呢，《政治必修四》浏览过一遍没？觉得自己能不能理解啊，就觉得文科好学！”

我就这样怼了她们。

其实我也不确定我的表达是否准确，毕竟我才高一，但事实是她们三个被我唬得一愣一愣的，眨着眼睛面面相觑。

查房的老师正巧经过，把门敲得很响：“都几点了，你们宿舍别复习了，赶紧睡觉！”

三个人还在发愣，我又说：“如果你们非要听我对他的看法，那就是，他很好！他非常好！而且，我和他是什么关系也和你们无关。赵冉冉，有本事你就告诉班主任去，谁怕谁啊！”

以前老有人说，别学习把自己学成傻子，其实不学习才会变成傻子。

“赵冉冉，如果我哪里伤害到你，我向你道歉，但这真的是我的原因吗？”我说着顺便瞪了李燕菲一眼，继续对赵冉冉说，“还有，可能你不知道，我国庆节就在那家餐厅打工，你们见面那天是10月2号吧？谁比较像约人的那个，我还是能看出来的。”

赵冉冉沉默了。

熄灯以后，127静得吓人，有好几次，我屏住呼吸不让自己发出一点声音，一直睁着眼睛，因为一闭眼就会看到刚才的画面。我有些后悔，毕竟我们同住一个屋檐之下。

还有，我那些没头没脑教训她们的话——不带主观色彩评价别人，又有几个人能做到呢？

平心而论，我自己也做不到。

没心没肺的人睡眠质量都高，可惜我不是。黑漆漆的宿舍里，我一直睁着眼睛，直到听见三个人的呼吸声都变均匀，我才敢翻动身体。

我在想，假如继续选择“绥靖政策”，是否可以坚持到明年分班。

虽然好聚好散是最好的结局，但是一想到赵冉冉诋毁叶其文，我就气得牙痒痒。

第二天早自习，叶其文还像往常一样坐在我身边，他来得没有那么早了。黑白的校服里面是灰色的套头卫衣，仍旧散发着很干净的味道，他大约是刚剪了头发，看上去有些秃秃的。

看见他，我不知为何难受得厉害。他并不知道昨天晚上我们那样议论他，也不知道赵冉冉对我说国庆时他约她出去，还向她示好。

我虽然知道这都是假的，但心里就是控制不住难受。

脑子乱作一团，我想站起来清醒清醒。班上有很多控制不住打盹儿的同学都会自觉站起来背书，可等我站起来又觉得双腿发软，再坐下吧，又想站起来。

这就叫坐立难安吧？

当我再想站起来的时候，叶其文扯住我的袖子："你干什么？跟个弹簧床似的。天冷了，忽上忽下都是风。"

我现在真想掐住他的脖子，把他按在墙上，说，10月2号你为什么要跟赵冉冉出来？假如是她约的你，为什么她约你你就要出来？通通给老娘说清楚！

可我算老几，人家凭什么告诉我？

"你怎么了？"叶其文并不知道我正在臆想手持烧红的烙铁逼问他的画面，随手抽出一个练习本，"课代表让默写前两个单元的知识框架，下课要交，我待会儿写不出来，你给我看看呗？"

他真是越来越不跟我客气了。

"那你给我张纸，"我伸手抢走他的本子，"我自己撕，你撕得难看。"

本子脱手，叶其文哼道："你倒是能撕出花来。"

这个本子有些眼熟，大号车线本，褐色牛皮纸封面。哦，我想起来了，我们用这个本子聊过天，聊的是东野圭吾的《白夜行》。

当时我问，你觉得雪穗对亮司是什么感情，叶其文说，雪穗对亮司是利用，是喜欢，但不是爱。

他还说，他很不喜欢她。

我说，我倒是可以理解雪穗，因为我跟她是同一类人，我们只爱自己。

记得当时我们就到此为止了。

车线本从中间撕页比较好，一扯两页，不会把本子弄散。我翻着页，好巧不巧就翻到了那些聊天记录。内容还是那些内容，只不过我发现那句“我很不喜欢她”上面有两道很深的痕迹。

他画掉了“我很不喜欢她”。

这句话怎么了？为什么要画掉？

我开始胡思乱想，心跳得越来越大声，刺得我耳膜疼。我伸手捂住胸口，但还是能听见很响很响的声音。

“撕好了没？”叶其文问。

“哦，好了。”我机械地合上本子。

他盯着我看了半晌，终于意识到什么，微张着嘴，样子有些窘，过了很久才开口：“我只是不喜欢她，没不喜欢你。”

“没不喜欢你”是什么意思？是“喜欢你”的意思吗？还是只是“不讨厌”的意思？还是本身就没什么意思？

我的大脑再度宕机，很久没法思考，只在纸上画了一个大括号，除此之外什么都写不出来。叶其文也是。所有人都在奋笔疾书，唯独我们两个像被封住了穴道。

“那个……”他喉结滑动一个来回，“我……你……”

我紧紧低着头，脸像火烧。

我的笔尖一直戳在纸上，走珠笔散墨，墨迹很快蔓延成一大片。

他的手指动了动，最后攥成拳：“你……你能给我一张照片吗？就是汪明妤给你的那些。”

什么？我说不出话，大脑不再混乱，因为已经彻底死机。这比背不出《出师表》还要紧张，现在好像有一万只蚂蚁在我骨头里穿行。

这算什么？

“你不说话，就是，同……同意了啊！”叶其文变成结巴，一只手伸向我的书立，十分精准地抽出我夹照片的那个本子。

他分明就是蓄谋已久。

“你……”我下意识地伸手去拦，不小心在书脊处碰到他的手指，洁白的、修长的、温热的手指。触电的感觉从指尖迅速蔓延至全身，骨头都酥了。我将手指抽离后，整个人陷入战栗状态。

如果能当场昏倒就好了。

“你干吗？有监控！”我的声音有些颤抖。

他拿到照片，满意地笑了，表情还有几分玩世不恭：“知道了，下次注意。”

还有下次？

难以置信，我们究竟在做什么。

临下课的时候，班主任来收默写稿，顺便提了一嘴男女同学之间交往的问题，还说五班有一个男生已经被调到分校区去了。

班主任说这些的时候，一直看着教室西南边。我顺着他的目光望过去，就看到赵冉冉微微颤抖的背影。她想低头又不敢低得太厉害，明明很难过又害怕表现得太明显。她是自尊心很强的一个人，其实这件事情，我们都知道。

班主任敲了敲桌子，班里猜测议论的声音迅速消失：“早就告诉过大家，大家不听，还以为是闹着玩是吧？”

叶其文悄悄问：“老师说的是赵冉冉吧？”

我白了他一眼：“是，给你送过雪碧，跟你喝过奶茶，你们的奶茶还是我亲手做的。”

他的表情甭提多好看了，五颜六色的。我觉得有点解气。

“赵冉冉和我一个宿舍，你知道吧？我们昨天还在宿舍里说你呢。”班主任宣布下课，大家准备去吃早饭，我的声音随着桌椅板凳碰撞的声音逐渐变得清晰，“我室友们还好奇你到底是个什么样的人，说我最有话语权……”

“你们在宿舍里说我？”叶其文指着自己，表情看上去很严肃，“那你怎么说的？”

我掐头去尾地告诉他昨天的事情，省去了赵冉冉对他的恶评，也没有说现在我和舍友们关系僵硬。

所以，在听完我的陈述之后，他唯一的感慨是：“你连《政治必修四》都看完了，还让不让人活了！”

我特冷血无情地说：“我就是连大学课本一块看完了，该死的还得死，该活的照样活。”

叶其文用看周扒皮的眼神看着我。

“不过，你……”我刚想说“你们”，但是话到嘴边立刻换了代词，“你和她是 AA？你怎么连一杯奶茶都不给人家买？”

叶其文有些摸不着头脑：“她说请我喝东西，我说怎么能让女生花钱，要不然就 AA 吧。就这样，有什么问题吗？”

好吧，算他所言有理。

我接着问：“那她是怎么约的你？”

这些问题不一次性问清楚，我心里难受。

“程小昭，”叶其文在闹哄哄的人声中喊我的名字，“要不这个周末我请你喝奶茶吧，不 AA。”

“我买单是吗？”我笑了，“你不要转移话题。”

“好啊，那我就说你高冷严肃瞧不起人。”他挑着眉毛，“问你呢，去不去？”

我懂了，假如是这样的话也算情有可原。我点点头，表示理解：“那还是去吧，万一被别人误解也挺不好的。”

谁料他一拍桌子：“好，就这么说定了。”

倒没想到中了他的圈套。

不过，我还是千方百计地拒绝了。

其一是因为我害怕“早恋”的祸水会引到自己身上，其二……我没有好看的衣服，一套都没有，这对女生来说很重要。

11 月 20 日，学校开了一个简单的冬季运动会给我们调剂生活。

我报了跳高，叶其文报了三千米。

运动会当天，不参加比赛的同学都由学习委员领着去田径场就坐，参加比赛的同学就在教室里休息准备。

跳高比赛有预赛和决赛，上午一场下午一场，而三千米只有决赛，下午举行。

体育委员发给我们运动员名单，又拿给我们号码布，让我们看好比赛时间。据说上届春季运动会有个同学摔倒，被别着号码布的曲别针扎伤，所以这次给每个班发了一卷胶带。

叶其文给我缠号码布的时候，我吸着气努力收紧小腹，很害怕肚子上的赘肉会不小心凸出来。

他拉着胶带的手伸到我背后做了个交叉又绕回来，戏谑着说："没想到你还会跳高。"

贴好之后，我立刻把他推到一边："跳个高而已，说起来还是你不怕死。"

"这算什么，三千米而已。"叶其文把胶带递给我，两只手拎着号码布往肚子上一摆，"帮我贴一下。"

"不就是三千米？这句话你有本事留着跑完了再说吧。"我抚着自己肚子上的号码布头也不回地走掉，"张辰东，你去给他贴！"

然后就听见背后传来某人不满的嘶吼声："程小昭，你从后面看像个孕妇！"

我脱口而出："那也跟你没关系。"

说完这句话，我脑子一"嗡"，红着脸急急地冲出教室。我当时真的很想给自己一巴掌，然后赶紧找回离家出走的智商。

每逢运动会必定下雨的魔咒，好像今年并不生效，室外天气晴好，微微凉的温度让人觉得很舒服。

红色的塑胶跑道正东面是主席台，四周是观众席，观众席上的硬质塑料座位被时间侵蚀，褪成差不多的颜色，勉强看得出来原先是红绿蓝色。

班长指挥大家就坐，座位凉凉的，才刚坐热就有别的班过来交涉，原来占了人家一排位置。

大家不情不愿地站起来。

开运动会这么多年，在我印象中，一次性坐对的事情好像还没有发生过。

看不清楚主席台上的领导谁是谁，脑门一个赛一个锃亮。

汪明妤替我占了位置，我到的时候，观众席几乎坐满。她从书包里掏出一颗金灿灿的费列罗：“给。你几点比赛？”

“十点半。”我剥巧克力的手艺很好，剥完之后，金色的锡纸上一个破洞都没有。

汪明妤眯起眼睛，伸手搭个棚，死死盯住主席台：“这三个老头，看得我想吃卤蛋。”

我刚把巧克力球递到嘴边，不知道谁踹了我的椅背一脚，手一抖，巧克力球蹭过嘴唇掉在了地上。我眼睁睁看着它顺着水泥台阶一蹦一跳滚得无影无踪。

“烧包！”

我循声抬头，王飞扬就站在我身后的台阶上，以不见流云的天空为背景，抱着胳膊，既张狂又傲慢。

他好像也是运动员，我看见他敞开的校服外套里也贴着一张号码布，只是不知道是什么项目。

“你干什么，好几块钱一个呢！”我瞪着他。

我以前跟他做同桌；天天上火长口腔溃疡不是没有原因的。

“程小昭。”叶其文的脑袋在王飞扬身后一晃，然后他很快走到我座位旁，单膝蹲下来，摊开手掌，“吃这个吧。”

躺在他手掌里的是一块德芙巧克力，他冲我阳光灿烂地一笑：“给，还是此刻尽丝滑……”

我的手从他手心匆匆掠过，忙把头别到一边。

王飞扬的脸很黑，但是我脑海里挥之不去的只有叶其文明媚灿烂的笑容。

他也给了汪明妤一块，过了一会儿，索性提来书包给周边的同学每人发一块。

十点半的跳高比赛，是汪明妤和体育委员徐伯伟陪我去的。我没让叶其文跟着，因为我水平有限，不想当着他的面出丑。

现在的天气，单穿一件长袖还要时不时搓搓胳膊，但墨绿色的跳高垫子旁边全是穿着紧身短衣的运动员，秀着修长的美腿。我低头看一看自己肥大的黑色校服裤子，实在很没仪式感。

徐伯伟立刻发现了我与别人的不同，当着这么多人的面大着嗓门就开喊：“哎，程小昭，把你的裤腿扎进袜子里去，看着就碍事，万一碰到杆子影响成绩怎么办？”

扎个鬼！就算没成绩，我也不干这事。

但最后我还是扎了，因为徐伯伟拿集体荣誉要挟我。不过我的实力表示，要挟也没有用。

因为我的最高成绩只有一米二，连决赛都没能进去。

初赛结束，我灰溜溜地回到观众席上坐着。

跳高自然不比跑步有看头，基本上从比赛开始到比赛结束都没什么关注度。这样也好，没有存在感就没有压力。

我扯下号码布塞进书包里，穿好校服外套又拿出一瓶矿泉水拧开喝着。我们班的位置正对着塑胶跑道的一截直道，现在正在进行的是高三男子组一百米的预赛。因为无本班参赛人员，女生们的心思就全部放在哪一道的小哥哥更帅上。

讨论了半天，大家还是一致认为出演《城市猎人》的李敏镐更帅，于是又开始讨论李润成的复仇计划。

那天真是把这辈子能想到的话题都聊了个遍，扒了十几部韩剧，出了一本帅哥鉴赏手册，最后又开始讲鬼故事。

学生时代，一首《运动员序曲》可以把所有人聚在一起聊天、吃零食、嗑瓜子……其实，一场运动会下来，最大的赢家应该是校超市。

我仰头猛灌了一口凉水，喝完垂下眼皮拧瓶盖的时候，看见叶其文站在最底层的台阶上看我。我正想着他要干什么呢，他就朝这边来了。

他三两步迈到我座位旁边，依旧蹲下。我们平视，他伸出大拇指朝身后随意一点：“徐伯伟叫你过去。”

一听就是谎话，我不情不愿扎裤腿的时候就把徐伯伟瞪得不敢说话了，更何况他一体育委员陪完这个陪那个的，哪有空搭理我。

我把矿泉水塞进书包，还是按着大腿站起来。叶其文笑了一下，不声不响地走在前面带路。

我们从观众席里穿过，大家闹哄哄的，也没人注意我们。我一直跟在他身后，就隔着一个影子的距离。

西边的田径场人满为患，东边的篮球场却空空如也，我们在一大片冬青丛旁随便找了个位置。

叶其文把他的校服外套脱下来扔在地上：“坐。”

“我不用，”我赶忙拎起来替他拍打着，“别看天冷了，现在还有蚂蚁呢。还徐伯伟找我，你就不能披个好点的马甲吗？你知道吗？那货居然叫我当着那么多人的面把裤腿扎进袜子里。”

叶其文接过外套，“扑哧”一声笑了：“我看见了，一直看着呢。你助跑那么半天好不容易蹦起来就是为了把杆子撞掉吗？跟秋后的蚂蚱似的。”

说我蹦起来把杆子撞掉这都不算什么，毕竟那是事实，可为什么是跟蚂蚱似的？我很不满：“动物界里会蹦跶的就只有蚂蚱吗？你就不能换个好点的比喻？”

“那就跳蚤吧。”他故意这样说。

我白他一眼，就不应该指望狗嘴里能吐出象牙。

《运动员序曲》一遍接一遍单曲循环，站了一会儿，我觉得腿酸就蹲下来，一手环膝，一手抠着褐红色的塑胶地面。

叶其文也蹲下。

我低着头专心抠地面，忽然听到有耳机敲打手机屏幕的声音，一抬头，果然看他拿着手机正在输入着什么，耳机线缠绕在另一只手的手指间。

我惊讶，然后鄙夷：“又带手机？你说你，看着挺阳光明媚的一个人，怎么净干这些偷鸡摸狗的事儿。”

他默认了我说他偷鸡摸狗，迅速将一只耳机插进我的耳朵里：“今天没事儿，可以带。”

“你听谁的歌？”叶其文将另一只耳机插进自己的耳朵，“周杰伦？”

“都行。你喜欢张杰吗？”

说完之后，我忽然发现了什么共同点，立刻问道：“你有没有发现，好像名字里带‘杰’的，唱歌都很好听。”

“嗯？比如呢？”

“比如周杰伦、林俊杰、张杰，嗯……还有杰克逊。”

他一时想不到：“哪个杰克逊？”

“迈克尔·杰克逊啊。”

“好吧，也算吧。”

我没看清楚他用的是什么播放软件，他上下滑动着屏幕，问我：“听周杰伦的什么？”

“随便你。”

很快，周杰伦开始唱：“冷咖啡离开了杯垫，我忍不住的情绪在很后面，拼命想挽回的从前……”

这首歌叫《不能说的秘密》，也是同名电影《不能说的秘密》的主题曲。那部电影我曾看过两遍，当时一边羡慕桂纶镁的黑白色英伦风校服，一边佩服周杰伦的才华和审美，还一边纠结叶湘伦是否可以成功回到二十年前，是否跟小雨过上了幸福的生活……

这首歌很好听，然而现在我的心思完全放在别处，因为叶其文一而再再而三地向我这边移动着，而且越靠越近……

我立刻把手掌撑在他的脑袋上："你离我远一点！"

"耳机线不够长啊。"

"我不管，那我不听了！"我顺势做了个拔耳机的动作。

"好好好。"他怕了似的撤远一步。耳机线立刻被我们两个拉成一条直线，可以直接当晾衣绳。

叶其文无奈地蹲在地上，就差双手抱头了："我真搞不明白你们一天到晚都在想些什么。"

我虽然也蹲着，但是我厉声呵斥道："搞不明白就别搞！"

不知道是不是因为起了一阵风，也许是我觉得脚麻稍微动了动，耳机挂不住，从我耳朵里掉出来。我伸手去捡，看着我们两个抱膝蹲在地上的样子，越想越觉得好笑："你知道咱俩现在这个样子跟什么很像吗？"

"你别说话。"叶其文冲我做个噤声的手势，指了指耳机里的周杰伦，"你好好听歌吧，一说话就破坏氛围。"

"本来就没什么氛围啊。"我看了看四周的冬青丛和绿色的网格高墙，还是说了，"你不觉得跟蹲在看守所里等着家里来保释的那些人很像吗？"

"我就说你别说话了……"他扶额叹息。

我重新戴上耳机，上一首歌已经结束，下一首切换到林俊杰的《小酒窝》，高潮部分是林俊杰和蔡卓妍的合唱："小酒窝长睫毛，是你最美的记号，我每天睡不着想念你的微笑……"

一个人听这种甜到发腻的歌词和声音完全不会感到不适，但是假如你边上坐着一个陌生男子呢？加上他还时不时对你投来意味深长的微笑……

叶其文就正看着我微笑呢。

咝……这种青春少女偶像剧的画风简直跟我不符！我只觉得鸡皮疙瘩像蘑菇一样往外拱。

我拔下耳机嚷起来："哎呀，换一个换一个！你整天听的都是些什么歌儿啊，淫词艳曲靡靡之音的！"

叶其文更无奈，两条眉毛拧在一起："程小昭，你真的很莫名其妙啊。什么叫淫词艳曲靡靡之音？那你说听什么？"

"听……听个呼麦啊什么的……"

"来来来，手机给你，你来挑。"

他把手机扔进我怀里，我发现他的手机输入法居然是拼音九键。我既不习惯用这个，又没想好究竟听什么，所以又给他扔回去："我不听了！"

"莫名其妙！"

"你才莫名其妙，谁现在还用拼音九键，老年人和手指头粗的才用那个。"

叶其文张着嘴想反驳，但是半天什么都没说出来。

他可太笨了，总是说不过我。

但是过了一会儿，他一巴掌轻轻拍在我的脑袋上，笑着说："程小昭，我从来没见过你这样的女生。"

腿蹲麻了，我不管不顾地坐下来，屈起双腿托着腮，说："要是天天开运动会就好了。"

他还是把外套塞给我："地上凉。你也有不想着学习的时候？"

"不是，"我摇头，"我只是很喜欢这种氛围，全班一致对外，特别团结，大家亲得像一家人，喊加油的时候，特别真诚。"

"怎么突然这么煽情？"

其实在观众席上坐着的时候，我一直在刻意寻找李燕菲、赵冉冉，还有王思雨的身影，看到她们三个还其乐融融的，我很难受。虽说这几天我和她们的关系有所缓和，但是早就不如以往亲热了，甚至三个人会有意无意地孤立我。

这种感觉真不好受。

叶其文一直看着我，一双真诚的眼睛等着我告诉他什么，可是我说了他也不会明白。

我只是摇摇头，我也不知道是从哪一步开始做得不对的，是那天晚上的言辞太过激烈了吗？还是从一开始就做得不对？

北方的冬天已经来了，混浊不堪的天与地一连经历了两场大雪。

最近还多了一种白茫茫的东西，假如可以不用跑操的话，我想我应该是会喜欢它的。我们说是霾，校方非说是雾，所以我不喜欢它。

天真的很冷，有时候睡一觉醒来，连鼻孔都是凉的。班里调换过一次座位，我和叶其文结束了与暖气片在秋天的缘分。我最近总是在幻想，要是能一边泡脚一边上课就好了，或者一边吃火锅一边上课就好了。

元旦放假前的那个下午，我们班拿出两节课的时间开了一个简单的联欢会。

没有儿童节，但是我们有元旦节。

班长和体育委员去批发市场抬回一袋瓜子和一袋砂糖橘。我们把课桌拉到一边腾出中间的位置当舞台。

大家各显神通，节目单排得满满当当，唱歌、拉丁舞、小提琴、单口相声，还有课本剧。汪明好让爸爸把她的单反相机送到学校，自告奋勇给我们当起了摄影师。黑板上的“欢庆元旦”是叶其文写的，还是繁体字，好看得无话可说。

每一个参与的人都神采奕奕，我惊讶大家的深藏不露，又忍不住怨恨自己的单薄。在学校，我一直以为自己还算耀眼，没想到有一天也会孤零零地坐在角落。

我托腮做忧伤少女状：“我除了学习居然什么都不会。”

联欢会正式开始，五个主持人手持练习册卷成的麦克风声情并茂地念着开场白：“尊敬的老师，亲爱的同学们，欢迎来到高一（3）

班2012年元旦联欢晚会……”

除了没有分会场，这排场一点不比春晚逊色。

开场白结束，五位主持人自动退下三位，剩下的两位做起节目介绍。男主持人齐志杰问女主持人林雪繁：“哎，雪繁你知道吗？今天的开场曲啊，可厉害了！”

林雪繁说：“当然知道，我知道的啊，可不比你少！”

在一段乡村播音腔的互相调侃之后，两位主持人一起说：“下面有请‘未来的帕格尼尼’，张辰东同学，给大家带来今天的开场曲——《渔舟唱晚》！”

张辰东正在边上调弦，明明肩膀抖得停不下来，还硬要凹忧郁艺术家造型，我真替他手里那两根琴弦难受。

不过，“未来的帕格尼尼”向我们鞠躬之后，收敛了笑容，很快严肃起来，左手举琴右手拾弓，迅速进入状态。

音乐真是个迷人的东西，韵致悠扬的调子一出，班上说话、嗑瓜子的声音渐小，而后鸦雀无声。我终于明白周丽辰为什么会夸他，因为音乐是多么有力的加持，又或者，欣赏一个人哪要那么多理由。

曲终，掌声雷动。

不知道谁说了一句：“张辰东平时看着挺猥琐一人，拉起琴来居然那么帅。将来我也要让我的孩子去学小提琴！”

这句话夹杂在噼里啪啦的掌声中，我含着瓜子皮愣住。瓜子太咸，细胞失水皱缩，嘴唇麻麻的，我扭头盯住那个一门心思鼓掌的女生。原来每一对父母都曾是孩子，原来每一个孩子都会变成父母，原来每个人都有实现不了的愿望，于是选择加注在下一代身上。就像我爸妈嘱托我一定要好好学习，将来考上公务员一样。

那天放学，我拖着行李箱准备回家，叶其文去车棚推车，我就没有等他。但走到半路，我一回头，他就跟在身后，单手扶着车把，另一只手酷酷地插进裤兜。他好像没穿秋裤，风一吹，裤管里显现一双修长笔直的腿。

他冲我笑着，下眼睑浮起好看的卧蚕。

但是好巧不巧，前两天刚下过雪，他正前方就有个脏兮兮的水坑。我伸手指着地面，刚张开嘴，一声“扑通”与我那声“小心”重叠在一起。

我悲痛地捂住眼睛，从松开的指缝里看见叶其文从水坑里提起自行车前轮，又抬起湿漉漉的右脚。他的鞋子全湿了，还溅了一裤子泥点。

我很不厚道地笑了。

他追上来拍我的脑袋，佯装生气：“笑什么笑！为什么不等我？”

我刚想说“咱俩不顺道”，但低头一看他满是黄泥的裤脚，到底于心不忍，又湿又冷的，一定很难受。我轻轻推他一把：“你快走吧，回家弄干净。”

“我不，”他耍起赖皮，“没事儿。”

我吓唬他：“这儿人多，被人看见容易引起误会。”

他满不在乎：“我就不走。”

我递给他一个阴冷的眼神，他咳了一声：“行吧，那你先走，我在后面。”

我站着不动，傲娇地掀起眼皮：“别，我可不想被人尾随。”

“尾随？”叶其文气得要打我，“见过这么帅的人尾随吗？”

我无奈地说：“你在前面，我尾随你行了吧？”

“你也知道你长得比较像尾随的。”他终于心满意足地走开，我气得只想骂人。

走到校门口时，有人拍我的肩膀。我回头，看见周丽辰那张大大的笑脸，娴静美丽的女孩子由内而外散发着耀眼的光芒，好像一颗刚刚脱离母贝的珍珠。她本身就很漂亮，但熟悉之后也不至于每次见面都两眼放光，可那天我像重新认识了她，惊叹：“哇，周丽辰，你最近好漂亮！”

周丽辰不知是否是礼尚往来，捏着我的脸蛋说：“程小昭，你也是哦。”

我呵呵笑着开始不要脸：“姐一直都很美啊。”

大约是周丽辰的心情美丽到了极致，一点都不反驳我，嘚嘚瑟瑟地告诉我她追上我的目的：“你们班今天能听上张辰东的小提琴可都是托了我的福。”

哦，她终于如愿以偿了。

期末考试，我考得并不好，只考了第五名，我迷信地想，也许是我第一次考试用光了所有的好运。

不过叶其文却是稳步上升的，第二十九名的成绩，在六十一人的班级里，他已经成功跻身中游。成绩一出，班主任便点名表扬他，并且告诉他这样的成绩上个一本没有问题。

这是他的努力所得，没有人再敢说他是关系户，也不会再有人说他浪费实验班的资源。

高一（3）班会因为有他而感到荣幸。

我真替他开心。

也许是互助小组一荣俱荣、一损俱损的缘故，班主任并未对我的成绩做过多的指摘，眉头一皱又迅速松开。也许是因为他在心中已经对我有了大体的定位，程小昭就是第四、第五的水平。但我不希望是后者。

学习委员贴出成绩单之后，我逼着自己去看榜单，逼着自己拿本子抄下各科成绩。总不能在哪儿跌倒就在哪儿趴着吧？

我正抄着成绩，头顶传来一个得意扬扬的声音：“程小昭，看见没，总有一天我得追上你。”

王飞扬离我很近，低着头说话时，气息全部喷在我脖颈里，吓得我往相反方向一跳：“你幽灵啊？”

我狐疑着去看成绩单，他的名次竟然直逼前十。

我抬头打量王飞扬，仿佛打量一只变异的怪兽。我甚至看了他的喉结和唇角的胡须，这货该不会练什么神功了吧，比如《葵花宝典》之类的，要不然怎么解释呢？

他从抄我的作业，到班级前二十，再到直逼前十，才用了半学期的时间，而且他的各科成绩……我仔细盯着王飞扬名字后的那串数字，他和我不同，我是均衡发展，而他是明显偏科的，理科好得吓人。要是高二都去学理，他可不得追上我吗？

我很恐慌，我怎么能让一个从初中起就抄我作业的人追上？他凭什么？是我太笨了吗？还是他太聪明？是我不够努力？还是他太努力？

我真想剖开他的脑袋看看。

王飞扬抱着胳膊耀武扬威地重复刚才那句话："程小昭，总有一天我得追上你。"

他说这话的时候一直盯着我，盯得我一阵寒战。

他又说："你有点进步行不行啊？一直倒退，还互助小组呢。你学理吗？要不然高二你就学文去吧。或者还是咱俩同桌吧，你看你初中成绩那么好。"

我急火攻心，明明惶恐却故作镇定，冷笑着："赶上我？呵呵，就凭你？以前你赶不上，以后你更赶不上。"

我扔下这句话落荒而逃。

假如我能预想到王飞扬会因为我的这句话，以势如破竹的态势赶超我的话，我现在一定选择闭嘴。

市一中的期末考试是要开家长会的，叶其文挑了个课间帮我收拾书桌。他也不再说女生就应该整整齐齐之类的话来教育我了，大概是习惯了吧。

家长会的时候，我终于和叶妈妈正式打上了照面。

既不穿貂也不烫头，妆容得体的中年女士，眉梢眼角跟儿子一模一样。我之前看过一本书，书上说，看一个女人的婚姻是否美满幸福，通过面相是能够立刻分辨出来的。我猜他妈妈一定很幸福吧，因为岁月把她塑造得如此静好，跟赵玉梅完全不同。

叶妈妈一见我就亲切地喊“小程同志”，拉着我的手跟见了友军似的。

我有点心虚，磕磕巴巴地叫了一声：“阿姨好。”

叶妈妈微笑着说：“小姑娘一双凤眼真是漂亮。”

不知道叶妈妈是哪里人，反正我对“缝眼”这个词产生了深深的疑惑。

而我妈，赵玉梅女士，这个糊涂蛋居然摸到高二（3）班去了，我找到她的时候，家长会差不多就要开始了。

不过我不能惹到她，毕竟我考得不好。

我妈刚一进教室，白无常就从讲台上抢下来慰问，一双眼睛都快笑没了。我妈哪里享受过这种待遇，张着嘴巴叫了声“老师好”，半天不知道该说什么。

班主任那点心思我明白，他还指望我留下来学文呢。

不过，这是不可能的。

家长会开始，教室只留下家长和几个服务的学生。我站在门外听了会儿墙角，依稀听见班主任说寒假有个什么集训班，紧接着就让班长下发了报名表。

班主任又说：“有意向的现在就可以填写报名表，如果需要和孩子商量的，最晚明天上午十一点前将报名表上交到学校。”

班主任说完，几乎全部家长迅速提笔。我透过后门那块狭长的玻璃张望我妈的反应，幸好她只是把报名表折好装进了包里。

有关补习班这个东西，我和她一致认为没什么用。

家长会开始，我们住宿生就要忙着回宿舍收拾行李和被褥，不住宿的学生则可以在校园里游荡一会儿，等着家长会结束跟家长一块回家。

我把准备带回家的被褥用蓝色的格子床单包好，我妈刚才告诉我她已经叫好出租车，就在学校门口。

她把车牌号码抄在一张纸上，我记住之后抱着被子下楼，一出宿舍楼门，就看见叶其文站在一棵光秃秃的大杨树下等着我。

我冲他笑了一下，他大步流星走过来："给我，我来拿。"

他过来接我的包袱，我刚要松手，却被另一只手截和。

王飞扬抱住我的包袱，那张平日里看起来有些张狂的脸拉得很长，好像谁欠了他一百五十万似的。他拎起我的包袱往肩上一甩，扛起来就要走，我拽着包袱阻止："你干什么？"

"不干什么。"他说得理直气壮。

"不用你，我帮她拿。"叶其文夺下我的包袱扛在肩上，表情很冷，脸也拉得很长。

他们两个在比谁的脸更长，似乎有不出结果誓不罢休的意思，而我又急又窘只想离开，因为这里是宿舍楼，流言蜚语的集散地。

我替叶其文托了托肩上的被子，小声对王飞扬说："谢谢你，不过不用了，我让我同同……桌帮我拿。"

不知怎么回事，我突然就结巴了。我说完，推着叶其文走开，一溜小跑往校门口去了。

我不敢回头去看王飞扬的表情，大剌剌的男孩子，很幼稚，好心眼、坏心眼通通没有……但是也会伤心难过。

"嚯，还挺沉！"叶其文帮我把被褥塞进出租车的后备厢，喘着粗气问我，"还有要拿的吗？"

我摇头："行李箱我就自己拿吧。"

他抱起胳膊打量我，像要问什么，可他还没开口我就先乱了阵脚："嗐，你不知道，他那人就那样，脑子短根弦，人还是很好的，你甭搭理他……我以后也不搭理他。"

"我知道。"叶其文没在意地一笑，"哎，寒假集训去不去啊？补语数外的。"

这个我是真的不想去。

虽然他的眼神很殷切，但我想了想还是说："不去。你之前没上过补习班啊？去了就是玩。我初中的时候上过一次，也是寒假，你知道吗，一个寒假，斗地主保皇，还有什么拖拉机，我玩得无人能敌，除了把作业写完，别的一无所获。还不如去兼职呢。"

"你真不去？"他语气有些失落。

"是啊，不去，怎么了？"

"那我们狠狠学上一个寒假，到时候你可就落后了。"

我不屑道："老娘自己在家学习，效率比补习班高一万倍！"

"看把你能的。"他拍拍我的脑袋，又劝道，"就是不上补习班，也别去兼职了，少造点孽，你做的那奶茶太难喝了。"

"说什么呢！"我气得跳脚，"反正我就是不去。我就闹不明白了，为什么大家都这么不了解自己呢，明知道去了也不会学习，报名的时候怎么还都信誓旦旦的？"

叶其文脸上有失落一闪而过，他撇了撇嘴："说的也是，要不然我也不去了吧。"

"别别别，你去吧。"什么事都要具体问题具体分析，我在家管得住自己，他就不一定了，兴许去补习班会稍微好一点。

最后我说："要不，我考虑一下。"

他眼睛一亮，笑得跟二傻子似的："行，那你考虑好了告诉我。"

"嗯。"

叶其文真的很像隔壁地主家的傻儿子。

家长会结束，我和我妈在出租车上会合。她没有生气，就是看着很没精神，法令纹很深，眼皮也松弛得厉害。

时间和命运是会塑造人的，既可以把人变得沉静优雅，也可以把人变得面目全非，我妈曾经也是个年轻美貌的青葱少女。

"妈，你怎么了？"我试探地问。

我是想问她有什么烦心事，她却以为我是在问家长会的情况。扫我一眼后，她说：“你们班主任说学校搞了一个什么互助小组是吗？你跟你同桌这一组还是什么模范小组……那怎么就你同桌进步了呢？”

我心虚，低着头开始抠指甲，结结巴巴的：“那是因为……他、他进步空间大……”

我妈点着我的脑袋想要骂我，但碍于前排坐着出租车司机，又把脏话咽了回去。

一路沉默。

回到家她才发作，也许是最近真的太疲倦，她没有骂我，只是叹了很长很长的一口气。

我妈的反应让我觉得自己无药可救了，这种无力感，还不如结结实实被骂一顿。

已经中午十二点，她没有去做午饭的打算，陷在单人沙发里长吁短叹：“咱跟人家不一样，我和你爸没什么本事，你不争气怎么行呢？你看看你爸，现在还在店里忙活呢，肩周炎，每天晚上疼得睡不着觉，最近又忙着给你爷爷奶奶修房子，老家那边离不了人。他待在店里，我就得两头跑，今天抽空给你开家长会，还是叫你小姑去盯了一会儿，琳琳也要升高中了，她也很不容易……”

每次听大人对生活发出无力的喟叹，我都会觉得这是我的错，就连“她和我爸没有本事”也是我的错。我罪大恶极，就学习这一项任务，还给搞砸了。

“我知道，我知道……”我声音很低，不停地点着头，“妈，以后不会了……我能去店里或者奶奶家帮忙吗？奶奶的心脏病好了没有？”

我妈从包里摸出那张报名表：“心脏病哪有好全的？你去奶奶家能干什么？你们老师说学校搞了个什么集训，说得天花乱坠，就是不知道是不是真的。我看很多家长都给孩子报了名，你去吗？”

我有点想去，可是我心里清楚其中的主要原因。

我抬头看了看我妈，她正捏着报名表看我，我真希望她能逼我去啊。越是叫我自己拿主意，我就越𡲆，思考着自己是不是太不懂事了。就像 10 月时，她给了我一笔钱叫我去报美术班。

我抽过她手里的报名表，随手扔进垃圾桶里：“补习班才没用。我不去，我在家自学就行，你们也不用管我，我自己能做饭。奶奶那边需要帮忙就叫我去。”

我妈也没劝我：“那你可得管着点自己，别成天就知道看电视。”

“现在谁还成天看电视啊？不都成天玩手机吗？”我故意逗她开心。

我妈那张被万有引力摧残得不像话的脸一下子膨胀起来，尤其是眼珠子。她瞪眼睛的样子，真的很像哈士奇。

也许是生气促使血液大量涌向脑部，我妈像是一下子就开了窍：“你这成绩一而再再而三地下降，是不是……”我屏住呼吸静待她的下文，谁知道她还没说就自言自语地否定了，“不是不是，肯定不是……”

“不是什么呀？”我还真有点好奇。

“哦，我是说你同桌，人家那么精神一小伙子呢。”我妈说这话时，正上下打量着我，然后露出鄙夷的表情。

“妈，我是你亲生的吗？”我气得吐血。

我妈那反应，好像宁愿承认我不是亲生的，也不愿意承认叶其文能看上我。虽然我和叶其文确实只是同桌兼好朋友的关系，但我从来没觉得我配不上他。他帅气，我性格好啊；他家境好，我上进又努力；他井井有条，我还乱中有序呢。

我爸正巧回来，脱羽绒服的时候带得钥匙“丁零当啷”一阵响：“今天关门半天，我待会儿还得回趟老家。你们娘俩说什么呢，看来期末考试考得不错啊。”

“不错什么呀，都掉到第五去了……说下次不会了，哪有那么多下次，要是高考也这么掉链子，那不就完了吗！学习越来越不中用，耍贫嘴倒是一个顶俩。对了，你们班主任劝你学文科呢，他分析了你的成绩，说你适合学文……”

“我不学文，学什么我自己有数！”

我妈喋喋不休，我钻进卧室躲起来。

过了一会儿，她的电话响了，听到她毕恭毕敬地喊“刘老师”，我就知道是白无常打来的。

班主任打电话过来无非还是劝我学文，他说我明显偏文科，又说学文的少，竞争不那么激烈，还说什么“武打天下文做官”，学文的将来才有出息。

承蒙他老人家看得起我。

我爸妈就是典型的骑墙派，之前有多坚决让我学理，现在就有多坚决让我学文。

鉴于他们的表现，我对他们的老年生活深感忧虑。

我说：“爸妈，等你们老了，绝对就是《法治在线》里的经典案例，小心别让搞传销的给诓了去。”

下午我爸回了老家，我给叶其文发消息，告诉他集训班我去不成了。

他立刻给我回了个电话，问：“真的不去了？”

我“嗯”了一声：“我们家最近事情太多，我得留在家里帮忙。那你还去吗？”

他是个很善解人意的人，没有死缠烂打追问我家里有什么事情，想了一会儿，说：“我还是去吧，我在家是绝对管不住自己的。不过集训班应该管得不严，到时候我带着手机，你记得给我打电话。我给你打电话也行。”

我应下来，又随口道：“班主任又劝我学文了。”

“其实……”他沉默了一会儿，再开口时声音和语气都变得很深沉，“实话实说，我觉得你适合学文。”

我没想到他是这样的回答，心里开始发慌：“为什么？敢情之前劝我学理都不是实话吗？”

略一沉寂，他才开口：“程小昭，我是说真的，你不如考虑考虑班主任的意见吧，他也不光是为了咱们班的升学率。而且我觉得你更适合学文科，你自己也说了，物理一有弯弯绕绕就看不明白，你学文科会很有优势。”

我承认叶其文说的话都对，但是我有点生气，我本来已经下定了决心，他却不干了：“你这人怎么这样？你之前死乞白赖叫我学理，现在又打退堂鼓！”

他耐心解释：“我之前叫你学理，是因为想跟你一个班，觉得你成绩好，学什么都一样，后来，越想越觉得自己自私。而且你高二总得去尖子班深造吧？嗐，我竟然不知道咱们学校文理分科之后，到了高二还有一个叫尖子班的东西。而且尖子班就那么几个人，我估计是够呛了……”

他的声音里含着几分怅然，我也知道我们的同桌情谊很有可能要止步高二了。

我最终还是决定学理，我不是个儿女情长的人，我也有我自己的理由：“我还是学理，你别自作多情哈，我是为了将来上大学选专业的余地更多。我还没想好将来要干什么呢，万一我将来想当医生、搞土木工程、学汽车机械、修桥梁……更何况，理科学得不好才学嘛。”

叶其文失笑：“程小昭，理科学得不好才学？说这种话，你不怕出去挨揍吗？”

我开始吹牛：“呵，挨揍？知不知道啊，老娘打架天下第一！”

“挨揍天下第一吧？你皮厚。”

“滚！”

他笑够了，忽然压着声音说：“没事儿，以后我罩着你。”

他说得很低，喑哑的声音有勾魂摄魄的魅力，弄得我耳朵一麻。大冬天的，好像有一股暖风从心坎上拂过去，心跳像小鹿乱撞。

挂掉电话，我抱着手机在床上打滚，翻来覆去地折磨那张老旧的木头床，一边翻还一边“咯咯咯”地傻笑，直到我妈来敲我的门，我才稍微收敛。

这种感觉真的很美好，好像空气里都是五彩斑斓的泡泡。

下午五点，我刚吃完晚饭就收到王飞扬发来的QQ消息。我一直没改他的备注，因为他的网名跟本人无二，叫“奔跑的Husky（哈士奇）”。

我怀着拆炸弹的心情点开了和他的对话框，上一次的聊天记录结束语还是“滚犊子”。

而这一次的开场白却是一个友好而陌生的“在吗”。

由于白天的“抱被子”事件，现在隔着屏幕我都感受得到气氛的尴尬，不知道他是否在等我的回复，我很慢很慢地打出一个“在”。

但是那边迟迟没有动静，隔了很久，对话框的末尾处还是那个孤零零的“在”。我以为是时间暂停了，可是抬头看看墙上的挂钟，它还在“嘀嗒嘀嗒”走着。

我不知道再如何回复，像初中那样吗？

可我又一想，话头是他先挑起来的，他不说话，我干吗要自找无趣？可拖又要拖到什么时候呢？

我做了个深呼吸，听着自己心脏急迫而清晰的跳动声，颤抖着手指一个字一个字地输入。

程小昭：谢谢你帮我，以后不用了。

输入完毕，我斟酌着是否加个语气词或者再加句“对不起”会好一点，但是想了想，还是算了。

发送成功之后隔了很久，那边还是一条消息都没有回复。为什么QQ不能像淘宝一样，有个“已读”提示呢？

我有点怀疑，难不成是我出现幻觉了？我退出 QQ 又重新打开，消息记录确实存在。

难不成这回又是我自作多情，其实王飞扬就是想找我聊聊天，问问寒假作业？再难不成是他伤心过度，“纵窗一跃”了？

事情越是与己有关，就越是会胡思乱想。“纵窗一跃”的念头一旦产生，就像水边的蔓草疯狂生长，我脑海里反复出现警察拿着粉笔画尸体轮廓的画面，耳边警笛长鸣……

我觉得比起祖国的花骨朵，面子什么的实在不重要，于是二话没说给王飞扬去了个电话。

响了两声那边接起，我才松了口气。

“不好意思啊，打错了。”我说。

“嗯。”他懒洋洋地应着，“打游戏呢，别耽误我时间，挂了！”

我不知道王飞扬有没有看见我给他发的消息，我没有撤回，他也一直没有回复。

就这样，自此以后，我们两个的 QQ 账号就像废弃了一样，很久很久没有再联系。某次我翻着那些可以直接拓下来出一本脏话合集的聊天记录，总是一阵阵心酸。

毕竟我的青春很大一部分都和他有关。

长大以后，我一定要许一个愿望，我希望，自此以后这个世界上只有一个人喜欢我，而那个人我恰好也在喜欢他，就这样，不多不少，正正好好。

我放下手机，推了把椅子坐到窗户前，拉开那条印着美少女战士的幼稚窗帘看着窗外凄冷阴沉的天。

从密不透风的不锈钢防盗窗里看不到什么好景色，或者光秃寒冷的冬天本来就没什么好景色。

北风席卷落叶，在窗外吹着响亮的口哨。

就着这么大的风，忽然刮起了雪，这雪来势汹汹，毫无美感。

奶奶说，她曾梦见今年的冬天下着大雪，天又冷又黑……

第六章

人美又心善的小昭

很久以后，我回想跟他在一起的日子，能想到的不是我打他就是我骂他，要不然就是莫名其妙地叫他走开……可是他每次都不会走开。

我想，这辈子，除了他，也没人能受得了我了吧？

很久以后

2011年寒假的第一天，叫醒我的不是定在七点半的闹钟，而是我妈干涩的嗓音。

“奶奶过世了。”

我以为我是在做梦。

“小昭，小昭……快起来！”

真实的声音用力敲打着我朦胧的睡意，我醒过来，看见我妈双眼红肿。

原来是真的。

我一直以为奶奶的心脏病没有大碍。

我妈让我穿那件白色的羽绒服，我去柜子里把它翻出来穿好。

出门的时候大约只有五点多，雪下了一整夜，到现在还没有停，小区的路灯还亮着，落下孤独瘦弱的影子。今年的冬天真是又冷又黑，唯独地上的雪是白的。我和我妈都穿着白色的衣服，一种颜色的含义有很多，可以是纯洁美好的感情，也可以是对死者的哀悼。

我们叫了辆漫天要价的出租车，去医院的路上，我不停地哈气把车窗擦亮。不清不楚的感觉，会让人很不舒服。

赶到医院的时候，奶奶已经被挪去了太平间，穿着明黄色的寿衣安静地躺在一张木板床上。我站在奶奶边上喊着奶奶，奶奶没有回应，不是因为耳朵不好，而是再也听不见了。

我爸坐在旁边的马扎上泣不成声，我是第一次见他哭成这样。我妈和小姑坐在一起，小姑父和表妹张琳没有来，我妈说张琳快中考了。爷爷也没有在，大约还在老家。

狭小的太平间里挤着我们一家人，还有一个黑乎乎的冰柜和一个看门的瘦削老头。

我还是不能相信，11月初的时候，奶奶还说今年冬天冷得早，要给我做袄子了，问我要红的还是粉的。我说要黑的。我知道，不管我说要什么颜色，奶奶到最后不是做红的就是粉的。等我回老家的时候，她就会拿出来给我看，告诉我今年的花色洋气，穿出去不丢人的……

小姑双眼空洞，没有焦点，眼眶上挂着泪，一颗一颗往下掉。

她安静得吓人，我刚想过去跟她说说话，她就尖声哭起来："都赖我……我没好好看着咱妈……"

我妈拍着小姑的背宽慰她，声音沙哑得难以分辨："什么赖谁不赖谁的？都是个人命数，这是咱妈命好，得了急症走得干净，一点没拖累儿女，顶有福气的人才会这样。"

我不知道究竟发生了什么，爸妈什么都没有告诉我，我只知道奶奶是在修房子期间心脏病突发去世的。

奶奶葬礼那天，我听吊唁的宾客议论才渐渐知晓了事情的真相。

很简单，就是我刚放假的那一天，奶奶对门那家的男主人喝醉了酒，在神志不清的情况下持刀闯入爷爷奶奶家中，奶奶当时正巧在院子里扫雪……高大黝黑的男人手里拿着明晃晃的刀，奶奶因惊吓过度心脏病发，又因为抢救不及时而去世……

可令我震惊的是那个男人持刀闯进爷爷奶奶家的原因。

他当时大着舌头说："谁让你们家有钱修房子的？我见了心里难受，你们有钱也不准当着我的面花。呵，修房子，你们家这房子修起来就死人！"

他竟然就因为自己一时嫉妒，趁醉装疯要了我奶奶的命。

可恨老天爷让这么恶毒的诅咒成为现实。

于是，我把奶奶的死全部归结于那家人的嫉妒和恶毒。在奶奶的葬礼上，我负责把准备好的白花递到每一个客人手里，葬礼结束后我又把它们全部回收，装在一个大号的帆布袋里。

我妈问我袋子里是什么，我摇摇头，没有告诉她。

奶奶葬礼结束之后，我向对面紧闭的大门的门缝里一朵一朵塞着白花。

天很冷，一直刮着北风，我的手指被冻得通红。我一边塞，一边恶毒地想：我也要你们家死人，我也要你们家死人……

我没想到程小昭原来是个戾气那么重的人，被逼急了也会像那些恶人一样，不惜设下最怨毒的诅咒。

我妈意识到不对的时候，我已经把白花全部塞完，正抱着膝盖坐在脏兮兮的雪里发呆，衣服裤子湿了一大片。

她扑过来抓我，扯着我的领子把我提起来：“你给我回家，给我滚回去！程小昭，你是不是疯了！”

“不！我不！”我扭着她的手腕挣扎。

我妈连拖带扯把我弄进爷爷家的小耳房里关起来，我平时还算听话，但是今天谁说也不行。

房间里就我们两个，她红着眼睛，我也红着眼睛。

“妈，奶奶死了！”我说。

“啪！”一个脆生生的耳光打下来。

猝不及防，我愣住了，就像每天在机械工厂里的流水线上工作的工人，一不留神被冰冷的机器切掉了手指。痛觉袭来，我本能地摸了摸火辣辣的左脸。这是我生平第一次挨耳光，我妈以前老是打我，但是从来不舍得打我耳光。

她狠狠捶我的背：“你这孩子不听话，还嫌家里事儿不够多吗？那家是什么人啊，你还到处给我惹事！”

我看了看她，忽然觉得全身力气尽失，蹲下来抱住自己：“妈，可是奶奶死了……”

听见动静，我爸、小姑，还有爷爷，全都到耳房来了。

我爸蹲下来看我，我本能地把脸护住，但是他没有打我，反而把我扯起来藏在身后。

我妈瞪着我爸，探出手臂向他身后扯我：“你还护着她？你护着她干什么？这么大了，一点不知好歹，还嫌家里不够乱吗？”

小姑拦住她：“嫂子，你打孩子干什么？”

“都别说了！”我爸怕我妈再打我，忙把我推到爷爷身边，他低着头长长地叹了口气，我看见他的眼圈又红了。

我爸声音里含着哭腔：“今天谁也不准再吵架……小昭跟爷爷到里屋去，陪爷爷说说话，没事儿不准出来，听见没？”

“凭什么我不能出来？奶奶死了，奶奶死了，我又没有做错什么……”我抱着爷爷哭，爷爷用手给我擦鼻涕眼泪。

这时，爷爷颤抖着的声音响起：“我要去告他们，咱们国家有法律，持械寻衅是要判刑的！”

爷爷是个地地道道的读书人，做了一辈子人民教师，一辈子不会和人动手，一辈子没有骂过脏话，解决问题的第一时间想到的总是协商和法律。他这一辈子没有得罪过谁，就是老实本分地活在自己的世界里。他虽然老了，但仍旧很单纯。

我妈似是冷笑：“爸，您以后准备和我们一起住，还是准备和她小姑一起住？”

爷爷不明所以，爸爸和小姑也不明所以。

我妈接着说：“您要是不准备住老家了，您就去告人家，我立马去给您联系律师去！住了这么多年，对门那伙人什么德行您不知道吗？您说人家持械，那您拍照片了吗？光脚的不怕穿鞋的，人家光把打麻将那群人招呼过来吓唬吓唬咱，咱就受不了！您胳膊腿儿也不利索了，儿女又不能时时陪在身边，人家半夜三更过来找点碴，您说您怎么办？您要是有个三长两短，叫我们怎么办？”

不得不承认，我妈的分析一针见血，爷爷是个很恋乡的人，他不可能跟子女们同住。

室内寂然，我妈的火气渐消，终于平静了一点：“不光这些，我也说说我的私心吧。我和小昭她爸做点小买卖养家糊口不容易，这些年风风雨雨的，也受不起什么打击了。张琳也快中考了，小昭上高中，我就希望咱一家人平平安安的，什么事儿忍一忍过不去呢？打官司，打官司得打到猴年马月去啊……”

我妈说完，爷爷刚才还怒火熊熊的眼睛顿时失去光彩，他没再说话，拉着我慢吞吞走出耳房。

我扶着爷爷，似乎听见什么东西轰然倒塌。是的，他长久以来深信不疑的东西轰然倒塌了，很多事情并不像他想象的那么简单。

我承认我妈说得在理，可是忍，就会好吗？

又在爷爷家待了一天，回家之后，我妈过来找我和解。我躺在床上装睡，她坐在边上问我的脸还疼不疼。我翻了个身背对着她，她开始语重心长地教育我：“你还小，有些事情不明白，那些人都是无业游民，吃了上顿没下顿的，咱跟他们不一样，咱们有自己的房子，有家，有爷爷，还有自己的餐馆……你知道吗？恶人自有恶人磨的，早晚会有厉害的人叫他们吃苦头，举头三尺还有神明呢，早晚会有人教育他们……”

我妈的话字字在理，尤其是“早晚”二字，叫我无力反驳。

人一旦遇到无能为力的问题总会陷入唯心主义，连牛顿都未能幸免，更何况我这平凡的父母，当然也包括我。

所以，我也告诉自己，他们会遭报应的，早晚。

可是他们家还没遭报应，我们家就又出事了。

我爸妈想息事宁人，但对面那家人还嫌事情不大。

其实我们早该明白，一味妥协，势必会付出更大的代价。

我还记得出事那天，我在店里帮忙，我爸在后厨熬了一大锅粥，放了很多莲子和桂圆，香喷喷的，直冒热气。

他掀开锅盖时，我说：“我的手很冷，想用蒸汽暖暖。”

我爸说：“那你别隔太近了。”

我看着他，脸上没有什么表情，似乎我们都回归了平静的生活。我很想问他，失去妈妈伤不伤心，但是我不敢。

在这之后的某一天，我真的有问过他这个问题，他只说累的时候没工夫想那些。

我负责给吃饭的客人送粥，用黑色的塑料托盘把粥端到桌上，告诉他们本店免费送粥，顺便给他们拜个早年。

我送完粥转身时，看见一个男人闯进店里来。他的块头很大，往门口一站，挡住大半扇门，他抱着胳膊，两条腿叉得像支圆规。

男人背着光，只能看见一个凶神恶煞的轮廓，但我还是立刻认出了他，他就是害死奶奶的凶手！

我拎着托盘站在原地，对方太过来势汹汹，我当时只剩下害怕。

也许我们口口声声说着反抗回击，可事到临头时还是觉得忍让比较容易。

紧接着，又有好几个混混模样的男人闯进来，二话不说开始掀桌子和骂脏话，他们全都操着很重的外乡口音。

客人们四散而逃，有个客人走的时候不小心推了我一把，我趔趄了两步栽倒在旁边的凳子上。我妈从收银台里冲出来，一边扑向我，一边挥着手叫我躲到杂货间里去。

她把我护在胸前，我攀着她的胳膊往杂货间拉她，我爸举着炒勺从后厨冲出来，护在我和我妈前面。

为首的男人顺手抄起一张凳子向我爸头顶砸去，我从我妈身后冲出去推那个男人，又猛踹他的小腿，于是他举在头顶的凳子掉转了方向，砸向我……

我连连倒退，撞上身后的桌子，男人的凳子砸下来，我偏头躲开，没有砸中要害，只是砸中了左脚。

当时那个瞬间并没有很疼，我只听见“咔”的一声微响。见我栽倒在地上，几个男人面露惧色，我作势装出痛苦的表情，刚想动脚吓唬吓唬他们，可是针刺一样的痛感袭来，我自己先吓了一跳，同时惊呼一声，疼得眼泪直流。

我又尝试着动一下，仍旧是针扎一样的刺痛，尖锐的痛攀上顶峰，然后停止，一阵接着一阵……

室外有警笛声由远及近，兴许是刚才吃饭的客人报了警。

最后，警察带走了那伙人。

我自己站不起来，我爸把我抱去医院。

去医院照了X光，又做了CT，医生对我的脚伤下了很长的一个定义，叫作左足第一趾骨远节基底部骨折。

没有做手术，选择了手法复位，复位之后医生给我打了石膏固定，说是五到六周才能拆除。

我的脚伤没什么大碍，就是很疼。

事后，见我能喝下一整碗黄豆猪脚汤，我爸妈的心疼劲儿过去又开始教训我，他们说事情闹到今天这个地步，都怪我往他们家塞白花。

可是，难道不是因为他们一味懦弱妥协吗？

后来，我明白了一个道理，“妥协”这个词汇的时间状语叫“永远”，一旦开始就不能停止。

这件事是私了的，具体怎么个私了法我不知道，爸妈不愿意告诉我。我在医院的病床上一连躺了三天，越躺越没有精神，于是他们不提，我就连问的力气都没有了。这是他们的选择，我也无能为力。

我只希望未来的日子能够平安顺遂，可这个愿望能否实现，却要看那些恶人是否愿意收敛。

多么可笑。

昨天班主任莫名其妙给我爸打了通电话，问我在家里做什么，是不是出了什么事。当时我妈正好把汤勺递到我嘴边，我狠狠呛了一口排骨汤。我环顾四周，病房里应该没安监控吧？

我接过电话感谢了班主任的关心，并且告诉他我的确是不小心扭伤了左脚，不过只是轻微扭伤。

挂电话的时候，班主任神神道道地说了句“还挺心有灵犀的”。

不过，这没法改变我要去学理的决心。

第四天，大概上午九点多，我的主治医生过来看我，年纪轻轻却头顶清凉的微胖男人笑眯眯地对我说：“没什么大事了，回家养着吧，可以办出院手续了。”

手续办好，爸妈把我从床上架起来，我刚一沾地，还有些激动。

我走得很慢，拄着四脚拐杖单腿立在医院停车场上时，一直抬头看天。冬天的太阳很小，白生生的，四周一圈绒毛，像只刚满月的兔子。

希望这个冬天赶紧结束。

现在离过年还有一个多星期，到家后，我爸说要回老家把爷爷接过来住几天，我妈则负责回店里收拾烂摊子。

我靠在沙发上想打个盹儿，但是整栋楼都在剁包子馅儿。

去店里之前，我妈找出两个大号的保温杯，一个装满热牛奶，一个倒满白开水，她说多喝牛奶骨头长得快。

我妈把杯子摆在我触手可及的茶几上，又顺便削了一个苹果，临走前还不忘把电视打开，并把遥控器塞到我手里。

她看着我的脚，明明心疼却仍旧嘴硬：“我这当妈的跟伺候大爷似的。”

“妈，我是女的，应该叫大娘。”

我妈抬起手来又放下，瞪起眼睛说：“在医院的时候就应该打听打听哪个科室能换嘴。贫不死你！”

她说着说着就笑了，我也笑了。

这样真好。

她走后，我漫不经心地换着台，CCTV-6正在播《泰坦尼克号》，很巧，杰克刚刚赢得了那张船票，激动地喊着：“满堂红，伙计们！我要回家了！”

在南安普敦阳光的照射下，莱昂纳多晶莹剔透的蓝色眼睛美不胜收……

可是，泰坦尼克号是抵达不了纽约的。

有些故事，越是理解结局，就越不敢重温。我刚想换去CCTV-15听个呼麦，家里的可视对讲机就疯狂地叫了起来。这几天经历得太多，我不敢有好的预想。

不知道来人是谁，但对方似乎没有走的意思，一遍又一遍地按铃。我拄着拐杖挪到门口的时候，已经是响第四遍。

我们家的可视对讲机质量很差，而且时间一长，画质已经降低到马赛克那种程度。

看到那张糊成马赛克的脸时，我一下子就哭了。

我靠在门边的博古架上哭，哭得越来越大声，声音大到楼上剁包子馅的声音起码停了有一分钟。

我哭的时间太长，把嗓子喊劈了，屏幕里的“马赛克”垂头丧气正要离开，我赶紧按下开门键，单元门“砰”的一声打开，他又惊喜地回头。

有电梯，叶其文上来得很快，我从猫眼里看他。他背着黑色的匡威双肩书包，戴一顶黑色毛线帽子，鼻子嘴巴冻得通红，搓搓手捂住嘴哈一口热气然后再继续搓。

我缓了很久才给他开门，下意识把打着石膏的左脚藏到身后。

见到我，叶其文舒了口气：“还好我没找错。你这是哭了吗？”

他身上全是寒气，我跳着后退两步把他让进来：“我没哭。怎么是你？”

“什么叫怎么是我？不知道是谁你就敢随便开门？程小昭，有点安全意识行不行？”他说得很严肃，目光随之落到我藏在身后的左脚上。

我又藏了藏："我知道是你，我的意思是你怎么会来，集训班不是还没结束吗？"

叶其文没有回答，很自觉地给我当起人形拐杖，一直盯着我的左脚："还打石膏了？这么严重吗？怎么搞的？"

"哎呀，没那么严重。"

"问你呢，怎么搞成这样？"

我扶住他的胳膊，随口胡扯："嗐，我……我是故意的，因为开学不想跑操嘛。"

他看着我裹成木乃伊的左脚又叹又笑："程小昭，我从来没见过你这样的女生，胡说八道张嘴就来！"

我就知道他严肃不了两秒钟。

我没有告诉他我们家的那些糟烂事，只是说不小心从楼梯上摔下来，而且已经没事了。

不知道是我谎话说得太好，还是他本身就没什么辨别能力，反正他信了。

叶其文把我扶到沙发上，我努力找到一个既舒服又美观的姿势："不好意思啊，前两天跟我爸妈闹别扭，他们把我手机给没收了，而且我们家最近事儿有点多，我也不好跟他们闹，所以就没给你打电话……对了，你不是应该还在集训班吗？"我又问他这个问题。

"原来是这样，怪不得你一直不给我打电话呢，我给你打电话你也不接。"叶其文自言自语，说完指着桌上的保温杯问我，"我能喝点热水吗？外面零下七八度，你们家倒是挺暖和。"

"你喝，你随便喝，那边有一次性杯子，我不方便，你自己倒吧。"

他"嗯"了一声，先脱掉羽绒服又去摘帽子，帽子一摘，露出压得毫无造型可言的头发，毛茸茸的，很像鸡窝，我捂着嘴直想笑。

"这个里面还是牛奶呢，还挺热的，你这病号待遇不错嘛。"叶其文毫不客气地选择了牛奶，倒完之后他没有先喝，而是捧着纸杯暖手，又看着我，“程小昭，你在笑什么？”

我在笑你头上的鸡窝。我当然不敢直说，头摇得像个拨浪鼓：“笑……你，你太帅了。”

他真是好骗，还抹了把头发：“你的审美终于正常了。”

我不跟笨蛋计较，问道：“你不是还在集训吗？好像后天才正式结束吧？”

“山人自有妙计。”叶其文喝了口牛奶，挑着眉，得意扬扬地说。

他顶着鸡窝头，一副自以为很帅的样子，实在让我忍俊不禁。

叶其文愈加疑惑，放下纸杯，眉头越拧越紧：“程小昭，你到底笑什么？”

我克制着笑意拼命摇头：“没，我没笑什么。”

他这回不信了，突然把手伸进我的脖子里：“说，你在笑什么！”

他的手真冷，冷得像冰块，我打了个激灵，缩着脖子躲他：“很凉啊，快拿出来！我爸妈在家。”

他悻悻然把手撤走，放在自己脸上试着温度：“是挺凉的……你都伤成这样了还亲自去给我开门，你爸妈在家才怪。”

想想也是，他又不傻，我点点头对他的智商表示赞许：“那你怎么知道我们家住这儿的？”

“这个容易，问的汪明好。”叶其文说着把书包拉开，我看见里面有一白一红两瓶云南白药，好像还有……那是一副对联吗？

他怎么老送奇奇怪怪的东西？

叶其文把那盒云南白药喷雾剂拿出来往桌上一摆：“这个估计你用不上了，我还以为就是普通的扭伤。不过，买都买了，还是给你留着吧，下次用。”

“滚，你才下次用！”要不是脚受伤，我早就踹他了。

“我开玩笑的。好，我下次用。”

“对了，你怎么知道我扭伤了？”

“班主任说的。我给你打电话怎么都打不通，还以为你出什么事儿了，只好让班主任给你爸打电话，结果你爸说你扭伤了脚。”

原来班主任的慰问是因为他。

我鼻子一酸，眼眶就湿了，好像有条虫子从心底一下子拱到鼻尖，拱呀拱，非拱出眼泪不可。

“哎，哭什么？”他伸手擦我的眼泪。

我吸了吸鼻子：“那你带手机的事儿岂不是暴露了？”

“可不是嘛。”叶其文有点哭丧着脸，“被收了手机还要罚写两千字的检讨，当时我让班主任给你爸打电话，他还问我为什么上集训班要给你打电话。”

“那你怎么说的？”

“我就说我有题要问你，别人讲的我都听不明白。”

这理由有点牵强吧？

“你的脚真没事儿吗？”叶其文挪到我脚边蹲下来，浅灰色的套头卫衣将他衬得干净又温暖，“我怎么觉得好像很严重呢……”

我试着把脚挪远一点，很怕他看出端倪：“就是扭伤错位，要不是不能走，我就走两步给你看看了。医院就这样老爱小题大做，不打石膏不散伙。你还记得咱们学校校医院吗？就那次我跑操擦伤了胳膊，都上了药还非叫我买盒阿莫西林。”

原谅我抹黑医院的行为吧，我只是不想让他担心。

叶其文撇着嘴戳了一下我的脚，看样子是信了：“好吧，那你能按时上学吗？你是尖子班的苗子，落下的功课怎么办？”

“正常开学估计是够呛，不过没事儿，就算没法按时开学，我也能……”我停住，想了想，牛皮还是不要吹得太猛，“就算是耽误几天也没事儿，我在家自学效率比在学校高。记住，程小昭永远是程小昭！”

我说这句话时，高抬着下巴，脸上写满骄傲。

“看把你能的。”叶其文坐到我近旁的沙发扶手上，拍了拍我的脑袋，觉得不尽兴又把我的头发捏起来再顺回去，很快，我的头发比他的更像鸡窝了，“还程小昭永远是程小昭，程小昭不是程小昭，还能是谁？”

“还能是邱淑贞啊，这可是我爸给我取的名字！”

“邱淑贞？怎么就邱淑贞了？”叶其文目光下移，“哪像邱淑贞了？”

我尴尬地干咳两声：“邱淑贞是……是TVB的港星，大美女。看过九三版的《倚天屠龙记》没？知道她演的谁吗？她演的可是小昭！人美又心善的小昭，我的名字就是这么来的。”

“哦哦哦……”叶其文似懂非懂地点着头。

“看到没，我们叫小昭的，都是美女！”

“我没见过这么拉关系的，此昭非彼昭吧，”叶其文边说边跳到一边去，“此昭差矣！”

看吧，他就是欺负我行动不便。我困在沙发里张牙舞爪：“叶其文，你过来让我打一下，要不然我心里不舒服。快点！”

“好……你打。”他就笑着走了过来，我居然看到他眼睛里流露出了慈爱的目光。

我像掸灰一样打了他一下：“走开走开，谁稀得打你……赶紧把你的奶喝完，省得待会儿凉了。”

叶其文果真就乖巧地坐在我旁边的单人沙发上，拿起纸杯喝剩下的奶。他仰着头，眼睫微垂，目光稍一流转，停留在我的脸上。他在看着我，我也在看着他。我说：“你看过《倚天屠龙记》吗？最后小昭成了波斯总教的教主，但是没能和张无忌在一起，因为张无忌喜欢赵敏，他身边还有一个会九阴白骨爪的周芷若。”

纸杯轻声落桌的同时，他说：“是吗？反正我不喜欢赵敏，也不喜欢周芷若。”过了会儿，他又说，“我要是张无忌，我就喜欢小昭。”

他声音放得很轻，但是一字一句清晰无比，像是在单纯地表达自己对剧中角色的喜恶，又像是在拿自己与张无忌作比。

我咬着下唇，心里明明乐开花，却口是心非地编排他：“什么乱七八糟的，你才不是张无忌，人家张无忌比你帅一千八百倍！”

“但是张无忌喜欢赵敏。”他说得很认真。

他一句话让我哑口无言，是的，张无忌喜欢赵敏。

我低着头笑了。

电视剧里，小昭虽然没能和张无忌走到一起，但是她成了一教之主。年少时，我觉得既成一教之主，就算不能与心上人携手一生，但也位高权重，何至于悲凉呢？很多年后，我才晓得，有时候呼风唤雨也比不过与心上人的一日三餐。他就坐在对面，我叫他他就过来，我伸手就能摸到，没有隔着时间，也没有隔着很远的距离。

叶其文正在看电视，手里还拿着空掉的纸杯。

全片我最喜欢露丝穿那身宝蓝色的丝绒长裙，就是他们站在甲板上吹风拥吻时穿的那套。杰克从背后拥着露丝，金色余晖中，海风掀起露丝身上浅绿色的纱巾，他们在甲板上接吻，在下等舱里跳舞……我手忙脚乱地换了台。

“怎么不看了？”

“知道结局就不敢看了。”

他颔首表示同意：“我也是，结局太悲惨了。”

“不！”我疯狂摇头，“我觉得沉没才是最好的结局。”

我记得去年国庆放假的时候，我爸妈为一张行车证闹得不可开交，当时我就躲在房间里看《泰坦尼克号》，于是萌生了这样的观点——杰克死了，露丝活着，于是在露丝的记忆里，杰克永远完美。

我觉得这是最好的结局。

叶其文不解：“为什么？船上的人几乎都死了，杰克也死了，就露丝自己活着。”

“就是因为杰克死了，才说这是最好的结局。”

“这又是为什么？”

他怎么可能理解？他一看就是幸福家庭里长大的孩子。

我问他：“你们家一定很和睦吧？”

说到这里，我仿佛能听见我们家锅碗瓢盆丁零当啷的声音。

“还行，怎么了？”

我笑了笑：“我们家就不是，我爸妈两天一小吵，三天一大吵，有时候我都不知道他们为什么吵架，什么事儿能值得吵成那样。仔细想想，可能就是因为我爸丢了行车证，忘了换煤气罐，出门的时候没有多扭两圈钥匙，我妈就开始唠叨，然后两个人就开始吵……唉，其实他们两个刚在一起的时候也不这样的，也有过很好的时候，就像露丝和杰克刚认识时那样。”

叶其文一直仔细听我说话，一次性纸杯在他手里转了个圈。

我故作深沉，叹了口气：“所以我觉得，感情啊，与其让生活消磨，还不如在最圆满的时候就终结掉。而且，像露丝那样的贵族小姐，关在富贵的笼子里，没去过外面，所以才会觉得外面的月亮格外圆。可你要真叫她洗衣服、做饭、看孩子，她可能早就跟杰克闹离婚一百八十次了。他们根本不是一个世界的人。”

叶其文把眉头拧成“川”字，忧虑得好像在思考怎么把南极上空的臭氧空洞给补上。

我自认为看透生活，正等他对我无懈可击的观点表示赞同，可是他却摇头再摇头：“我不这么觉得。你爸妈……他们可能是个例吧，或者说相处方式不太合适。谁说生活就非得是种消磨啊，我爸妈就不，他们一开始也有很多矛盾，吵架啊什么的，但是时间长了，磨合磨合就好了，而且现在一天比一天好。你不能……只看你爸妈，就把人家杰克和露丝一起否定了吧？你这不就是以偏概全了吗？”

我怔住，他的说法让我沉默了。

我还在发怔，叶其文再次坐到我身边来，问：“程小昭，你这年纪轻轻的不会不相信爱情吧？”

我不相信爱情吗？我不知道，我没问过自己这个问题，也许我只是不相信生活和婚姻，因为我的父母给我做了很不好的示范。

“可是你们家和我们家不一样，我爸妈一个暴躁一个唠叨，而且他们也不像你爸妈……”

不像你爸妈那样有知识，有文化……

“唉，可能……磨合磨合就好了。”

“这不是磨合的事！他们磨合了大半辈子还是这样。成天就为点鸡毛蒜皮的小事吵架，甚至还要动手！”我一说这些，就把那些不好的事情全都想了起来，越说越生气，“有时候我真恨不得他们赶紧离婚！我跟你说不清楚，反正他们两个都不是什么好人……嗯……你干吗？”

我被叶其文捏住了两腮，于是我终于停止了对我爸妈不理智的指控。

“有这么说自己爸妈的吗？我怎么记得有个人说过，人的品质都是客观的，还说什么凭借别人的三言两语就认定一个人叫主观唯心。啊，是不是你说的？”叶其文捏着嗓子模仿我。

我瘪起嘴，打掉他的手：“这是哲学课本上说的！”

“不管是谁说的，你把你爸妈三言两语否定掉，仅代表你个人的观点，我是不是可以选择不相信？”他望着我，漆黑的眸子里写满了真诚，“我不相信你爸妈把女儿教得善良又正直，而自己会是那样的人。”

我无话可说，虽然他用我的观点驳斥了我的观点，但我有种被驳斥得很开心的感觉。

因为，他说我好。

“啊，程小昭是不是啊？”

我“嘁”了一声，翻了个白眼，却忍不住笑了：“是，当然是，老娘天下第一！”

叶其文一脸无奈。

也许我真的应该重新认识一下赵玉梅和程路平，当然了，还有爱情、生活和婚姻。

过了会儿，叶其文才想起书包里那副对联来，他抽掉红色的绑绳拿出来给我看：“这个是我爷爷写的，每年过年他都自己写对联，今年是写好了从青岛寄过来的，寄了好几副，我今天早上偷偷从家里拿的，幸好我爸妈都没在。”

他左右手各拎着一联，站在那里等我的夸赞。

说实话，我不懂书法，而且那些字龙飞凤舞的又是繁体，我没认出来几个，但是他一脸殷切，于是我很配合地点着头：“啊！简直太有大家风范了！可是你就这样走了，集训班那边没事儿吗？”

他把对联卷起来收好：“没事儿，你不用担心了。”

我替他捏了把汗，但他始终不跟我说到底是怎么出来的，仅仅是私藏手机，就要被罚写检讨。

做人不能太没有良心，我说：“要不然你的检讨我给你写吧？”我还怕他不答应，又补充，“没事儿，我不嫌累的。”

他略一想：“那你写电子稿行不行，到时候我再自己誊下来？”

我腹诽：嫌我的字儿丑，你可以直说。

我到底什么时候才能康复？我的佛山无影脚到底什么时候才能派上用场？我现在想踹他，非常非常想踹他！

叶其文终于在察觉到我的脸色奇差无比之时躲得远远的。

他走的时候，我让他把对联带走了，告诉他我们家今年不能贴对联。他愣了片刻，刚要问为什么，我冲他摇了摇头，他就立刻止住不问。

他跟我说：“没事儿，咱再等明年。”

我说：“好啊，那就再等明年。”

刚过完年那几天，汪明妤过来看我，一起来的还有李燕菲。

我有点惊讶。

爸妈给她们开的门，当时我正坐在床上自学下学期的物理和化学。她们来得很是时候，我已经不愿意再跟向心加速度较量了。

看见我打着石膏的左脚，汪明好就跟见了佳能的新单反一样，激动地扑上来："程小昭，你这脚怎么裹得跟宇航员似的？不是说扭伤吗？"

"哎呀，就是扭伤。"我把被子盖起来，"呵，大过年的，我又是病号，你就空手来看我啊？"

汪明好斜眼笑："要不然等下次？"

我气炸："你们这些人，一个两个都盼着我有下一次，安的什么心！"

"还有人跟我一样？谁这么英雄所见略同啊？"

"一个傻子……"

我笑了，一直站在房间门口的李燕菲也跟着笑了。虽然我们是舍友，同住一个屋檐之下，但是她远不如我和汪明好亲热。再加上之前的矛盾，此刻她连笑都有些怯生生的。

我妈端来一盘水果，又给她们两个找凳子坐，很快她关上门出去，屋里就只剩我们三个了。

"坐呀，坐，我不方便招呼你们，你们自己吃水果。对了，下学期你们俩都学文吗？"我亲热得很。

汪明好立刻说"是"，李燕菲跟着点了点头。

我把摊在腿上的物理课本扬了扬："那我学理喽。"

"太好了，高考又少一个竞争者！"汪明好总这样没心没肺。

我瞥了她一眼："那我是不是还得夸你高瞻远瞩啊？全国一千多万高考生，学文的终于又少了一个。"

汪明好撇嘴："少一个也是少嘛。"

我们有一搭没一搭地聊天。汪明好来看我纯属是为了逗闷子，李燕菲我不知道，不过听她们的意思，两个人并不是约好的，而是偶然遇上。

玩到十一点多，李燕菲和汪明好才离开，我爸妈留她们吃饭，汪明好说下午还得去走亲戚，李燕菲说她也是。

我正想从床上爬起来到窗边晒会儿太阳，卧室门又重新被打开。

原来是李燕菲半路折回，说是忘了拿包。她见我一个人在床上挣扎，忙过来扶我。

我说：“没事，我自己也能行。你快看看你的包落在哪儿了。”

“对不起。”李燕菲突然向我道歉。

“啊？”我坐在床沿愣住，右脚踩着拖鞋，左脚停在半空中。

“我以前老爱八卦……乱开你的玩笑，还乱碰过你的东西……”

她旧事重提，也让我想起自己对她们的疾言厉色，她的愧疚更让我愧疚。

“嗐，没事儿。”我一副无所谓的样子，按着助行架边站起来边说，“我也有不对的地方，还说过那么难听的话。啊呀！我当时就是脑子一热胡说八道的，我也向你们道歉……哎，对了，你们学文可要好好学啊，一定能学好的！那……我们都要加油啊！”

我站在她跟前假笑着喊加油。她点点头，没有说别的，也没有要走的意思，就是立在原地。

我干笑两声不知道再说什么，气氛一时尴尬。

“程小昭……”

李燕菲念完我的名字，又深吸了一口气，慢慢呼出之后才再次开口：“理科班和文科班不在一个楼层，以后我们再见面就不那么容易了。”

我不明白她为什么忽然说这样煽情的话：“只是不在一个楼层而已，怎么就不容易了？又不是生离死别，咱还在一个学校啊。”

李燕菲还是那样站着，微微低头看着我行动不便的脚。她显然有话要说，但又迟迟不肯开口。

“怎么了？”我问。

她僵硬地笑起来：“没事儿了。”

我拍着她的肩膀：“好好学习最重要，咱们先好好学习。我跟你说，有位周姓同学有个著名观点，她说缘分这东西，缘和分虽然都很重要，但是缘只能看天意，分却是可以自己争取的。所以啊，只有好好学习，让自己越来越好，才能有更多的选择。”

她笑了笑：“谢谢你。我走了，下午还得走亲戚。”

“好，那你路上慢点，我不方便就不送你了。”

今天的李燕菲很不一样，话很少，不爱八卦，还心事重重的。

别人正月十六闹完元宵就开学了，而我一直拖到四月仲春。

由于腿脚不便，上学那天是我爸开车送的我，很难得能坐一回他的车。

一如既往，我爸的车上弥漫着劣质固体清新剂的味道。那个茉莉香精味儿呛得我呼吸困难，虽然天还有点冷，但我还是选择落下车窗。

我劝他：“爸，你身上没味儿，真的！再说了，就算有也没什么。”

我爸既不同意也不反驳，只是从后视镜里瞟我一眼：“把窗户关上，你不嫌冷我还嫌冷呢。”

“噢。”

其实我不应该劝他，爸爸有他自己的世界和自尊，他选择掩盖身上的油烟味，选择不去同学儿子的婚礼，都有他的道理。我很难用我的身份理解，他也很难从他的角度同我说明白。

后来，等我长大以后试着从他的角度考虑，才略懂一二。一个男人每天吸烟消遣，二三十年积攒下来的尼古丁味道或许会让人觉得稀疏平常，但是二三十年积攒起来的油烟味呢？是不是会让人联想到卫生、职业或者家庭地位？

其实爸爸遗传了很多爷爷的书生气。万般皆下品，唯有读书高，他不太喜欢厨师这个职业。

他先帮我把被褥送到新宿舍，又带我去见班主任。文理分科的结果已经敲定，我和叶其文都选择了理科。文理分科后，学校重新划分了班级，不知道是不是运气好，我竟然如愿以偿地进入严雪梅老师的班级，而且叶其文还和我同班。不过，就目前我们两个的成绩来看，等到高二分尖子班的时候，也许还是要分开的。

站在办公楼底下时，我一时不知道新旧两个班主任，先见哪一个好。衣不如新，人不如旧，算了，还是先去见白无常吧。

我指挥着我爸把我扶到政治组，白无常乐呵呵地给我们端茶倒水，我和我爸受宠若惊，一口都不敢喝。

虽然我选择学理，但白无常还是心无芥蒂地跟我分享学习经验，告诉我要好好努力，高二进了尖子班，将来就有参加竞赛的机会，得为学校争光，也得为自己和父母争光。

坐在一旁的我爸，抬头挺胸，露出骄傲的笑容。

我知道我得更加努力了，努力的意义有很多，这就是其中之一。

谈话结束，白无常一直把我们送到化学组门口，我的新班主任严雪梅老师是南开大学的化学研究生，也是我们年级的化学扛把子。

白无常摆摆手，叫我们赶紧进去。他一转身，我竟然有些不舍。

“老师，将来我毕业了，一定回来看你！”我喊住他。

他笑哈哈地回头：“那敢情好啊。”

在化学组，严雪梅老师简略问候了我的伤情，就开始分析我上学期的期末考试成绩，之后紧皱眉头给了我一堆语数外物化生的卷子当见面礼。

我哆哆嗦嗦地把卷子塞进书包里。

她还叫我有时间就去找各科老师补课。

我的新班级在教学楼三楼，严雪梅老师特地叫了一个男同学过来扶我，那个男同学果然就是叶其文。

一出办公楼，我就看见他了，衣着单薄的大男孩站在料峭春寒中冲着我微笑。

一两个月没见，他激动地跑过来扶我，把我从我爸手上抢过去的时候弄得我爸相当诧异。我忙向我爸解释：“他是我前同桌，我们很熟……”

叶其文大剌剌一笑：“叔叔好，也是现同桌。”

我“啊”了一声：“还是同桌啊？”

叶其文点头：“咱们现在刚分班，班级座位还没来得及排，都是乱坐的，我进班的时候替你占了位置，所以咱俩现在还是同桌。”

哦，原来是这样，他都没告诉我，不过还挺惊喜的。

我爸刚才还说非得看着我进班他才放心，但现在我有人搀扶，瞬间觉得还是赶紧回家挣钱比较重要。

我爸一踩油门走了，我被叶其文搀着往教室走。

可能他对自己的服务比较满意，兴致勃勃地问我：“怎么样，有没有帝王出行的感觉？”

我被搀得胳肢窝疼：“哦，我是帝王，那你是什么？”

叶其文抬手给了我一记栗暴：“程小昭，你别说话了。”

我也想闭嘴，但是胳肢窝真的很疼，我甩了下膀子，挣脱掉他：“好了好了，我不用你扶，可以自己走。”

“待会儿还要上楼梯呢。”

“那我也……啊——”

待我反应过来，世界已经一百八十度大转弯，他竟然把我扛了起来。

我头朝下狂捶他的背：“你疯了啊？”

叶其文不紧不慢地说：“我同桌的脚受伤了，我助人为乐把她扛回教室怎么了？”

我一时无语，腹诽：那你好歹也应该换个美观点的姿势吧……

高一下半学期分班后，我还是和叶其文做同桌，我们的日子也像往常一样，上课、刷题，外加各种考试，唯一不同的是，我不用跑操了，而且我算是真真正正见识到了我的新班主任严雪梅老师的厉害。虽然她不穿普拉达，但仍旧不影响她获封“女魔头”的称号。

若说别的班主任是抱着整改的态度对待学生，那么严老师就是抱着“整死”的态度对待学生。

有时候她的眯眯微笑，不是友好的关怀，而是试卷雨袭来的前兆；有时候她板着脸说班级成绩很不乐观啊，也许只是因为第二名的班级又向我们班靠近了那么一丢丢。

严老师的治班理念是，时时刻刻与学生待在一起，保证学生的注意力时时刻刻放在学习上。更可怕的是，严老师的活力持久度不亚于炫迈口香糖。

水深火热如此高压，任何人都得更加努力，包括我，也包括叶其文。我是为了高二能进尖子班，他也是为了高二能进尖子班。

可我知道，他的底子并不好，生物一般，英语又有点差，虽然在班上排名中游，但是高二想挤进尖子班起码还要前进五名。而且在学习上，我和他似乎都进入了逆水行舟的阶段，努力一点可能没什么进步，但是稍一松懈就会顺流而下。

考过一两次试，每次出成绩，叶其文总是会皱很久的眉头，与此同时，他也会产生诸多感慨，很有怀才不遇的意味。当他捧读白居易贬谪江州所作的《琵琶行》，念着那句“同是天涯沦落人”时，我还以为他要潸然落泪了。

如果偶有退步，他甚至会趴在桌子上发呆，目光空洞，不知道看着哪里。

我劝他说没关系，吸取经验教训，厚积薄发。他只是懒懒地点着头，然后就把眼睛闭上了。

他的样子看得我有些心疼，恨不得能分给他几分。

有一次马上就要上课了，生物老师夹着课本进来，叶其文还在桌上趴着，我想推他起来，但是推了半天也推不动。

我凑近听了听，他的呼吸那叫一个均匀，我以为多伤心呢，原来早就睡着了。

虽然我们的同桌缘分很有可能要止于高二，但是我从来没说过我不去尖子班，叶其文也从来没说过要我不去，连玩笑都没有开过。

因为这是有关未来及命运的大事，我们不敢马虎。

叶其文长久以来开通着一项业务，那就是利用回家之便帮带手机的同学充电。

有一次他们的“黑色交易”被我撞见，我恨铁不成钢地教育他：“你说你，看着挺阳光明媚的一个人，怎么净干这些偷鸡摸狗的事儿呢？”

他不听，照干不误，把那些充电宝和手机通通塞进书包里，边塞边说：“程小昭，你倒是浪费了一张做贼的脸。”

我感觉自己被气得可以三天不用吃饭，恶狠狠地威胁他：“我要去找班主任揭发你！”

那天是周五，严雪梅老师刚好领着自己五岁的小女儿路过，小姑娘粉嘟嘟的，戴了一头花蝴蝶。

全班同学都在行注目礼，当然也包括我和叶其文。我的注意力一下子就从揭发叶其文转移到那个小姑娘身上，试图用肉眼为这对母女做一个基因检测，因为我实在不敢相信这是严老师的亲生女儿。

她哪有时间生孩子啊？

我悄声说了句：“这孩子是她的吗？”

叶其文一边瞅着小姑娘，一边凑近我耳边：“我也没想到这女魔头会有小孩儿。”

我忽然记忆重读：“滚，别跟我说话！我还得找她告你去呢！”

说完，我佯装要起身，叶其文赶忙拽住我的胳膊：“程小昭，你坐下，都多大的人了，还告老师……听话，咱不去。”

我掌握了主动权正得意扬扬，打掉他的手：“呵呵，早干什么去了？我非要告，就要告！”

谁料他脸色变得快，画风一转，竟然摆出一副要和我“同归于尽”的表情：“好，你去告吧，你去告，我就说我干这些就是为了耽误别人学习，替你挤出尖子班的名额。”

我瞠目结舌：“叶其文，我之前怎么没发现你这么不要脸！”

他“哼”了一声：“我之前还没发现你这么爱打小报告呢。”

我气急：“好啊，那你现在发现了，以后都别再跟我说话了。从现在开始，咱俩绝交！”

“看到没？”我指着桌子之间的那条缝，“这就是楚河汉界，你以后不准过界。你过界一次，就得割地赔款一次！”

“你怎么那么……那么霸道呢？”

“现在又说我霸道了，你早干……”

我还没说完，他忽然拉住我的袖子，把我指着楚河汉界的手拉到桌子底下去。

“你干吗？”我压低声音咬着牙挣了挣，但是他越拉越紧。

叶其文的目光很平静，甚至称得上是面无表情：“程小昭，大家都是一条船上的人，你要是再敢威胁我，再敢说绝交这种莫名其妙的话，我就一直不松开。”

我㞞了，因为我发现兔子急了真的会咬人。

“好……好，我知道了，你能不能先，先松开……”我憋红了脸，心脏狂跳不止。

“再等会儿。”他握紧我的手臂，低声说。

我把脸贴在桌子上，一句话都说不出来，好像有一条树根扎进我心里，很快长成一棵枝繁叶茂的树。我居然就这样鬼使神差地不再反抗。

过了好几分钟，叶其文才慢慢松开，我的半条胳膊失去知觉，他的手心也捏得通红。

“我高二一定不要和你一个班了。”我这样告诉他。

杨絮满天飞的春天结束，黏腻的夏天到来，操场上的杨树叶子重新变得透绿，绿到极致的时候，高一升高二的期末考试就结束了。

我考得还算不错，以全班第四、全年级第四十二的成绩，如愿以偿进入了本年级唯一的理科尖子班。

没错，理科尖子班一共五十个人，我排倒数第八。

这是我这辈子唯一看成绩单需要倒着看的时光，倒也不觉得屈辱，就是有些心塞。

尖子班是个人情寡淡的地方，排座位不管人际关系，也不看个子高矮，只看成绩。

班级安排在教学楼四楼，最高处不胜寒的位置。

李燕菲说得不错，分班了，不在一个楼层，就算还在一个学校，再见面也不会那么容易了，因为距离是很难忽略的东西。

分班那天，叶其文一趟又一趟帮我把书从三楼搬到四楼，最后那趟我和他一起，他抱着一摞，我抱着一摞。

尖子班门口，他趁人还不多，赶紧跟我说了几句道别的话："程小昭，以后你就得自己收拾书桌了，别把试卷到处乱夹，用个文件夹收起来也行，用个回形针别起来也行，要是弄丢了，看谁好心借给你……"

我一仰头，表示坚决不改："那我去三楼借你的。"

他用膝盖顶了顶怀里的书，无奈地笑了笑："那你还不得一节课跑一趟啊，能改就改改吧。"

很像个老父亲教育女儿。

我点点头："我走后，那你的新同桌是谁啊？"

我开玩笑似的说，但是心里患得患失。

"是徐映啊，"叶其文眉飞色舞地说，"我们班主任照顾我，就把英语课代表安排给我了。"

徐映除了是英语课代表，还是个超级温柔漂亮的女生。

我跟个煤气罐似的，火气一下就蹿上来了，抱着怀里的书撞了他个趔趄："你走吧，找你的新同桌去，以后叫徐映给你补英语，人家那么温柔又那么漂亮，还双眼皮大眼睛的！"

我说着说着就哭了，心里五味杂陈。分班就够难受的了，他还嬉皮笑脸的……

我抱着书缓缓蹲下，发现自己真的既矫情又无理取闹。我也不知道自己怎么了，一边讨厌自己的矫情，又一边控制不住发脾气。

叶其文没想到我会哭，他无措地蹲下来，轻拍我的脑袋："程小昭，你看你，小气劲儿的，我跟你开个玩笑，不是徐映，是李祥辉！再说了，徐映哪里好看了，她双眼皮大眼睛哪比得上咱双眼睛大眼皮啊？"

我破涕为笑，一把将他推坐在地上，我们怀里的本子散落一地："叶其文，你神经病！"

见我笑了，他才笑。

他坐在一堆练习册中间，陪着我不顾形象地傻笑，左手手腕上系着一块卡西欧的黑金运动手表，那只手随意搭在膝盖上。

过了会儿，他抬起手拍了拍我的头："程小昭，不准哭了。"

我就偏哭得更厉害。

他又说："老师来了。"

我这才把嘴闭上。

很久以后，我回想跟他在一起的日子，能想到的不是我打他就是我骂他，要不然就是莫名其妙地叫他走开……可是他每次都不会走开。

我想，这辈子，除了他，也没人能受得了我了吧？

第七章

后天

我们坐在靠窗户的高脚椅上聊天。看着酷热室外匆忙熙攘的路人，我肆无忌惮地想着心事，问道：“你有没有想过去哪里上大学？”

“我也不知道，反正跟你在一起就行。”

很久以后

在理科尖子班，我碰到两个人，都是我的初中同学，一个是我无论如何都赶不上的人，一个是无论如何都要赶上我的人。

是的，是李文晶和王飞扬。

我抱着书走进教室，把东西摆在最后一排的座位上，前排已经有不少同学收拾完毕开始埋头学习了。王飞扬跟我一样，都坐在最后一排，而最前排的最中央坐着李文晶。

白日灼烧的教室内，抬眼望去，可以看见女孩子佝偻伏桌的背影，她纤瘦得像嫩藕，但是这并不妨碍她年复一年保持第一。

李文晶始终留着长发，马尾扎得歪歪斜斜。

她努力的样子，让我既恐惧又很伤心，我以后不用再嫉妒她了，也不用再欺骗自己，人家不管努不努力都比我强。

在新的环境里，我迟钝而缓慢地收拾着东西。尖子班的座位都是独立的，我们都没有同桌，其他班级到了高三下半学期才会实行这样的“单飞”政策，而我们过早地体验了“人情淡薄”。

近旁的王飞扬对我视若无睹，整理东西的时候，我的笔袋掉落在他脚边，不知道是不是故意的，他抬脚踩了一下才给我踢过来。不过他始终没有看我，只留给我一张飞扬跋扈又冰冷彻骨的侧脸。

我低头捡起笔袋，看到上面那只憨态可掬的北极熊印上了他脏脏的鞋印。我没有生气，也没有发火，只是感慨时间真是个神奇的东西，他心心念念能够追上我，终于如愿以偿了，不过我和他终于也井水不犯河水了。

周丽辰收拾完东西过来跟我寒暄，她告诉我她已经参加了物理竞赛培训，又告诉我张辰东虽然学文，但是一直在锻炼身体，还定期保养视力，说是高三预备参加飞行员招飞。

“真好哎，张辰东可以哇，飞行员前途无量的！”我说完冲她勾勾手指，压低声音，“叶其文就不行了，虽然他也不近视。”

周丽辰得意扬扬：“是吧。”

“人家有身高限制，他太高了。”

闻言，周丽辰表示要跟我绝交。

我们匆匆聊了一会儿，周丽辰便跑回位置上坐好，翻出练习册，瞬间进入学习状态，背影沉稳安静，完全不复刚才嬉皮笑脸的模样。

俯桌学习的人越来越多，这才高二，我一直以为时间还早，一直以为路上没人，可事实是别人已经走远，我没看见罢了。

上个学期，班主任就给我们讲过学科竞赛的事情，数学、物化生，还有计算机，我本有意参加化学竞赛的培训，可是得知李文晶已经参加并且去年寒假就已着手准备时，这个想法瞬间灰飞烟灭。

我告诉严雪梅老师，竞赛太费精力，风险还大，万一拿不到名次又耽误了高考会得不偿失，所以我想专心搞好学习。

严雪梅也没多劝我，毕竟竞赛这种东西太耗毅力，起初信誓旦旦的都挨不过疲软期，更何况是强扭的瓜。

她只说：“没关系，适合自己的路才是最好的。”

我点头答应着。

老师以为我是根据自己的情况找到了适合自己的路，其实，我自己知道，我是不战而败了。

说实话，我很不喜欢尖子班的氛围，大家将竞争关系看得很重，全部精力都押给了学习，偶尔有人插科打诨开玩笑，也压不住空气里的紧张气息。

那是因为尖子班的班级成员一直实行流动制，意思是假如下次考试考不到全级前五十名，就会有新的前五十名将你挤出去。

你可以选择不来，但是不可以选择不走。

已然来到这里，却因实力不够而离开，但凡有点自尊心的人都不会允许这样的事情发生，更何况我们这些自尊心爆棚的“好学生”。

可以从来没有上过神坛，但是绝对不能从神坛跌落。

第一次考试就有个男生考到五十名开外，收拾东西离开的时候，他像灰太狼一样大大咧咧地说还会回来的，但是一出教室他就哭了，满面油光的小眼睛男生蹙起眉头擦着眼泪，眼镜挂在手背上，镜片厚得像酒瓶底。

男儿有泪不轻弹，只因未到伤心处。

我也有好几次在离开的边缘徘徊，每次出成绩都像扫雷，不敢去看排名，因为说不定下一秒就会被炸得胳膊腿儿横飞。

当发现自己还在五十名以内的时候，又会有种劫后余生的感觉，不过只能用一两秒钟放松，紧接着便要开始筹备下一次扫雷。我仿佛掉入了一个陷阱，希望赶紧结束这样的生活，但又好像被什么力量胁迫着，不争不行。

十月中旬的某一天，刚下早自习，叶其文跑到四楼来找我。吃饭大军熙熙攘攘的，他把我拉到闲置的五层去。

这些天我压力太大，一见到亲切的人，所有痛苦的滋味一同席卷而来。

他刚问了一句：“哎，最近怎么样？”

我就像根没煮过的挂面，被他一句话折断，泪在眼眶里打转。

叶其文见我情绪不好，问我怎么回事，我低着头，始终与他保持距离。

“怎么了，谁欺负你了吗？”他问。

我含着眼泪：“物理、化学、生物，还有数学，都欺负我了！”

闻言，他惊讶地张嘴："我真不敢相信自称老娘天下第一的人会说这种话。"

"这有什么不敢相信的？你不知道，跟我们班那些人一比，我就跟废物一样！"我说到最后，声音高了一个八度，好像在跟他吵架。

叶其文冲我比了一个噤声的手势："程小昭，你冷静一点，虽然这里是五楼，但不代表你在这里嚷嚷就没人听见。"

我浑身无力，闷声一吼，抬头看看天花板，又颓然地把头低下，冷静下来才再次开口："叶其文，你知道吗，有时候我会完全跟不上老师的速度，不知道为什么左右两边就相等了。明明这道题不会，老师却说估计大家都懂。你说我是不是特别笨？你说我为什么要学理？我当初为什么要学理，说什么未来选择的余地大，眼前还顾不好呢，还考虑未来……"

叶其文温柔地沉声叫我："程小昭，你怎么能对自己没信心呢？你可是尖子班的啊！咱们年级一千多人，学理的七百多人，就一个尖子班，你是全级前五十啊，你是废物你不聪明，那还让不让别人活了？对自己有信心点，听到没有？"

我无力地摇头，抓住他的校服衣襟来回拉扯："你不知道，你不知道，我真的压力太大了，每天趴在那里学习，颈椎越来越疼，但是我一点都不敢松懈，因为稍一松懈就有可能被挤出去……被挤出去，所有人都会知道程小昭没考到前五十，她不在尖子班了……这很丢人的！"

叶其文靠在窗边任由我扯："丢人？怎么会呢？你们班之前有被挤出去的吗？"

"有的。"

"你觉得他丢人吗？"

"我没有，"我松掉他的衣服，"那是因为我可以理解他。"

"你怎么就知道别人不能像你一样理解他呢？"叶其文把衣襟抚平，重新拉好拉链，"而且每个人都有自己的事要做，试卷一沓一沓做不完，没人会一直注意着你的。咱们学校有几个人知道程小昭是谁啊？你又不是徐映。”

我抬腿就是一脚：“你还敢提！”

“好好好，我不提了。”他讨好地笑着，拍拍裤子上的灰，“你顺其自然吧，压力太大没什么好处，于学习无益，还会把自己心理搞垮。实在不行，咱就从尖子班出来，回来称霸实验班还不行吗？”

我苦笑，他说的道理我都懂，但我始终过不了自己心里那道坎。

我叹了口气，看了看时间：“你回去吧，我吃饭去了。”

“程小昭！”叶其文喊住我，“要不然……今天中午你跟我回家吧？”

“什么？”我回头，脸上是大写的不明白，“我是住校生，开什么玩笑？”

“真的，我爸妈今天不在家。”他郑重其事，“我们借张校牌，你就装成艺体生，说不定能混出去，别让查房老师发现就行。”

“要是混不出去呢？直接在校门口被‘凌迟处死’是吗？”

“不会，到时候你把这个头发……”叶其文边说边伸手弄我的头发，“这样，这样，哎，对，弄乱一点，最好把眼睛全盖起来。还有你这个校服外套，把拉链拉开，裤子呢，把裤脚挽起来，还不能直接上下挽，你待会儿研究研究怎么能挽出哈伦裤那种感觉，要不然不时尚，门卫大爷就看出来了……”

“门卫大爷懂得挺多。”

我顶着一头乱发像傻子一样站在原地，叶其文捏着下巴上下打量我，有继续深入研究我形象改造的意思。

我说：“去办公室找老师开假条好像更容易一点……”

我不知道叶其文是怎么和严雪梅老师沟通的，总之他那天真的给我弄来了一张假条。

中午放学，我还没弄明白自己哪里来的胆子“逃学”呢，就已经战战兢兢跟他到了校门口。

“程小昭，抬头挺胸，不要缩着！”他推着自行车跟在我身后。

走到校门口保安室的时候，我哆嗦着把假条递给保安大爷。保安大爷刚接到手里，叶其文就在我身后扬声道：“爷爷好！”

保安大爷抬头看他，满脸慈爱的微笑，边笑边把假条交还给我：“好了，可以走了——哎，小伙子又长高了，路上慢点啊。”

“爷爷再见。”

这是男版蜘蛛精吧，勾魂摄魄的。

一出校门我就撒丫子跑，这辈子没干过坏事，真有点做贼心虚。

叶其文蹬着自行车追上我，一个急刹横在我面前：“程小昭，你脚好利索了？跑这么快干什么？再说了，我们家也不住这边啊。”

“哦，那你们家住哪边啊？”

他伸手一指：“那里，往北走。”

叶其文家住北苑小区，是当地一家房地产商开发的学区房，与学校仅隔一条街，转眼就到。

据说这个楼盘当年连一楼和顶楼都被一抢而空。除了地段好，开发商当时还打得一手“人才辈出”的谐音好牌，大体意思是说市一中的大门朝北开，而北苑名字里恰好带个“北”字，是人才辈出的好兆头。

很快到达叶其文家门口，他掏出钥匙开门，每转一圈我就要问一遍：“你确定你爸妈不在家？”

他一遍一遍地回答我：“真不在家。”

“哦，那就行，我怕尴尬。”

谁料推门的时候，他故意对着空房子喊了一声“妈”，我差点抱头蹲下。

我僵在原地吓得肝颤，他咧着嘴没心没肺地大笑：“程小昭，你刚才脸好白啊，我从来没见你这么白过，哈哈哈……”

我直接上脚：“你找死是不是？找死！”

我的脚有些疼，自从上次受伤之后，稍有剧烈运动就会出现这种情况，估计是后遗症吧。

“我错了，我错了……”叶其文声音带笑，拍着裤子上的尘土，“以前有人说我命里欠土，现在好了，赶紧补补。”

我笑了：“你哪儿是命里欠土，你是命里欠揍。要换拖鞋吗？”

“是，我命里欠揍。我爸妈还没揍过我呢，你天天揍我。不用换，直接进去就行。”他说着把门关上，“你坐吧，我去给你倒点水喝。”

我在客厅的沙发上随意就坐，环顾四周打量他们家的装潢。虽然是很简单大方的风格，但并不是随意的混搭，家具样式和墙上淡白色壁布的花色很搭，房间里不存在有违和感的东西。

“你们家挺漂亮的。”我看到阳台上还有浓艳多姿的秋海棠，“你们家以后会在这里长住吗？”

叶其文正在给我倒水：“不知道，应该不会，还得看我爸。这房子是租的，我妈闲着没事就爱收拾家里，这些都是她弄的。”

我“哦”了声：“那中午吃什么？”

“点个外卖吧。”说着，他把水杯搁在我面前的茶几上，“我把手机拿来给你看。”

他起身去拿手机，我喊住他：“其实我会做饭。”

他转身笑看我一眼：“真没想到你还会做饭呢，没事儿，不用这么麻烦，待会儿还得上学，又是刷锅又是洗碗的来不及。”

他回房间拿来手机，打开订餐 APP 问我想吃什么。他一边划拉着屏幕，一边说着什么比萨、牛排、炸鸡、啵啵鱼……

我是长期在学校吃食堂的人，看见什么都馋得直咽口水：“我都行，还是你选吧，不用挑特别贵的。”

他的手指刚好划过红艳艳的麻辣小龙虾，我忽然就对别的东西没了兴趣，想着好不容易出来一次，不奢侈一回都对不起自己的胆量，于是赶忙叫停：“小龙虾怎么样？我请你！”

叶其文停住手指，张嘴“啊”了一声：“不过年不过节的，为什么要吃那个？”

我拿过他的手机详细看：“谁告诉你过年过节才让吃小龙虾的？要是这样，小龙虾早就称霸世界了。”

见我满眼心动，他只好答应下来，接过手机准备下单：“好吧，但是不能你请，哪有吃饭让女生请客的？”

我抱着胳膊往沙发上一仰：“那我不吃了！”

他无声笑了笑，只好答应：“你还不乐意上了。”

我们的麻辣小龙虾很快送到，另外还点了两杯冰可乐和一份拍黄瓜。

龙虾上桌，我们面对面坐着，叶其文拿给我一份附带的一次性手套。我接过来，边戴边说：“其实我看《神雕侠侣》的时候，小龙女一戴她的金丝手套，我就觉得她要吃小龙虾了。”

他回忆着电视剧情节，想起来之后哈哈大笑：“程小昭，我以后没法直视小龙女了！”

他笑得太夸张，前仰后合的，我很无语：“见过笑点低的，没见过笑点这么低的。”

等他笑够了，我们才开始吃饭。我剥虾很有一套，剥得又快又完整。我一个接一个地吃，叶其文忙活半天，结果都是碎的。我每剥完一个都会拎着完整的虾肉在他眼前晃一圈。他以为我是给他吃，刚露出兴奋的目光，我就把虾肉丢进了自己嘴里。

见我吃得欢快，他负气似的扔下手里那半只虾：“小龙虾简直是世界上最没意义的生物，味道不怎么样不说，还就一点点肉，白长这么大个壳子，又难剥，我不吃了！”

我笑他：“明明哈喇子都流到脚后跟了，还说人家不好吃。哪有你这样的？你想让我给你剥，你就直说，诋毁人家小龙虾干什么？”

他谄媚一笑，干脆摘下手套当甩手掌柜：“所以为了小龙虾的清誉，你就剥吧。”

于是，我就为了那些非亲非故的小龙虾，白给他当了一中午的苦力。

吃过午饭又打扫完卫生，大约十二点半了，下午两点钟上课，一点半返校即可，所以我们的时间还很富余。

他们家的阳台上有张小茶桌，摆着全套功夫茶陶瓷茶具，我们拿着冰可乐坐到那边聊天，透过面前的落地窗，抬眼就能望到学校大门那道“为努力学习走进来”的横幅。

我咬着吸管问：“整天这样学习，你有没有觉得很累？”

叶其文看着窗外出神：“当然有，尤其是背英语单词的时候。没想到你也会觉得累，每次看你闭着眼睛都能考进前五名。”

我无力地开着玩笑：“现在考试都是睁着眼睛，所以考不到了。”

因为人外有人，天外有天。

我又问他：“那你觉得学校分普通班、实验班，还有尖子班，合理吗？”

叶其文把目光从窗外挪回看着我：“为什么突然问这个？”

“其实，我刚上高中的时候觉得挺不合理的。大家来到这里，交着一样的学费，花着一样的时间，为什么要享受不等的管理方式和师资力量呢？”

他疑惑地摇摇头：“因材施教？我没想过那么多。程小昭，你整天都在想什么？试卷都做不完，还有闲工夫考虑学校制度。”

他说话的工夫，我将可乐一口气全部喝光，用力吮吸吸管发出呼噜呼噜的声音：“是啊，我就是爱胡思乱想，早知道就学文了，说不定能成为哲学家。”

他接过我的空可乐罐子扔进垃圾桶里：“你要是觉得有压力，就再回来吧。”

“不，不可能！”我一秒钟都没犹豫。

“那就想开点，顺其自然，尽人事，听天命。”他说。

我“嗯”了一声，我知道，我是不甘心从尖子班回到实验班的。

很奇怪，明明觉得不合理的东西，但当自己不可避免地置身其中后，时间一久，居然会被它同化。我拼命地留在尖子班，很大程度是为了维护自尊心和享受优越感。从前，我是我爸的旁观者，后来，我渐渐变成了我爸。

那天我们回到学校之后，很久没再找到机会像今天这样说话。

只有某天的大课间，叶其文趁着帮班里换水不用跑操跑到四楼来找我，然后教给我一个叫作“十点十分操”的东西。他边说边给我做示范：“你不是颈椎疼吗？你就这样，把两条胳膊抬起来，抬到十点钟方向，再放下，抬起来，再放下，不停地重复……”

他不断抬起胳膊又放下的样子很滑稽，我说：“你好像一只扑棱翅膀的蛾子。”

他气得要打我。

在我印象中，做叶其文教的“十点十分操”还没有几天，天气就忽然变冷了，杨树叶子渐渐落光。我给我妈打电话的时候，她就开始喋喋不休地提醒我穿秋裤，穿秋裤！

今年圣诞节那天下了很大的雪，我在教室里正埋头做一道电磁感应的题目，王飞扬坐在一旁“咔嚓咔嚓”啃着苹果，忽然问我：“程小昭，你高考想考哪里？”

我停下笔，侧头看他：“大城市。”

去大城市赚很多钱，给赵玉梅和程路平买很多东西，给爷爷买很多东西，报美术班，做一切想做的事情。

他挑了挑眉，“哦”了一声，然后从桌屉里摸出一个苹果：“给，圣诞节都没人送你苹果。”

我笑着摇了摇头：“有人送。”

他却没好气地把苹果扔过来，“砰”的一声砸在我桌子上：“太多了，吃不了！”

2012年平凡且安静地结束，世界并没有迎来末日。

也是，人类文明灿烂了几千年，哪那么容易末日，它会一直灿烂下去的。

多年之后再想起“世界末日”这个梗，我能记起的就只有两件事：一件是叶其文傻乎乎地对我说，程小昭，世界就要末日了，所以咱俩还做同桌吧；另外一件事情是，年级破天荒地组织了一次观影活动，班主任拿出两节课的时间给我们看了一部美国的灾难片，叫作《后天》。

电影主讲温室效应引发的一系列气候异常，全球即将陷入第二次冰河纪。我印象最深的是纽约城被大雪冰封，几位主人公被困在图书馆里烧书取暖……

这电影看得我一下课立马给我妈打了个电话，告诉她家里充氟利昂的空调别再用了。我妈在电话那头满脸问号，问我大冬天的抽什么风。

在尖子班的半年里，不断有人离开，也不断有人到来，我渐渐适应了这里的学习节奏，也开始正视自己的弱点，“不会”二字已经可以做到不带情绪地说出口。

其实并没有那么难。

到期末考试，我基本可以稳定在班里三十几名，不必过分担心有离开的风险。有时候下晚自习回宿舍的路上，抬头看看天，会觉得充满了希望。

还记得去年冬天，叶其文送给我们家一副对联，但是碍于奶奶去世，我就没有收。他当时说那就等到明年再送吧，结果今年他还真的送了。

描红洒金的对联纸，上联是“迎新春万事如意”，下联是“接鸿福四季平安”，横批“迎春接福”。

我跟我妈说我同学的爷爷是搞艺术的，就爱给人写对联，我妈也没多想，喜滋滋地吆喝着我爸给贴上了。

礼尚往来乃中华民族之传统美德，我也想着回赠叶其文点什么，于是从网上买了些正丹纸，大笔一挥，写了好几个“F”。

写好了，看着还算满意，我立刻给叶其文打了个电话，说：“我也给你们家写了几个字，改天我给你送去吧。”

他难以置信：“程小昭，字丑没关系，拿出来吓人就是你的不对了。”

我一时哑口无言。

我说去给他送，最后他还是决定自己过来拿。我们住的地方相隔太远，叶其文到我们小区的时候，已经下午四点多了，冬天昼短夜长，天色开始混浊，甚至还下着点小雪。

我裹着刚买的波司登羽绒服跑出来找他，他就站在小区大门口安静地等我，双手揣进衣兜里，并没有不耐烦的小动作。

我跑过去，把我写的“F”拿给他看，他有些发蒙：“这是什么意思？”

“这你就不懂了吧？这是跟网上学的，F就是氟氯溴碘的氟，谐音就是福嘛。”

他边笑边点头赞许：“这个挺好，就写一个字母，既俏皮生动地表达了那个意思，又不暴露你字丑的缺点。”

“你、说、什、么？”

我皮笑肉不笑地揉起手腕，他就飞奔着跑掉了。

暮霭沉沉的凛冬，地上铺着洁白的雪席，远处是红色的天际，轻快敏捷的大男孩踏过雪地留下一串深深浅浅的脚印，时不时回头看我的反应，最后跑到马路对面对着我喊话，一阵夹着雪花的北风吹过，将他的声音吹得有些破散。

“程小昭，以后过年你来我们家吃饭好不好？”

我笑了，将两手放在嘴边做喇叭状，回喊他：“有小龙虾吗？”

“咱家有矿，想吃啥有啥！”

他嘚嘚瑟瑟的，一张嘴，哈出一大团白气。

2013 年高二的下半学期，又迎来了一个杨絮满天飞的春季，校医院的一次性口罩卖到一块钱一个。

我真想从批发市场弄个十吨八吨的在学校门口摆个摊。

三月份，我们语文老师准备参加一个全省的直播课比赛，于是网罗了一些语文成绩较好的同学临时组成小班去学校的录课教室上课。我有幸被她选中，不过，也可能是别的同学参加竞赛太忙了。

录课教室在科技大楼的三楼，我到的时候，管钥匙的老师还没来，准备参加录课的同学都站在门口等着，我看见叶其文也在其中。

他语文还可以，可按理说是轮不上的，我怀疑我们语文老师是故意想找个帅哥撑场子。

我告诉了叶其文我的猜测，可是他厚颜无耻地说他靠的不是脸，而是才华，他是语文老师特邀来写板书大标题的。

哦，原来是这样。

也多亏了这次直播课的机会，我们有幸又做了一回同桌。

语文老师选讲的课文是必修二的《诗经·卫风·氓》，开始之前，她给几个声音洪亮并且性格开朗的同学下发了小字条，就像给演员发台本一样，她嘱咐他们背下自己将要回答的问题的答案，但是回答的时候要表现得自然不做作。

因此，我们语文老师获封了“王导儿”的称号。

她安排完这些同学，站在讲台上扫视台下，过了会儿，目光落在我身上。她走过来，拿着课本给我指定了一个段落：“这样，程小昭，你待会儿站起来给大家朗读这一段。记住，一定要有感情地读出弃妇的那种感觉。”

我上哪儿知道弃妇的感觉去？

事实是，这场戏演得并不顺利，NG 了无数次，有的同学笑场，有的同学抢了别人的问题，有的同学忍不住在录课期间讨论语文老师今天擦的哪个唇膏，亮得好像吃了一根鸡腿忘了擦嘴。

而最后一次，语文老师大概是觉得脖子不太舒服，一边讲课，一边整理自己的高领毛衣，最后居然神奇地发现毛衣穿反了！

她尴尬地叫停，然后跑到卫生间去整理衣服，我们在教室里笑得前仰后合。

现在再让我回忆高中，我忘了自己哪篇议论文作文拿到过55分以上，也忘记了哪些考试考到过班里的前三名，甚至忘了和谁闹过别扭，但是这些事情好像昨天才刚刚发生。

2013年的夏天，高二结束，高三即将到来，这一年，一个叫微信的社交软件大行其道。

高二升高三的那个期末考试，英语作文破天荒地不用再替李华写信，而是叫我们聊一聊“We Chat”给生活带来了哪些改变。

期末考试后等成绩的那两天，我碰上汪明妤，她一见着我就拉着我跟我抱怨：“程小昭，你知道我们这次地理考试有多变态吗？有道选择题居然给了一张微信的界面图，就是有一个小人和一个地球的那个，然后叫我们看图分析是冬季还是夏季！”

汪明妤攥起拳头，说得义愤填膺，从试卷一直骂到命题组，最后连马化腾都没放过。

我还真挺好奇：“所以你选的冬季还是夏季？”

“夏季，因为我感觉那小人挺瘦的，不像穿着羽绒服。”

“噗……哈哈哈！”我笑出满眼泪花。

暑假的一天，我和叶其文一起出来压马路，买了甜筒，然后拿到奶茶店去吃。他说这样不好，但是又拗不过我。

我们坐在靠窗户的高脚椅上聊天。看着酷热室外匆忙熙攘的路人，我肆无忌惮地想着心事，问道：“你有没有想过去哪里上大学？”

“我也不知道，反正跟你在一起就行。你呢？想好了？”

“我想去北京或者上海吧。”

我这样说，叶其文似乎有些失望：“大都市？你不考虑青岛吗？我们青岛也是大都市，有好多海鲜。你没吃过鲅鱼馅的水饺吧？可好吃了！而且我们那边气候也好，夏天根本不像这边这么热，好大学也有很多啊，中石油，中海洋，一个‘211’一个‘985’……”

我对青岛没什么概念，反正不是我理想的地方，所以他说完，我只是抿着嘴“嗯”了一声。

他见我不说话，忙说：“你考去哪儿，我就考去哪儿。”

叶其文一脸殷切地看着我，期待我的回答，他的眼神真诚、单纯、热烈，像晴天碧空不掺一丝杂质。

他举着四指发誓：“你放心吧，我肯定会更努力的，一定不会拖你后腿。”

看着他真挚的样子，我说：“我好像从来没问过你，为什么对我这么好，为什么非要跟我去同一个城市？”

他不假思索：“因为你是我见过最特别最有趣的女生，很酷、很二、做什么都很认真……我喜欢跟你一起上课，喜欢跟你聊天。跟你做同桌，连上学都变得有意思多了。”

我假装不以为意：“真的假的？”

他使劲点头：“真的。”

时间在那一刻凝固，在他眼睛里，我看见了世界上独一无二的程小昭，虽然没有赵冉冉漂亮，没有李文晶聪明，也没有汪明妤家境好，但是他的眼神让我觉得我就是世界上最好的女孩。

就连我爸妈也只会在我考进前三名的时候肯定我，可是在叶其文眼里，我不需要任何外在条件。

我点点头：“那我们一起努力，去同一个城市。”

甜筒融化得厉害，我加快速度舔着。我的是抹茶的，叶其文的是奶油的，我舔着我的，却总觉得他的更好吃。

我觊觎叶其文的甜筒，所以一直看他。他察觉到异样，笑眯眯地问我：“你老看我干什么？我太帅了，你看不够是不是？”

“我看你的甜筒呢。”我朝他翻了个白眼，“哎，你把底下那个皮儿留给我吃行不行？”

他一挑眉，笑得贱兮兮的：“那你求我啊。”

我看着他，沉默不语。

“不求也行，”他猛然凑到我耳边，低声耳语，“叫哥哥。”

我的脸红得没法看了。

时间过得真快，仿佛昨天我还在和叶其文讨论未来该何去何从，今天就要面临真正的抉择了。

我的高三从2013年的夏天开始，到2014年的夏天结束。这段时间我迫使自己与外界隔绝，不清楚明星们的绯闻轶事，也不了解电视剧里的爱恨情仇，更不知道时下正流行的是粉黛还是银灰。

不光我，几乎班里每个人都是这样的。

我们就像一锅冒着热气的汤面，各种模拟考就是那只搅动沸水的勺子。在这锅不停沸腾的汤里，我们把原本脆弱易折的自己慢慢变软，变韧，变得什么都不在意，除了学习就是学习……每个人都是准备跃龙门的鲤鱼，虽然不知道龙门之后是什么，但是我们知道，越努力就会有越多的选择余地。

就像在高考之后，我拉着叶其文去听的那场“高考志愿填报技巧”的研讨会。开始之前，主讲人玩笑着说：“我想问下咱们在座的有没有高考过六百分的同学？如果有的话，现在就请你站起来，然后出门左拐，把座位留给更有需要的同学。因为你们不需要技巧，除了Q大B大，爱报哪儿报哪儿去！”

我们都笑了，如果是那样，当真自在。

除了每天紧绷着神经，我的颈椎和肩周也因长时间得不到放松而越来越疼，有时候伏案久了，稍一转动脖子就会发出“咔嚓咔嚓”的声音。我打电话告诉我妈，一开始她还不信：“你才十七！”

可谁说颈椎病就是中老年人的专利了？

黑板右上角的高考倒计时，是历届高三生迎接高考的仪式。

从“距高考仅剩100天”开始，那个数字每天都在变小，我知道它会在6月7号那天变成一个圆润饱满的“0”。

距离高考还有100天的时候，校长给我们全体高三学生召开了百日誓师大会。

我们校长的年龄一直是个谜，用精神矍铄来形容不大合适，用人到中年来形容似乎也不大合适。

主席台上，校长拿着话筒试音，“喂”了几声之后说：“那就先有请我们这届的学生代表上台发言。”

于是李文晶就“噔噔噔”跑到主席台上，念起以“光阴似箭，日月如梭”为开头的发言稿。纤瘦干净的女生站在主席台上讲话，声音充满了能量，一点也不怯场，只是天气渐热，时间一久，额头上几绺头发被汗水浸湿了。

她和周丽辰一样，都通过竞赛的方式预录取签约了Q大。

不知道为什么，我竟然一点也不嫉妒她了，一个有勇气、有准备又肯脚踏实地的人，有什么不值得呢？

我希望她越来越好。

最后是校长发言，我还以为老同志会揣着好几板金嗓子给我们喊“高考必胜”，谁知道他只是调了调话筒，给我们讲她女儿的故事：“同学们，其实高考考多少分并不重要。我闺女也是咱们学校毕业的，是大你们两届的学姐，别看我在咱们学校当老师，但是她那成绩啊，是一点儿也不理想。”提到女儿，校长慈爱地笑了，“当时她的高考成绩就只够上一个很一般的大学。出成绩那天，我就问她这三年后不后悔。她说，爸爸，我一点也不后悔，因为我觉得我这三年很努力了，再来一次估计还是这样的。

“所以刚才我告诉大家，高考考多少分并不重要，重要的是毕业那天你们扪心自问后不后悔。如果不后悔，那么恭喜你，你这三年就是成功的二年。

“高考啊，就跟小孩儿打预防针是一样的道理，因为没打过，所以才会觉得害怕，打完之后就会发现，咦，一点也不疼嘛，好像让蚊子叮了一下……

“同学们，我不相信一考定终身这样的说辞，太绝对了！我要告诉你们，你们的路还很长，未来的变数多得数不过来，你们有无限的可能性。”

这场誓师大会，没有言辞激烈的口号，也没有一考定终身的凿凿之言，甚至连校长的声音都有些软绵绵的，可是我们全都站在台下安静乖巧地听着，谁也不忍心发出一点杂音搅扰他。

2014 年 6 月 7 日的早自习，班主任来给我们开班会，她指着黑板右上角那个“0”说：“我希望在座的每个人都能给自己这三年的高中生活画上一个圆满的句号。”

雷厉风行的严老师那天看上去格外温柔，她蹙眉看着我们，好像一位担忧远行游子的母亲。

平时她不是这样的，我们成绩不理想的时候，她总是会拿我们跟历年的尖子生作比较，站在讲台上抓起黑板擦再“啪”的一声摔下去，震得整栋楼都能听见。

“去年华联一中光竞赛就出了三个 B 大，两个 Q 大！高考实验班年年都有黑马裸考考上北清交复的，再看看你们，一模二模考的什么东西！我告诉你们，一模成绩就是你们的高考成绩，一模都这样，高考趁早别考了！学校给你们最好的条件，还指望着你们争荣誉呢，连氢氧化铝的化学式都能写错，你们对得起学校吗？对得起自己吗？”

每次她在讲台上骂我们，我们就在私底下骂她，说她是女魔头，难听的话有很多。

严老师总说她是老师我们是学生，我们就像菜地里的韭菜，三年一茬，学生走了还会有新的再来，我们不好总有好的会来。我们的荣辱说到底都是我们自己的事，与学校无关，也与她无关。

可就在6月7号那天，我们这茬韭菜即将成熟收割的时候，割韭菜的人却无端落下了眼泪。

严老师最后一次叮嘱我们：“同学们，身份证、准考证、涂卡笔、橡皮一定要带好，贴条形码的时候手别哆嗦，别贴到框外面去，贴坏了也不要紧，叫监考老师给你想办法，他不给你想办法，我给你想办法！还有准考证，我这里都有备份的，要是忘了带也不用着急，老师就在考场外面等着你们，放平心态好好考，你们都是最棒的……”

她说到最后说不下去了，抹着眼泪像个小姑娘：“看什么看！都给我好好考听见没？你们考不好，我就没有欧洲公费十日游了！”

全班哄堂大笑。

我记得那一年，就是因为班主任这句话，我们班好几个成绩优异的女生奋不顾身地选择了师范专业。

因为高考第一场考语文，所以早自习是语文老师的，班主任前脚刚走，语文老师后脚就跟着进来。

语文老师说：“看你们班主任多疼你们，她昨天晚上都没回家，怕你们紧张睡不着觉，查房查到半夜一两点。”

我们沉默了。

语文老师连连摆手：“行了，别发呆了，抓紧时间看看诗词填空，还有作文，一定要审好题目。求你们了，论据新鲜一点吧，谁再写爱迪生发明灯泡，谁以后甭叫我老师！”

她说完，不知道谁喊了一句：“老师，再给我们讲两句别的吧！”

语文老师背着手走到讲台上，转过身来：“讲两句别的？咱节约点时间，也别两句了，就一句。爱你们，么么哒！”

她说完，冲我们咧嘴一笑，结果她一笑，我们都哭了。

考试的时间总过得很快，6月8号，我们的高三终于在烈日炎炎中结束，英语考试的结束铃声，像是对我们宣布“刑满释放”的讯号。

我们自由了，但是我们也都哭了。

从考场出来，我拎着透明的文具袋四处寻找叶其文，我正到处张望着，突然有人从背后牵住我的手。

我闻到了他身上好闻的洗衣粉味道。

十指相扣，叶其文将头靠在我的肩上：“现在没人管得着了，很快我们就可以填同一个城市的志愿了。”

那是一个无风无月的酷热夜晚，房间里的空调吐着冷气，我对完答案，一口气吃了三牙西瓜。

我妈正把第四牙拿给我：“吃吧吃吧，反正现在也不害怕拉肚子了。你估计怎么样啊？”

“还行。”我打了个饱嗝，冲她摆摆手，“吃不下了，就是正常发挥。”

“阿弥陀佛，老天爷保佑，正常发挥就好，正常发挥就好……”我妈双手合十，冲着天花板拜了拜，“等你高考成绩下来，我得上庙里还愿去。”

高考前两天，我妈自知穿不上旗开得胜的旗袍，于是就猛劲在别的地方弥补，又发钱粮又拜菩萨的，佛教道教管文墨的通通求了个遍。

按照惯例，6 月 25 号出高考成绩，出成绩之前，我们班组织了一次同学聚会。班长说趁着还没出成绩赶紧聚聚，要不然以后就聚不起来了。

事实证明班长说得很对，散了的珠子总是不容易找齐的。

聚会地点选在高端大气上档次的江景饭店，那天中午我们先在饭店吃饭，吃完饭大家举着饮料在包间里聊天，一直聊到下午两点多还意犹未尽。

刚出饭店大厅，班长又说反正时间还早，要不然再去KTV唱歌。

于是大家又开始七嘴八舌地商量唱歌的事儿。

叶其文知道我们班今天在江景饭店聚餐，我正犹豫着待会儿去不去唱歌，恰好他给我发来消息。

叶其文：聚餐结束了？现在才两点多，我们班正好也在这边聚，我过去找你？

程小昭：结束了，你来吧，班长说待会儿还要去唱歌，那我就跟他说我不去了。

叶其文：别，还是去吧。同学一场，起码要玩一会儿捧捧场，聚个会挺不容易的，我们班这次就有好几个没来。

我这人一向“见色忘义”，哪管什么同学不同学，他说要来找我，我就谁也顾不上了，飞快地用26键打出一个“不嘛，想你了”。

我也不知道自己从什么时候开始变得如此恶心和厚颜无耻。

我记得第一次给叶其文发这样的消息的那天是凌晨三点多，他一连发了好几个问号和感叹号，然后还给我打来电话，问我是不是被盗号了。不过现在他习惯了，并且变得和我一样厚颜无耻。

我满心欢喜正要发送，一只手从侧前方伸过来抢走了我的手机。

两手一空，我抬眼去看。

王飞扬穿着极简的白色T恤和黑色运动短裤，白灼的烈日晒得他有些睁不开眼睛，他拿着我的手机，眉间有一道很深的褶皱。

我又羞又臊地扑过去跟他争抢：“你干什么？还给我，不准看，还给我！”

他故意将手机举高，引得我跳起来去够，我够不到只好狂踩他的新球鞋：“还给我，快还给我，我求你了，还给我吧，还给我听见没！我跟你说，偷窥别人隐私是犯法的，我上公安局告你去！”

“你的隐私才是犯法的吧？这都什么乱七八糟的？”他一通操作之后才把手机扔给我，表情既鄙夷又厌恶，“呸，程小昭，你恶不恶心！”

“我恶不恶心关你什么事儿？我又没恶心你……”我顾不上他的人身攻击，第一时间打开聊天软件查看。我和叶其文的对话框早已空空如也，这人居然清空了我们的聊天记录。

王飞扬冷笑：“留着干什么？辣眼睛。”

我强压住火气：“你有点过分了吧，凭什么删我的消息记录？”

他眉毛一扬：“我扫黄打非怎么就过分了？”

“扫……什么黄？”

当时全班同学或聊天或低头玩手机，但王飞扬此话一出，他们全都停下手里的事儿抬头盯着我看。

我张着嘴无声回应他们询问的目光，我不就是和男朋友撒了个娇卖了个萌，怎么就上升到扫黄打非了？

见气氛有恙，班长笑嘻嘻地走过来打圆场，搂过王飞扬的肩膀将他拉走：“走走走，老王，咱唱歌去，唱歌去。程小昭，你也一起去哈。”

“我才不去！”我冲着他们俩的背影气呼呼地大喊。

闻言，王飞扬甩开班长的胳膊扭头回来质问我：“你为什么不去？集体活动，全班都去，你凭什么不去？为个小白脸，刚毕业你就搞分裂，程小昭，你有没有点儿人味啊？”

我心里彻底绷不住了：“你说谁小白脸呢？信不信我把你挠成大花脸！”

王飞扬不惧我的张牙舞爪，指着自己的脸叫嚣起来：“来来来，你往这挠！”

“别闹了，走了走了。程小昭一起去唱歌吧，消消气，咱们去玩一会儿。”李文晶、周丽辰，还有好几个女生一起过来拉我。

我还没答应去，就被她们裹挟着往 KTV 去了。

路上，周丽辰神秘兮兮地把我拉到一边：“王飞扬刚才什么意思？什么叫扫黄打非？难不成你和叶其文……你们俩……”她不好意思说出口，抓了抓脑袋，吞吞吐吐的。

我猜到了个大概，追着周丽辰打，掐着她的脖子来回晃荡：“信不信老娘让你缺氧窒息脑死亡！”

那天我的心情非常不好，因为我纯洁无垢的初恋无端被两个神经病给诟病。

我太生气，忘了给叶其文回消息，直到我的手机在漆黑的 KTV 包间里亮起来。

叶其文：你现在在干什么？怎么一直不回消息？

包间里不知道谁点了一首《认真的雪》，除歌词以外全部原创，唱到最后喊劈了嗓子，包间顶棚那个银光闪闪的灯光球跟着颤了颤。

声音嘈杂得我捂住耳朵跑到卫生间去，直接给叶其文回了个电话：“对不起啊，我给忘了，我现在在 KTV 听原创歌曲大赛呢，折磨死个人。”

叶其文笑了笑：“你们什么时候结束？用我去找你吗？我就在附近，如果你们结束得晚，我可以送你回家，你们家离得那么远。”

“好，我把位置发给你，你一来我就走。刚才好几个人拉着我唱歌呢，我五音不全怕露馅。”

他放声大笑：“程小昭，还是咱有觉悟，知道自己歌唱得不好，不跟他们一样出来吓人。”

“……废什么话，赶紧来！一个两个的都挤对我干什么！”我骂骂咧咧地挂了电话。

我挂掉电话再回去包间，有几个男生正从书包里往外倒零食。

原来去 KTV 之前，班长安排他们去附近的超市购物，然后再偷偷带到包间里来。因为在 KTV，一支普通的雀巢奶油冰棍能卖到十块钱以上。

周丽辰从桌上抓起一包薯片塞给我，有点求和的意味：“哎，你还生气呢？”

我接过薯片放到一边：“你把王飞扬那个神经病暴打一顿，我就不生气了。”

“聊天记录又不是不能恢复，手机拿过来，我给你弄弄。”周丽辰伸手问我要手机，“他们几个中午喝了点酒，可能有点醉了。”

“算了，我不用了。”想起那些聊天记录，我抗拒地将手机藏了藏，顺便找了一圈王飞扬。

大包间的长沙发里，他坐在很角落的位置上，仰躺着，手里握着绿色的啤酒瓶子，正仰头猛灌。流转的霓虹彩灯落在他脸上亮了一瞬，又很快黯淡下来。

他的样子消沉颓废，我忽然有些不忍，摆摆手站起来：“行了，今天算我倒霉……我走了，反正我也不唱。”

“现在就走？”周丽辰问。

“嗯，你们好好玩，到时候我自己给班长说。”我摁亮手机看了看时间，估计叶其文也快到了。

我离包间门口很近，猫着腰溜出去，没几个人看见。

刚出包间门，看见旁边站着一个穿黑白工作服的男服务员。他有话要说，伸手拦住我：“同学，你是这个包间的吗？”

我点头：“是，怎么了？”

“是这样，我们这里不允许外带零食，因为最后是我们这边的工作人员负责打扫卫生。如果你们外带零食是需要交二十块钱清洁费的。”

男服务员虽然笑着，但并没有放我走的意思，胳膊始终拦在我胸前。

我觉得自己真的很倒霉，本身就有一肚子气没处撒，偏偏又碰上这样的事儿。

我冷眼看他：“知道《中华人民共和国消费者权益保护法》吗？知不知道里面有一条是专门针对强买强卖的？你们这儿不让外带零食，侵权了，犯法了，知道吗？”

男服务员格式化的笑容僵在脸上。

我作势掏出手机：“信不信我现在就能打12315投诉你？就算

投诉不成，我也能在网上发个帖子骂骂你们，说你们店大欺客。大不了以后不来了就是了，你们可别怕名声不好。”

我气昏了头，也不知道哪里来的勇气，反正一通胡说八道把男服务员唬得一愣一愣的。他最后全无底气地放下胳膊：“那……那你告诉你同学，你们只能自己打扫卫生。”

“我现在要回家，你自己说去吧！”我瞥了他一眼，扬长而去。

我只顾生气，分不清东南西北，沿着走廊找到通往一楼的楼梯，结果就在楼梯拐角处跟一个人撞了个满怀。我摸着额头刚想开骂，抬头一看，是叶其文。

他也摸着下巴，看到是我，才口齿不清地说：“我一上二楼就听见有人吵架，听声音像是你。已经吵完了？”

我疼得眼泪直流，捂着鼻子没好气地说：“我今天真倒霉，叶其文，你长的是人骨头吗？怎么这么硬？疼死了！”

他笑着探手过来：“是吗？很疼吗？给我看看。”

我可怜巴巴地说：“那你稍微轻点儿。”

“有那么疼吗？”他说着，拉下我的手凑近来看。

我刚要张嘴说“当然很疼”，却看见他颤动的睫毛越来越近，不待反应，我微张的嘴已经被什么东西堵住了。

再闭上已经来不及了。

高中的确就是人生的三岔路口，这一年，我们的命运就像攀折交错的股票红绿线，不到收盘不知价值几何。

比如张辰东，他的飞行员之路本来一路畅通，准备了一年多，身高、体重和视力通通达标，结果唯独政审没过。政审的时候，工作人员问他是否有家族精神病史，张辰东可能太紧张，脱口就说大娘家的哥哥去年出车祸去世，大娘受不了疯掉了。

我曾与叶其文一起感叹过这件事情。当时我说：“命运的走向有时候就是一瞬间的事。”

可叶其文说："不，命运是日积月累的。"

我不解："什么意思？"

他说："我从班里倒数到高考超一本线三四十分，难道是因为运气好吗？命运只是偶尔才出岔子，一般人没那么幸运，也没那么倒霉的。"

他说这话的时候，满脸都是柔和的微笑，他看着我，对我们的未来充满了期许。

他说得似乎蛮有道理，我"嗯"了一声："那张辰东就不是一般人喽，他好倒霉啊。"

他弹了下我的额头："人家女朋友是Q大的，他倒哪门子霉啊？"

"哦，说的也是……"我揉了揉额头，"嗯？人家女朋友是Q大的，你是不是也想找个Q大的？"

"不敢不敢。"叶其文后撤一步，满脸求生欲。

6月25日，高考成绩出来，一如我的预期，算是正常发挥。假如志愿报得没问题，可以上个"985"大学。

上了十几年学，总算没辜负我爸妈的期望。其实看见他们嘚瑟地打着电话装谦虚，我还挺开心的。

出成绩之后，我在家通宵达旦研究报志愿的技巧，先弄明白了六个平行志愿的意思，再研究近三年的全省排名，最后查学校、查专业、看地域，以及分析意向学校的录取大小年。我将这些东西研究得透透彻彻，以至于我上大学后的三四年，每到高三毕业季，总有街里街坊、亲戚朋友来找我咨询报志愿的事儿。

刚开始报志愿那两天，叶其文就以这件事为借口上我家来找我，赖在我们家吃了上顿吃下顿。

不知道我爸妈有没有多想，他们反正一个劲儿夸他真敞亮，一点不拿自己当外人。

在我的小房间里，我坐在床上翻阅《志愿填报手册》，以及去各大院校的官网查看招生信息，叶其文则负责用Excel表整理下来，并时不时给意向学校的招生办打电话咨询。

筛选工作初步完成，我将手指插进那本砖头书里，跟他分享所得经验：“报志愿这事说到底还是看你想要什么，大城市、好学校、好专业，还是离家近。”

他嬉皮笑脸的：“想要你。”

说完，他扔掉鼠标不由分说凑过来亲我，额头、脸颊，最后再落到嘴唇。

我手一滑，《志愿填报手册》来不及折页，翻落到床底下。

不知道为什么，他在接吻这方面如此天赋异禀，明明第一次的时候还会磕到牙齿，现在却可以让我毫无抵抗之力，甚至顾不上这是在家，我爸妈有可能会发现。

最后，他托着我的后脑勺让我靠在他肩上休息，我听着他绵长的喘息声，好奇地问：“你是有补习资料，还是有别的练习对象？”

“我有……”他轻拍我的脑袋，“那么龌龊吗？”

我不假思索：“你太有了！”

他不满地挠我的腰，非要逗得我咯咯大笑：“我还真有好多资料呢，下次拿过来咱俩一起研究？”

“啊，臭流氓！”

就是这样一个夏日的午后，空调丝丝冒着冷气，桌上放着冰镇西瓜和冷饮，我们心满意足地靠在一起。

叶其文一直看着我笑，摸摸我的头发又捏捏我的脸颊，那眼神好像在看一件珍宝。和他在一起，我有时候会飘得不知道自己姓什么，仿佛在他眼里的我是个绝世美女。

我枕着他的胳膊望着天花板上那个正正方方的平板灯：“其实，我基本上想好报哪些学校了，我要去一线城市和最好的学校，学校含金量越高越好，所以第一志愿就报上海的A大，然后再是北京的几个学校。专业我不在乎，我什么都学得来，要是实在不喜欢，我可以咨询转专业或者修双学位。工作上的事儿以后再说，也不一定就跟专业对口。”

我说完，叶其文闭上眼睛浅浅地“嗯”了一声，他的声音沉郁微弱，并带着些鼻息。

他并没有对我的决定发表任何意见。

“你说怎么样？”我又问了一次。

他还是没有回答。

我用胳膊撑起一侧身体，看着他：“你怎么不说话？”

叶其文睁开眼睛看我，他的眼睛真漂亮，澄澈又撩人：“你是不是忘了，你答应过我……”他顿了顿，“我们会去同一个城市的。”

我想起那天在奶茶店他殷切期盼的眼神，可是真到抉择的时候，就会觉得这种承诺太过天真。

我耐心劝解道：“报志愿这种事，根本就不是你情我愿的，你知道人家今年的录取分数线是多少吗？知道每年差一分擦肩而过的考生有多少？这件事就像博弈，咱俩在不在一个地方不重要，而是要争取利益最大化，争取最好的学校和最好的专业。”

当时我还未曾意识到，并非是他天真，而是我根本就没那么想跟他在一起。因为我忙着规划自己的人生，却忘记将他当作其中一部分。或者是我太自信了，我觉得他不会离开我。

生长环境和原生家庭的差距，造就了我们之间不可跨越的鸿沟，以至于后来，他问我，程小昭你是不是从来没有爱过我时，我不知道该怎样回答。

叶其文不高兴，将脸别到一边：“我们在不在一个地方不重要吗？报个志愿说得跟搞外交似的，还博弈，有没有那么吓人啊？”

“这是人生大事，你别不当回事儿。”我坐起来，拍了拍他的胳膊，“要是没有很想学的专业，我看你也趁早冲个好点的大学吧，‘985’‘211’和普通的本科那可是天壤之别。这是门槛，你知道吗？”

“你第一志愿报 A 大，我也选个上海的学校好不好？”他跟着坐起来，声音充满了期待。

我无语，他全然没抓住我的重点：“你别胡说八道了，万一我没考上A大呢？我的第二志愿在北京。我说了，报志愿变数太多，我们冒不起这个险。再说了，就分开四年而已，但是大学的好坏会影响你一辈子啊。”

他鲜少露出不耐烦的表情：“有没有那么夸张啊？”

我苦口婆心继续劝他：“我跟你说认真的，我刚才替你参考过了，新疆的B大怎么样？虽然地方一般般，但分数线不高啊，还是个211呢，而且你这个分数可以选个还不错的专业。”

不知道为什么，他就笑了，抬眼看我，目光有些陌生：“程小昭，最毒妇人心哪，把我发配到新疆去，你和我爸商量好的是吗？他咨询了一堆老头，得出来的结论跟你的一模一样。”

“你爸都替你问好了，你怎么不早告诉我呢？”

叶其文不理我，双手扶膝站起来，笑得有些无力，还骂了一句脏话：“我以为高中毕业就好了呢。”

我愣住，那是我第一次听见他骂脏话，在我印象中，他一直是个纤尘不染的人。

他拿起转椅上的书包，临走前拍了拍我的脑袋：“没事儿，我知道你们都是为了我好。”

我接过书包替他背上：“真的，就四年，又不是坐牢，坐牢还让探监呢，现在交通这么发达，见个面还不是分分钟的事儿吗？”

他点点头。

我送他出去，走到门口的时候，他回头负气似的问我：“程小昭，你就不怕我找别人吗？”

我从来不甘落人下风：“那我也找别人，找得一定比你早！”

他摇头，无声地笑了。

叶其文阖门离去，我怔在原地，虽然知道是气话，但心里还是凉飕飕的，泛起了恐惧。

因为，有个词叫一语成谶。

第八章

不是喜欢，是爱

我知道他又一次包容了我，我也知道他一定会包容我，因为他总是包容我。

我以为包容会变成一种习惯，其实不然，包容是一种消耗品，我毫无下限地消耗，早已经将他伤得千疮百孔，只不过他不说，我就假装不知道。

很久以后

高考录取结果出来，不知道是否算是幸运，我们都被第一志愿录取，我终于能去上海，而他即将奔赴新疆。

叶其文开学那天，我去机场送他，他是早上9点55分的飞机，要在成都中转，停留十一个小时，全程总计十八个小时。

虽然昨天晚上劈头盖脸下了一整夜暴雨，但今天天气却不见得凉快，只是路边的冬青树被刷得油光锃亮。

早上六点钟出门，我穿了一件白色的连衣裙，纯棉露肩的款式，把我伪装得温柔大方。

我站在小区门口正准备打车，一辆黑色的大众SUV缓缓滑到我面前。我后退一步，仍旧被溅了一裙子水。

“上车！”靠近我这一侧的车窗玻璃落下来，王飞扬搭着方向盘坐在驾驶室里冲我喊。

我俯到车窗前确认，果然是他：“怎么是你？”

“上来啊！快点，大早上的，待会儿该堵车了。”王飞扬的声音有些不耐烦。

我连“哦”两声，拉开车门坐进去：“你开吗？”

他松离合起步，一气呵成：“废话，车里还有别人吗？”

我吓麻了头皮："别，我可不敢坐。"

"我有本儿，不是第一次。"

"不是第一次我也不敢坐。"

王飞扬不搭理我，油门一踩，冲出去十好几米。

我吓得尖叫："哪有你这么起步的，你知道我要去哪儿吗？"

他斜起嘴角，打个左转向灯："不就是去机场送那个姓叶的吗？"

我已经不奢望王飞扬对叶其文的称呼有多礼貌了，比"小白脸"强就行。

王飞扬的车开得还算不错，驶入主路后，我那颗七上八下的心渐渐平稳："你怎么知道我今天要去机场？"

他不屑我的问题："又不是什么机密情报。"

想想也是。

车子开了一会儿，我听见一句"他有什么好的"。

车里开着导航，类似林志玲的温柔语音刚好提示"前方两百米有测速拍照"，王飞扬的声音与之重叠。我装作没听见，只在心里说，他好不好与你无关。

我没说话，王飞扬也噤声很久，车辆一路飞驰，我们陷入无边的沉默。

良久，他才再次开口："你去上海是吗？"

"是。"我说。

他笑了，语气玩味："巧了，我也去上海。"

闻言，我侧头看他。

他冷冰冰地瞟我一眼："看什么看？我不跟你一个学校，我考得比你好多了！"

我哼笑："那恭喜你啊。"

他也"哼"了一声："程小昭，你少阴阳怪气的。"

"不知道是谁一路上阴阳怪气。"

"信不信我让你下车！"

“谁刚才死乞白赖叫我上车？”

我和王飞扬就是这样，说不了几句就开始吵架。

他又骂了我两句，车子越开越快，我怕出车祸就没敢刺激他。

大约七点半到达机场，王飞扬很自觉地留在停车场等我，我自己跑进航站楼里找叶其文。

航站楼里人来人往，衣着爽利的十八岁少年站在队列中十分显眼。叶其文和他妈妈正在值机柜台前办理登机牌和托运手续。

我就站在一边远远看着，直到确认他在柜台拿到了登机牌，我才拨通他的电话：“我到了，你回头。”

叶其文头上压着一顶黑色鸭舌帽，看上去酷酷的。

他回头的时候，手机还贴在耳边，看到我时，他就笑了，清新俊逸的翩翩少年美好得不像话。

我收起手机冲他挥手，他就挤过人群向我奔来，那副急切的样子好像不是我们即将分开，而是很久不见。

我小跑着迎向他，碍于他妈妈在场，没跑两步我就慢下来，但他还是不管不顾冲过来把我紧紧抱住。

“哎，你妈还在那儿呢。”我的胳膊抬也不是，落也不是。

他锁得更紧：“不管她，她知道。”

“什么？”我怀疑自己听错了。

他腾出一只手把我脸侧的头发别到耳后，脸颊贴着脸颊轻轻摩挲：“还记得你脚受伤的那次吗？我从集训班出来看你，是我妈帮我请的假。”

“天哪，真的假的！”

“当然是真的，骗你干什么？你看我妈过来问了吗？”

我越过叶其文的肩膀看了一眼叶妈妈，果然，她守着两个行李箱乖乖地等在刚才的地方，似乎察觉到我向她投掷目光，还羞涩地把脸扭到另一边。

我竟然不知道说什么好，本来想夸他妈妈开明，但是嘴巴张了半天，只说道："你妈妈……心真大。"

我想，假如将来我的儿子刚毕业就谈恋爱，又在大庭广众之下和女朋友相拥告别，我一定接受不了。

可是叶其文说："我妈没意见，她还说你好呢，夸你懂事，一看就是个好女孩。"

我不可思议地瞪大了眼睛："你妈为什么会这么觉得？"

我都不知道我做过什么懂事的事儿。

叶其文贴着我的耳朵轻轻地说："因为我告诉她，我去新疆上学是你劝的。"

"啊？"

他继续在我耳边说："程小昭，你再留长头发吧，扎个马尾辫，就跟我第一次见你时那样，坐在教室里夹着支碳素笔，酷得跟许文强似的。你知道吗？我就喜欢酷酷的女生，虽然现在发现你也不是真酷。"

"我是真二，是吗？"

他轻笑，接着说："那段时间我整天没心思学习，就盯着你看。程小昭，你真的很好，又好看又有趣。真的，我从来没见过像你这样的女生。要是以后再有别的男生盯着你看怎么办？"

我哭笑不得："没人像你一样吧？"

叶其文松开我，认真地问："程小昭，我能再亲亲你吗？"

我吓得手足无措："啊？这大庭广……"

我还没说完，那个"众"字已然被他含住。我瞪大了眼睛，只觉得天旋地转。他的嘴唇很凉，舌头横冲直撞。

这个湿漉漉的吻来去匆匆，但是最后他发疯似的咬住了我的下唇。他很用力，弄得我很疼。我从他近在咫尺的瞳孔里看到了张皇失措的自己。

和他在一起之后，我做了很多不可思议的事情，全部都是新奇又刺激的体验，我这才知道，原来程小昭还可以这样。

周围一大群人在看着我们，我赶忙把他推开。

“疼吗？”叶其文擦了擦嘴唇，笑着问我。

我的脸火辣辣的：“你……你怎么咬人啊？你才是犬科吧！”

“那你是小球藻。”

他说完我就笑了，这是只有我们两个才能听懂的笑话。

叶其文按住我的肩膀，郑重其事地说：“程小昭，新疆和上海离得很远，将近四千公里，还有两个小时的时差。我以前从来没觉得中国有这么大。你上了大学，别找别人行吗？咱们说好了，我不找别人，你也别找别人。”

他说得特别认真，眼睛一眨不眨地看着我，像是在渴求我的承诺。

其实，我从来没想过再找别人。

我用力点头：“好，我不找别人，我那天是胡说八道的。那你也不准找别人，新疆姑娘都那么好看呢。”

他立刻伸出四根手指对天起誓：“我绝对不找！”

叶其文一本正经的样子真的很好笑，但他满眼真诚，闹得我有点想哭。我怕真的哭出来，就轻轻推了他一把：“行了，你快走吧，别让你妈妈等着急了。到了地方给我打电话啊，以后还得给我寄特产，什么葡萄干……还有馕！”

叶其文就傻乎乎地笑，然后把帽子摘下来扣在我头上：“大夏天的也不知道防晒，我忘了说了，你穿这条裙子很好看。我走了，你回去吧，路上注意安全，到了家也要给我打电话！”

我扶了扶帽子，把眼睛露出来：“知道了。”

他一步三回头跟我道别，直到不小心撞上一位推行李的路人才肯好好走路。

他真是太傻了。

叶其文和他妈妈准备安检，我才从航站楼出来去停车场找王飞扬。夏季的早上八点多，明明已经开始燥热，他却很骚包地靠在车窗外等我。他抱着胳膊的样子，让我很难不把他身后的大众想象成保时捷卡宴。

见我红着眼睛，王飞扬很不客气地问：“怎么，分手了？”

“滚！”我抡起拳头打他，“我们好着呢。”

他讪笑一声，拉开车门自己坐了进去：“我还真想看看你们俩能好多久。快点上来，热死了！”

“谁叫你一直站在外面的。”我嘟嘟囔囔跑到副驾驶。

我摘下帽子搁在腿上系安全带，王飞扬瞥到我腿上的帽子，问：“这帽子是你的吗？我记得你没戴帽子。”

“不是，他的。”我说。

王飞扬厌恶地看了我一眼，发动车子驶出停车场：“你戴这帽子丑死了。”

从机场出来，王飞扬一路将车开向护城河边的环城公园，我们全程沉默，只有导航里甜美的女声不断提醒测速、转弯和红绿灯。

车里的冷气扑到腿上，我有点冷，但仍旧没有说话。

热夏，公园的河堤上浓荫一片，垂柳的细长枝条点着水面。这个时候，公园里还有不少晨练的老人。

王飞扬将车停好，我诧异地看着他：“你要干什么？”

“能下来走走吗？”王飞扬问。

我把手放在安全带的卡扣处，有些迟疑。

他“嗒”的一声替我解开：“你还怕我把你扔河里不成？”

“你倒是敢。”

我只好随着他下车。

王飞扬走在我的侧前方，他走得很慢，我走得比他还慢，因为我不想跟他并排。

最后，他站在河堤旁的一棵大柳树下，从裤兜里摸出一盒烟，取了一支，再把烟盒重新收好。

我难以置信：“你从什么时候开始抽烟了？”

他点烟之后驾轻就熟地放在嘴边，顺带看了我一眼：“怎么开始关心起我了？”

我说：“别误会，我只是觉得抽烟对身体不好。”

他“哼”了一声，再开口时却换了个话题：“程小昭，咱俩从初一就认识了吧？初二做过同桌，到现在，我们认识整整六年了。我爸妈都认识你，以前每次开家长会回来，他们都要跟我说一遍，你看看你同桌那成绩，再看看你，你怎么就不能跟人家学学呢……他们一说你我就烦，一拿我跟你比我就烦，我一开始真的很烦你，你成天就知道趴在桌子上学习，但是你再怎么学也考不过李文晶，人家就是比你聪明，所以我就嘲笑你！

“事实证明你就是不聪明，我初中天天抄你作业，现在呢？我才认真学习几天啊，我高考就比你好了……”

他将一番编排我的话尽数说完，没等我回击他，表情却突然有些失神：“可你为什么要说出来呢？你为什么一定要说出来呢？你知道吗，寒假那次我给你发完消息就后悔了，帮你搬被子的时候不是已经很明显了吗？我还非得上赶着去打脸。”

他的表情又像哭又像笑，好像做了一个梦，突然碎掉。

我想起那个寒假，我和王飞扬的聊天记录自此停留在我那句客气的“谢谢你帮我，以后不用了”。

我没想到他竟然是这样想的，我也没想到我无意间会伤害到他，我以为说清楚才好，是为了他好。

“对不起……”沉默良久，我能说出口的只有这三个字。

他不接话，我又问：“那你能不能不抽烟？”

“要你管！”王飞扬已经走出去很远。

隔着时间与空间的感情，是否可以长久？

我不知道。

曾以为四年不过尔尔，可时间告诉我，不要低估它。

2014年的夏天，我如愿被上海A大录取，这是我的取舍所得，因为录取我的专业是自然地理与资源环境，报志愿的时候，我并没有选填这个专业，这是我服从调剂的结果。

入学后我才知道，这个专业是我们学校最烂的专业。

但是，管他呢，四年后我就是“985”高校的毕业生了。

8 月 26 号，我一个人从家出发。也许注定我与上海之间是充满波折的吧，我错过了特价机票，只好选坐绿皮火车。一路砥砺，抵沪时已经是次日下午两点多，那天天气并不好，下着小雨。在图书馆前面的广场上，我找到迎新的学院学生会组织。交回录取通知书办完入学手续，一个名叫宁曜的学长将我和几个同专业的同学一起送到宿舍楼下。

学校给的军训通知是 9 月 1 日，我用一整天来缓解舟车劳顿，并买齐了所有的生活用品和打扫卫生，29 日和 30 日则一个人在上海各地闲逛。

最初倾慕上海，是因为 2007 年黄晓明和孙俪版的《上海滩》，还有 2009 年范冰冰和周渝民的《金大班》。三四十年代霓虹辉映的老上海上演着无数传奇，有潇洒深情的许文强，命运坎坷的金兆丽……而如今，传奇仍在上演。

这正是我向往此地的原因，因为我也渴望成为传奇，渴望去大城市看看，渴望过上更好的生活。

我一个人先跑到外滩看了民国租界时期的老房子，再转到陆家嘴瞻仰现代文明的奇迹，那里即将矗立全上海乃至全中国最高的建筑——上海中心大厦，附近是环球金融中心和金茂大厦。

29 号天气仍旧不好，虽然没有下雨，但碍于天上有云，怎么也看不到上海中心大厦的顶端。

我买了一张金茂大厦第 88 层观光厅的门票，据说电梯的时速可达九米每秒，所以到达 88 层，340 米的高度，用时还不到一分钟。

88 层有姚明签名版的球衣和球鞋，我举着手机疯狂拍照，然后挑了几张好看的传给叶其文。

叶其文：我喜欢这件球衣。

程小昭：那我偷来送你。

叶其文：好，去哪个派出所捞你？

我笑得前仰后合。

从金茂大厦出来，我再次仰头看那三幢摩天大厦，仍旧望不到顶端。

2017年有部电视剧叫《欢乐颂》，那时候我已经上大四，又到了该考虑何去何从的时刻。我和我的好朋友路雪出来逛街，恰好路过这里，路雪望着这三幢高楼调侃道："全长江流域的安迪都在这里了吧？"

我觉得她说得真对。

路雪问我大学毕业后是继续读研、出国，还是留下来工作。

我想了很久，只是说还没想好。

关于上海……我喜欢这个城市吗？说实话也谈不上喜欢，有时候甚至会觉得这里看不到边际的竞争压得我无法喘息，但我还是渴望它，就像对尖子班那样渴望，因为它满足了我的虚荣心，因为在这里我拥有更多改变命运的机会。

再说路雪，她是我大学认识的好友，并非我的室友，也并非我同专业的同学，我们是在校学生会的面试现场认识的。准确来说，是我先单方面认识了她。

2014年9月8日，为期一周的军训结束，除了上课，我开始疯狂参加各种影响力大的社团纳新，并想方设法挤进校学生会。

进校学生会，别的新生可能是因为一腔热血，而我纯粹是为了将来的履历好看。我这个人，目的性一直很强。

校学生会的面试流程简直就像奥利奥夹心饼干，面试、笔试再面试，至今想起来还让我回味无穷。

还记得那是最后一次面试，做自我介绍的应征者里，路雪是最出众的那一个，娴静而瘦高的女孩子穿着一条 Miu Miu（意大利时尚品牌）的蓝色碎花连衣裙，往所有人面前一站，几乎赢得了全部好感。

路雪的确是美女，不仅气质出众，而且幽默健谈。

面试现场，路雪做完自我介绍，文艺部的女部长率先提问："这位同学，请问你为什么选择加入我们文艺部？又或者说，你觉得我们文艺部最吸引你的地方是什么？"

路雪笑了笑，做深思状："哦，除了你，我觉得没什么能吸引我的了。"她脸颊两侧的梨涡真是漂亮极了。

全场停顿三秒，接下来是一片热烈的掌声和起哄声。女部长硬生生被一个学妹搞得满脸通红，不敢再说话。

而在后排候场的我更是觉得诧异，好像在做一道导数题，所有人都按照固有的套路冥思苦想，唯独她从中跳出，另辟蹊径。

轮到我上台的时候，我还是按照原定的稿子把自己吹上天，说了一大堆我如何自尊、自爱、自信、自强的话，谈到缺点则是此处略过一万字。

优秀的人太多，越是到人多的地方，才越是发现自己的渺小和平凡。程小昭真就是万千沙砾中的一颗。

校学生会的面试结束，次日傍晚，我下高数课，一边下楼梯一边跟室友们讨论今天晚饭吃什么，走到二楼时便收到了负责人的短消息。

打开手机一看，我被录用了。

我指着二楼的一间空教室，对三位室友说："你们去吃饭吧，不用等我，我去给我男朋友打个电话。"

她们说好，并跟我挥手再见。

我拨通叶其文的电话，电话"嘟"了两声我才想起来，我们有两个小时的时差，我五点下课，他大概七点才能下课。

我立刻挂断，但是过了两分钟他又重新拨回来。

我倚在教室的讲桌上："你在上课吗？我没什么事，要不然待会儿再说吧。”

“我也没事，你说就行。”他说完还戏谑一笑，然后压着声音问，“怎么，想我了？”

我无语：“别那么猥琐行不行？”

他也挺无语：“怎么猥琐了？”

我怕他正在上课，于是就长话短说：“我跟你说，我昨天不是参加校学生会的面试吗？今天出结果了，我被校学生会的外联部录用了。但是接下来我们还有院学生会的纳新和校办助理的选拔，你说我参加哪个？”

他不解：“怎么参加这么多？一个校学生会就够你忙的了。”

我没理他，只说出我的苦衷：“如果进院学生会，以后跟辅导员、学院老师接触得比较多，有很多好处，但是校办助理呢，又有工资可拿。你说我选哪个呢？”

“那就院学生会吧。”他说完又立刻从我的话里捕捉到另外一条信息，“工资？你缺钱吗？”

我沉默了，一只手捏着手机，另一只手抠着手机外壳，轻声说：“不缺的。”

怎么会不缺？炊金馔玉的大上海，白开水都比别的地方贵，才半个月不到，我就捉襟见肘了，但是怎么好意思总跟家里伸手，所以我必须抓紧时间自力更生。

“程小昭，你缺钱一定要告诉我，我在这边花得不多。我爸妈知道有你，每个月还会额外给我补贴。真的！我以前的压岁钱和零花钱也没怎么花过。”他是怕我不向他开口，所以声音有些激动，但也十分诚恳。

我“嗯”了一声：“知道了，缺就问你要。”

他语气这才平缓了些，道了声“好”，又叹气：“你肯定不会跟我说的，我还不知道你吗，死要面子活受罪。花男朋友的钱怎么了？又不丢人。就算你不问我要，也千万别去搞校园贷啊，就是新闻上那种。”

我被他气笑了，用力蹬了下地板：“你放心，就算贷款，我也不找那种不正规的。”

叶其文压低声音，在那头嬉皮笑脸的：“不过，你可以跟我贷啊，亲亲我就好了，贷多少都行，也不给你算利息。”

我红了脸：“你神经啊！我告诉你，我手痒了，脚也很痒。”

他在电话那头完全不怕我，嘿嘿地笑：“程小昭，我发现异地也挺好的，不用担心挨打。”

我刚张嘴要骂他，他却在那头出声：“我国庆节去上海找你吧，让你打个够，我现在就看机票……”

他还没说完，我立刻掐断电话，鼻子一酸，差点哭出来。

我在教室的连排折叠椅里随意打开一把坐下，把手机扔到一边，趴在桌子上哭起来。如果现在问我后不后悔，我一定会说后悔。

不想去什么上海和“985”了，我只要叶其文。

我这一辈子都没再听过比那句话更动听的情话，他用一种极其迫切的语气说“我国庆节去上海找你吧，让你打个够”，恨不得下一秒就飞到我身边来。

虽然这一辈子还很长，但我确信再也找不到比叶其文对我更好的人了。有时候他对我的好，让我觉得自己根本配不上。

那天他转给我两千块钱，被我狠狠骂了一顿。

但是他说我迟早是要嫁给他的，花他的钱是早晚的事儿。他还说我比他有前途，将来肯定挣得比他多，我现在花他的钱，将来他花我的钱才能心安理得。

那一瞬间，我真的很想嫁给他。

2014 年的国庆节，我们并没有见面，一是因为假期的机票贵得吓人，二是我咬牙推掉了校学生会外联部的录用通知，转而加入了院学生会，并且在准备校办助理的选拔。

因为开学之后我加了宁曜学长的微信，他给我分析说校学生会不过是噱头好听，一点不如院学生会来得实在，锻炼多，有益处。

于是我退出了校学生会，没有与路雪做成“同事”，但那个不落窠臼的女孩儿始终令我印象深刻。我也不知道为什么我会对路雪印象深刻，也许是我们注定要做朋友吧。

我和路雪的友谊是直到大一的下半学期才有的苗头。

再与她有交集，是因为教务系统可以自由选课之后，我跟她同选了朱贝娅老师的理工英语。

2015 年 3 月份，那是春天，路雪穿一条及膝的连衣裙，外面配小皮衣，脚上穿一双八孔的黑色马丁靴，帅气又俏皮。她的身材很好，长腿细腰，很清丽的一张脸接受春风的吹拂，让人舒服到不行。

那天第一节英语课，路雪一进教室，所有人都目不转睛地盯住她，自然也包括我。果然，美女对所有人的吸引力都是一样的，不分性别。那节课，我除了听课写笔记，只要没事儿就盯着路雪的背影看。她那副娴静美丽的样子，大概是所有女孩渴求的吧？

我们的英语老师朱贝娅女士是个很有气质的人，讲课也没得说，唯一的缺点就是爱点名，而且节节课点名。

上课前，按照惯例点名。

“环境学院，程小昭！”

“到。”

“数统学院，路雪！”

“到。”

“数统学院，西安琳！”

“老师，她请假了，她得了肠胃炎。”说话的是数统学院的一个男生，叫苏纪，个头不高，戴副眼镜，而且是朱贝娅老师随机挑选的课代表。

“肠胃炎？我是西安琳的室友，天天跟她睡在同一屋檐下，我都不知道她得了肠胃炎，请问这位同学，你是她的男朋友，还是她的主治医师啊？”

路雪说这话的时候，斜倚在椅背上，跷起二郎腿，手里夹着碳素笔，以一副“社会人”的姿态打量目瞪口呆的苏纪。她恣意张狂的样子很像高中时说“唐明皇他老人家也是票友”的我。

这时全班哄堂大笑，路雪身上集聚了所有人发射出来的目光。

英语老师阴着脸：“苏纪，你下课来找我！”

英语课结束，同学们鱼贯而出，我还是盯着路雪的背影看。我和她身高相近，基本可以平视，我观察她的衣服，观察她的鞋子……

我正看得出神，正常走路的路雪忽然回头，拦住了我：“喂！我身上有东西吗？”

我怔了一下：“啊？”

“你老看我干什么？”

路雪的语气不佳，我当即也有点不开心：“不好意思啊，看见美女就爱多看两眼。但是你不看我，怎么知道我在看你？”

不知道路雪被我的哪句话逗笑，她笑起来，梨涡深陷。她打量了我一会儿：“咱俩见过吗？”

“校学生会面试的时候，你面试的是文艺部。”我说。

路雪旋即一笑：“哦，好像有那么一点印象。”

“你是数统的？”我问。

她微叹：“数学与应用数学。”

“哦，我们专业也学高数。”

“我们专业不学高数。”

我哑然失笑。

也许是同被数学折磨，我和路雪竟然成了朋友，之后更是发现脾气相投，便经常混在一起。

也是熟悉之后，我才完完全全看清路雪的真面目，她的性格跟她的外表简直是天壤之别，比如，她的语言习惯不是很好，特别爱说脏话，跟她聊天，我脑子里就得先购置最先进的自动屏蔽仪和自动翻译器，必须在她说脏话的时候“嘀”的一声盖过去。

原谅我对路雪的语言习惯接受无能，一点脏话我还可以接受，但是动不动就来一句，实在有点别扭。

我曾问过路雪，她说她小时候没人管教，现在改不过来了。

不过，自从我问了路雪是哪里人之后，我脑子里的自动翻译器就出问题了。

那天我们两个在食堂吃饭，我点的烧麦，她买的小杨生煎，我随口问：“你是哪里人？”

路雪用非常标准的普通话告诉我：“青岛人。”

我脑子里的转换器居然立刻用黄渤的声音兼青岛话说了一遍“青岛银”。

我告诉路雪后，她笑着骂我：“你怎么不转换成黄晓明的声音？”

我趁机夹了她一个生煎：“我比较喜欢黄渤。”我咬了一口，烫得舌头疼，“哎，对了，你们青岛是不是出帅哥啊？”

路雪撩动长发：“不应该问青岛是不是出美女吗？”

我说：“我男朋友也是青岛人，他很帅，是我见过最帅的男生。”

路雪不屑地笑了：“是吗？是你孤陋寡闻没见过帅的男生吧？”

“还别不信，要看照片吗？别晃瞎你的眼。”我得意地拿出手机打开相册，递到路雪面前，“喏，随手一拍就帅得不像话。”

果然，路雪看到叶其文的照片后，嘴巴张得能塞下一个鸡蛋：“这不是修图的吧？”

“当然不是！”

她眼睛快要贴在屏幕上了，我不想让她再看：“好了好了，你别看了，还给我。”

路雪不给，将我的手机藏在身后：“再给我看一眼，就一眼。”

她划着屏幕不断放大，目光有些贪婪，我气得跺脚：“你不准看了，快还给我！”

她这才撇撇嘴把手机扔还给我：“真小气。我怎么感觉有点像我初中同学呢？他叫什么？你又不是青岛的，你们是怎么认识的？”

“我们是高中同学。”我接过手机对着屏幕哈了口气，用袖子擦着，“他是高一转到我们学校来的，我们两个是同桌，但是我不告诉你他叫什么，他是我的。”

“咦……”路雪抖了抖鸡皮疙瘩，“我就是看着眼熟，你觉得姐缺男朋友吗？”

我笑了：“你缺不缺我不知道，反正我不缺。”

路雪朝我翻了个大大的白眼。

“他是咱学校的吗？他学什么专业？”她又问。

“他……”我忽然说不出话了。

2015年1月24日，大一放寒假，那是我上大学后，时隔半年第一次见到叶其文。乍一见到他，我才发现再高级的手机，再高清的像素，都不足以告诉我他这半年来的变化。

他有些瘦了，下颌线越发明显，脸上看得出独立生活的影子，但仍旧是那个俊朗的翩翩少年。

我也变了，我总是逼迫自己用最快的速度接触新鲜事物，于是省吃俭用办了张健身卡，并且学着化妆，留起了长发。

大学是人生蜕变的重要时期。

可能是因为喜欢画画，我发现我对美妆竟然上手很快，而且几乎没有经历汪明好那个吓人的阶段。

那天叶其文自己开车过来找我，他打开车门下来，犹豫了很长时间才向我走来。隆冬严寒，我们隔着一条光秃秃的柏油公路。

看着这个与我不断接近的挺拔男生，我竟然觉得十分陌生，那种感觉让我惊惧和恐慌，这是时间和距离制造出来的疏离感。有时候，距离产生的并非就是美，而是陌生和尴尬。

叶其文大概也是同样的感觉吧，因为他叫我的名字叫得有些生涩：“程小昭。”

“嗯？叶其文。”

叶其文抬手戳了下我的脸颊，好像在确定我是否真实存在：“你……漂亮得我都认不出来了，还以为你每次跟我视频都开十级的美颜呢。”

我羞涩地笑着：“没有啊，没太开。”

他指了指一旁的车子：“去、去我家好吗？我爸妈想叫你一起吃饭。”

我“嗯”了一声点点头。

过马路的时候，他也没有牵我的手，两只手局促地握成拳头。

上车之后，我低头系上安全带，叶其文双手扶着方向盘，迟迟未发动车子。我看向他：“怎么不走？”

他抿了下嘴：“觉得……好像生分了……反正跟我想象中的不太一样。”

果然，他也是这样的感觉。

“我也是，觉得你有点……陌生。”

叶其文向我伸手，我就颤抖着把手递给他，他紧紧攥住：“这样有没有好一点？”

“有、有一点吧。”

他替我解开安全带，把我往他那边拉了拉。他的五官不断在我面前放大，直到他的额头抵住我的额头：“这样呢？”

我只觉得热血澎湃：“好、好很多。”

“那这样呢？”他低头蹭上我的嘴唇。

我屏住呼吸，身体下意识往反方向撤了撤。

他用力扳住我的双肩：“听话，别乱动。”

他重新凑上来。

之后，我掏出化妆镜看了看里面那个大花猫：“你确定我还能去见你爸妈吗？”

叶其文“扑哧”就笑了。

“笑什么笑？你看你自己！”我把镜子塞给他，他脸上全是我的口红。

我们在一起二十五天之后，又迎来了一次分离，比上一次更加痛苦，甚至看见机场拖着行李来去匆匆的旅客，我都会觉得十分恶心，在学校的宿舍楼下看见拥抱亲吻的情侣，我会难受得想哭，会嫉妒得发疯。

也是那时我才发现，原来四年真的很长很长。

“喂，你这是什么表情？”路雪伸手在我面前晃了晃。

我凝滞的视线被她打断：“哦，他在新疆上大学。”

“原来是异地啊，我还以为你丧偶呢，脸苦得跟苦瓜似的。”

我在桌子底下狠踩她的靴子：“说什么呢，快呸呸呸！”

那天，我将路雪的事情告诉叶其文，他听着“路雪”这个名字陷入深思：“好像是初中同学，但是没什么印象了。”

没印象了最好，我才不希望他们两个有印象。

路雪家境殷实，父亲在上海有一家规模不小的咨询公司。在我们学校，像路雪这样的富二代还有独立的圈子，他们经常会组织聚会来扩展人脉。路雪偶尔会参加，平时就跟我一样在食堂吃饭，也会为作业和论文发愁，也会网购几十块钱的衣服，逛商场也很青睐平价的店铺。而且我们每次出去，不是挤公交就是挤地铁。

路雪的低调一度让我怀疑电视剧里“这个这个都包起来”的桥段都是骗人的。

快入夏的时候，路雪拉我去国金逛街。她从来不像大小姐那样自大，所以跟她一起，我也从来不会自卑。

在地铁站等安检的时候，我说：“其实商场大楼也存在地域分异规律，一楼卖黄金珠宝高档化妆品，二楼三楼卖服装，再往上就是吃饭和娱乐，再再往上就是办公区域。”我将包放在传送带上，“所以，我不喜欢逛商场，一楼会让我觉得自己真穷，二楼三楼会让我觉得自己真胖，四楼又会让我没动力减肥！”

路雪对我竖起了大拇指：“你这学地理的挺会活学活用嘛，精辟啊！”

我们说说笑笑过了安检，居然就在进站口碰到王飞扬。虽然知道他也在上海念书，甚至我们两个的学校就相隔一条马路，但我们两个忌讳得连电话都没有打过一通。

我和王飞扬目光交错，他立刻将头别到一边。

但是等地铁进站的过程实在漫长，气氛尴尬到不行，我咳嗽了两声，问他：“你要去哪儿啊？我和我同学去国金逛街。”

王飞扬看看我，又看看我身侧的路雪，“哦”了一声，什么也没说。

好巧不巧，那天我们竟然同在陆家嘴地铁站下车。王飞扬大概约了朋友在那边吃饭。

从地铁站出来，路雪小声问我：“那男生是谁啊，高冷得跟二五八万似的，问他话也不说。”她说完还冲着王飞扬翻了个白眼，但是怕他看见，赶紧转移了话题，“程小昭，你说母亲节，我送我妈条项链好不好？”

但我觉得王飞扬还是看见了，因为他的脸色实在不好看。

我把路雪拉到一边：“那你准备买什么样的？”

王飞扬在一旁冷笑：“你们女生买来买去不就那几个牌子吗？什么LV、古驰、施洛华世奇的……”

施洛华世奇……施华洛世奇吧！不过也不奇怪，他以前就管“阿水大杯茶”叫“阿茶大水杯”。

就在那天回学校之后，我同时收到路雪和王飞扬的微信，不知道哪儿来的默契，他俩连问的问题都如出一辙。

路雪：那男生是你同学啊？土不土啊？

王飞扬：那女生是你同学啊？说谁高冷得跟二五八万似的？

于是我就把他俩的微信分别推给了对方，如此相见两厌，不也是种缘分吗？

大一临近结束，这一年虽然忙碌，但也还算顺利。在学生会的宣传部苦哈哈做了一年干事，我终于在学期末成功竞选为部长。

出结果那天，宁曜学长单独找到我，我们在篮球场外边看打球边说话。

宁曜说：“以后就要继续做同事了，好好加油啊！”

我满怀信心：“嗯！一定一定，学长还要竞选学生会会长吗？”

宁曜喷笑：“什么会长？那叫主席！”

我挠着头傻笑：“哈哈哈，不好意思啊，我韩剧刷多了。”

“程小昭，你真蛮有意思的。”他弯起眼睛笑着，“晚上学生会聚餐，一起来吧，我们几个老部长再加上你们几个新部长。”

我点点头：“好啊。”

“那不见不散。”

“不见不散。”

聚会地点选在学校附近的一家轰趴馆，时间是晚上七点。

去之前，我打电话告诉了叶其文。他当时刚刚下课，周围全是嘈杂的人声。对于我成功竞选部长，他的唯一感慨是：“你以后更忙了是不是？更没时间陪我了。”

我不知道该怎么安慰他，只是说：“你也要试着让自己忙起来，忙起来，时间会过得很快，而且会锻炼能力啊。”

他有气无力地回答：“你去吧，到地方和结束都要给我打电话报平安。”

我嫌他啰唆：“就在我们学校对面，还没有两百米。”

他忽然霸道起来：“那也不行！”

“好了，知道了，小气鬼！”

晚上七点，我们十几个人在偌大的包间里吃东西唱歌打游戏。

宁曜指着西北角的台球桌，问：“你要不要跟我学打台球？”

我客气地说：“那敢情好呀。”

不知道为什么，满屋子人，就我和宁曜对那张台球桌感兴趣。大家扎在一块儿聊天，我和宁曜单独待在一起，我觉得尴尬，但一时又找不到理由走开。

宁曜正给球杆擦粉，样子十分专业：“你将来想要考研还是直接工作？”

我站在他对角线的位置，远远看着他的动作：“不知道呢，还没想好。”

他拿起杆子伏上球桌准备开球：“咱学校地理这个专业吧，没什么含金量，还是读研吧。”

伴着“嗒”的撞击声，我点头道：“我知道，但是读研，现在就要准备吗？”

他的球开得十分漂亮，五颜六色的台球四散开来。

宁曜觉得不可思议：“我一直以为你是个很有计划的人呢，今天计划明天，明天计划后天，做事也井井有条的……马上就大二了，你居然还没考虑未来的出路吗？”

我嘴巴微张，不知如何应答。

宁曜安慰一笑：“没关系，你不用害怕，是我把话讲得太严重了，大二再考虑也不算晚。但是我建议你读研，原因我刚才已经说过了，而且读研还分保研和考研，假如你想得到保研名额，临时抱佛脚肯定是不行的。”他掰着手指给我讲，“要考虑学分、成绩、夏令营、获奖证书，还有导师推荐……这都得平时下功夫。”

我承认，在大学认识宁曜这个学长，我是十分幸运的，他从入学送我去宿舍开始就一直照顾引导我，我在学生会混得顺风顺水也有他的功劳。

他算是我生命中的贵人，不过仅此而已了。

我无措地点头：“谢谢学长。假如修第二专业呢？是不是大二就可以报名了？”

宁曜惊讶地瞪大眼睛：“第二专业？你觉得高数、线代、概率论很轻松吗？还要给自己找刺激？”

我摇头笑了笑：“没有。”

我最终还是打消了辅修的念头，本专业课业繁重是一方面原因，更重要的是，额外的学费让我望而却步。

宁曜说得没错，就目前来看，读研是最好的选择，直接争取到保研资格更是上上之策，而且有了研究生的学位证书，未来的路会更加好走一些。

确实，我该重新规划我的人生了。

宁曜把球打进洞里，还剩几个的时候，他冲我招手：“站在那里干什么？不是说我教你吗？”

他将球杆递给我，我木呆呆地靠近，接过来，尝试伏在球桌上。我正回忆他刚才的姿势，忽然感觉身侧有人靠近：“不是这样的，你的手要……”

“对不起啊，我学不会，不学了，谢谢你。”我扔掉球杆，急速避开宁曜，转眼就钻进轰趴馆自带的厨房里。

厨房里几个女生正在做饭，那架势简直像在做实验。我系上围裙，从其中一个女生手里接过锅铲：“我来吧，我稍微会一点。”

她们抱团退到一旁看我如何把浓烟熄灭，然后惊讶地拍手叫好。

我炒了两道简单的小菜，弄了点烧烤。

吃饭的时候，大家不可避免地开始玩那个又土又俗的游戏——真心话大冒险。我倒霉地做了第一个吃螃蟹的人，并且还抽到一个变态的题目——初吻是什么时候？

见大家斜眼笑，我清了清嗓子：“高三毕业的时候，就是去年。我男朋友他很好，他是世界上最好的人。”

“咦！”一溜喝倒彩的声音。

这句话说完，我忽然发现，我好像从来没有当着叶其文的面夸过他。我总是对着别人说，我男朋友好帅，我男朋友很好，他是世界上最好的人，我再也找不到比他更好的人了……我为什么没有对他讲过这些话呢？明明他才是最在意这些的。

我想，以后我一定要当着他的面讲一次，亲口告诉他，我是多么喜欢他。

但是后来，我太忙，把这件事情给忘了。

在场各位多多少少都喝了点酒，气氛一到，男生女生通通开始瞎起哄，大家拉着我不放。那天我喝了点酒，整个人都神志不清，第二天我看群聊，发现他们在群里声讨我，说我喝多了指着大家破口大骂“你们这群单身狗，就是嫉妒我有对象！你们嫉妒吧，嫉妒死你们”。

我都不知道聚会结束后我是怎么回的宿舍，自然也不具备给叶其文打电话报平安的能力。幸好第二天是周六，不用上早课，我被手机铃声“你这该死的温柔……”吵醒。

我接起电话，电话那头传来叶其文急躁的声音：“程小昭，谁叫你喝酒的！昨天晚上那个男生是谁？”

我丈二和尚摸不着头脑，拍着脑袋反应了会儿：“哦，是不是宁曜？他是大我一届的学长。”

“我真是服了！什么学长十点多了还带着学妹在外面鬼混？还喝那么多酒？”

他出言不逊，让我很窝火：“什么叫鬼混？你想什么呢？又不是只有我们两个，我们是一群人！”

我声音太大，吵得三个室友不满地哼哼起来，我从床上冲下去，跑到走廊跟他理论：“我们就是在轰趴馆聚会，我喝多了，人家好心把我送回来。你大早上的抽什么风？”

“什么叫我抽风？聚会就聚会，谁叫你喝酒的？你跟他们很熟吗？”叶其文嚷完，静默了片刻，吸了口气，像是在努力让自己平静，声音低下去不少，“好好好，是我态度不好。可我实在太着急了，又害怕打扰你睡觉，又害怕你不安全。你知道吗，我昨天晚上一晚上都没睡好，我们这儿现在天还没亮呢！”

他继续说："你换位思考下，假如深更半夜的，你给我打电话，接起来一听，一个又甜又嗲的女生说，哦，我是叶其文的学妹，他喝多了，我正送他回宿舍呢，我还搂着他的腰。你什么感受？"

我脑补了一下那个画面，将手机拿到嘴边，冲着话筒一字一句道："我会直接赶过去打人！"

叶其文叹笑："程小昭啊，我怎么找了你这么个蛮横不讲理的女朋友？你最好现在就过来，我现在身边一大票妹子。还有，我告诉你，路雪就是我初中同学，初二的时候我们是一个班的，你那天一跟我说我就想起来了，特有个性一姑娘。"

听见他夸路雪，又想到路雪漂亮的样子，我忽然怒不可遏："叶其文，你这么刺激我很有意思是吗？你有这么好一青梅竹马，漂亮又有钱，和你多般配啊，我给你们俩撮合撮合呗！"

我对着电话大吼，话音刚落，手机"嘟"的一声，屏幕显示通话已结束。

这是叶其文第一次挂我的电话。

他一定很生气，但是我们两个长久以来的相处模式就是我欺负他，所以我无法接受他主动挂掉我的电话。

也就是从那天起，我们开始了长达一个多星期的冷战。

我抵死不承认自己有错，也不主动跟他道歉，甚至还固执地把错都推到他身上。

路雪劝我找他和好，但是我仍旧怒气冲冲地说："谁叫他刺激我，谁叫他挂我电话，必须狠狠整治一下他。"

路雪无奈，不再劝我。

那时我还不懂，总以为一段两情相悦的感情，没有狗血虐心剧的车祸失忆兄妹梗，就可以一路平安长长久久。岂知仅仅是被我们自己消磨，感情就已经像齑粉一样，被风一吹，就去无影散无踪了。

大一结束升大二的那个暑假，我并没有回家，因为学院组织本专业的学生去秦皇岛实习，要研究柳江盆地的地质地貌。

此外，我还报名参加了我的学业导师张善陈老师的社会调研活动，从秦皇岛回来就要即刻奔赴苏州。

因为宁曜说了，这对将来的保研会大有裨益。

临行前一天，我在校超市买方便携带的零食和日用品。我疯狂地把货架上的压缩饼干扫进篮子里，准备再去扫矿泉水的时候，一只手跟我按住了同一瓶农夫山泉。

我僵硬地动了动脖子，看见了白皙如玉的半张侧脸……

叶其文的嘴唇紧紧着，那副不苟言笑的样子高冷得不像话：“程小昭，你赢了。”

他将矿泉水扔进我的篮子里，然后抢走我的篮子，抓着我的后衣领拉我去柜台结账。他像老鹰捉小鸡一样掐住我的脖子，我只能乖乖跟他走：“你、你大变活人吗？”

“给她一个大号的袋子。”他不理我，只对收银员说话。

收银员把袋子递给我，我负责把压缩饼干和矿泉水装进去：“哎，你什么时候来的？你怎么知道我在这里？”

他没回答，摸出手机向收银员出示二维码，我忙把我的挡在他前面：“我不用你帮我付钱。”

我自己付钱后，叶其文提起袋子大步流星走向超市外，我追上他，他这才跟我说话：“我怎么知道你在这儿的？说出来一定把你气死。”

我看着他，他瞥我一眼：“路雪告诉我的，我问以前的哥儿们要的她的联系方式。”

今天外面日头很大，他额头上沁出一层细密的汗，脸也有点红红的。我知道，我们学校离机场很远。

“我不生气。你什么时候来的？你们放假了吗？不用上课吗？”我接过袋子的另一只提手替他分担重量。

叶其文依旧冷冰冰的：“你说呢？”

“那个……对不起啊。”我含混不清地向他道歉。

他高傲地把头别到另一边：“我听不见。”

我捋直舌头重新说了一次：“对不起！”

“还是听不见。”

“对不起！对不起！对不起！”我连说了三遍。

叶其文皱起眉头：“程小昭，你这是道歉吗？什么态度？我还以为开了局斗地主呢，要不起，要不起的。”

我半嗔半怒：“你烦不烦啊，我都跟你道歉了。是不是要给你唱一首《你还要我怎样》啊？”

“别了吧，你有命唱，我还没命听呢。”

我松掉手里的袋子叉起腰，袋子“哗啦”一声垮下来：“你嫌弃我！”

“我敢嫌弃你吗？”叶其文迅速将两只提手一起拎住，东西才没撒出来，“动不动就要打要杀的，还跟我冷战。我不来找你，你打算什么时候跟我说话？”

“那谁叫你说别的女生刺激我啊？你就没错吗？”

他张嘴刚要反驳，我扬声打断：“好了，不说这个。你这次来住哪儿？”

“你们学校对面的酒店。”

叶其文一直往学校东门走，我一路小跑跟着他：“哦，那你什么时候回校？”

“明天上午十点的飞机，从浦东走。”

为什么这么不巧，我明天早上六点就要出发去秦皇岛。

我挎过他的胳膊：“我有个事儿要告诉你，那个……我们专业要出野外，明早六点就得走，应该不能送你去机场了。”

他语气淡淡的：“我知道，路雪告诉我了，是我来得不巧，不用你送。”

“那你下次来，提前告诉我好吗？”

他看我一眼："嗯。"

我跟着叶其文去了对面的酒店。他这次来，没带什么行李，一进门就扔下书包，鞋都没脱直接倒在床上，看样子是累得不行。

从B市飞上海，如果没有直达的航班，要在成都转机，飞行时间不算很长，但是转机的等候时间却长达七八个小时。我不知道他要怎么过夜，也许就是麦当劳的连排座椅吧。

假如没有我，他会自在很多。

我蹲下来替他脱掉鞋子，帮他把腿抬到床上，又起身去开空调："26度行吗？遥控器给你，你自己调。"

叶其文睁开眼睛，眼神有些惶恐，并不接我递来的遥控器："我不自己调，你陪我住一晚上不行吗？"

我把遥控器硬塞给他，说："我也想，但是过会儿导员要给我们开会，讲出野外的注意事项，会点名的。"

他将被子拉起来盖过头顶，像个受伤的孩子，声音隔着被子传出来，闷闷的："那陪我躺一会儿呢？"

"好吧。"

他掀开被子给我腾地方，我一躺进去，他就从背后环住我："你把空调调低一点行吗？要不然待会儿就该热了。"

他的声音有气无力的，好像立刻就会睡着。我轻"嗯"一声，怕惊扰了他的睡意："你睡吧，你睡着了我再走。"

"好。但是，程小昭啊……"

我以为他要说什么，就一直等着，但是过了很久他也没说下去。

"嗯？怎么了？"我问。

"我好累。"叶其文说。

"累就多睡会儿嘛。"

"我不是说这个。"他的声音染着喑哑，微微扬起又无力地落下，"我的意思是，你是不是喜欢别人了……是王飞扬还是那个宁曜？"

我一惊，不知道从什么时候开始，他竟然在这个问题上存疑了。

可我怎么会不喜欢他呢？我一直都是喜欢他的。我翻身扑进他怀里，手臂从他腋下穿过抱住他："我当然喜欢你啊。"

他轻笑，笑里染着鼻音："那你爱我吗？"

爱？

何其沉重的字眼。

我犹豫了很久，抱着他的手有些松懈，但是他却紧紧抱住了我："程小昭，我爱你。"

声音入耳的那一刻，时间仿佛凝固了。有个人说他爱我，不是喜欢，是爱。

我耳边反复回旋着他的声音，他说，程小昭，我爱你。

我也不知道从什么时候，他开始爱我了。

我想哭，喉咙干涩发疼："对不起……但是我每天真的很忙。你不知道，校领导每天早上八点半上班，我就得在八点之前赶到办公大楼，有时候八点半我还有课要上，所以又得从办公大楼赶回学院去，一个在最东边，一个在最西边……

"而且学生会乱七八糟全是事儿，上周导员嫌我做的PPT不好看，说了一堆话，还说我的工作态度不端正。还有啊，我们作业很多，大家都是全国各地出来的大神，稍不留神，排名就要垫底了，垫底就没有奖学金拿，就没法评优，没法保研，我真的一点都不敢懈怠……高数怎么那么难学，我从来没考到过八十分以上。前几天学傅里叶变换，我都不知道为什么要变换，老师就讲完了……我也很累，我有时候也很崩溃……但是我不得不努力！"

"你爱我吗？"叶其文仿佛没有听见我的抱怨，而是严肃又认真地再次问了这个问题。

"爱，我爱你。"我说完，闭上眼吻了吻他的脸，其实有些违心。

我不知道怎样算是爱，我是个只爱自己的人。

叶其文嗤笑一声，弹了我一个脑瓜崩儿，情绪也跟着松懈下来：

“程小昭，你好笨，我就没觉得高数难学，轻松得很呢，随便听听就考九十多，要不然以后我给你线上教学？”

我捶他的胸口，他佯装吃痛地握住我的拳头：“其实我也很忙，虽然没有你这么忙。要不这样吧，我们以后少聊天，没有重要的事情就不聊天，但是绝对不要吵架，就算吵架也绝对不冷战，行吗？”

“好。”我应下，想起还要开会，翻身去抓手机，“现在已经4点15分了。”

叶其文放开我：“行，你走吧。出野外去哪儿？”

“秦皇岛。”

“秦皇岛好玩吗？”

“你以为旅游啊？好玩也轮不上我们。听上届的学姐说，就是爬荒山、摸石头、看地形什么的。”我坐起来，一边穿鞋，一边说。

叶其文“嗤”的一笑：“什么狗屁专业，你博弈博弈的，就博这么一玩意儿？”

“你后悔了吗？”他又问。

“不后悔，不论选什么专业都会有后悔的，人总是这山望着那山高。”

“我不是说这个。”他说。

我撩起窗帘看了看夏日的烈日：“这个天气爬山，权当公费美黑吧……那你说哪个？”

“我是说我。”

我将窗帘放下，回头看他。

他神色严肃地问道：“让我选新疆，你后悔吗？”

我当时只觉得他这个问题太过矫情：“这有什么好后悔的？不就是四年吗，四年之后……”

我卡住，四年之后是什么？四年之后是我的读研计划，读研的学校还没有确定，但是我的目标只会是更好的学校，也许我们还会继续异地。

心里发虚，感觉自己像个骗子。

我顿了顿："一个 211 大学会对你以后找工作很有帮助。对了，我建议你最好再读个研究生。"

叶其文似乎受到惊吓，眼睛睁得很大："我这辈子都不想念书了，而且读什么学校对我将来做什么工作不会有很大的影响。"他说着，忽然意识到什么，"你要读？"

我轻咳一声，将头别到一边："目前有这个打算。"

他不说话了，我再看他时，他的脸色有些不好，动了动嘴唇，没说别的。

过了半天他才问："嗯，挺好的，选哪里的学校？"

我松了口气："现在还没想那么多呢，到了大三才能有数。"我又看了眼手机，"我真得走了。"

他叹气："走吧。"

临走前，我再看了他一眼。他半坐起来靠着床头，两手枕在脑后，如同琉璃质地的双眼冲着我翻了翻："要走赶紧走，你个薄情寡义的女人，以后少在我面前演依依不舍。"

我笑了："要不然我开完会再回来？"

"真的吗？"他声音虽然带着质疑，但脸上克制不住显现出惊喜。

"真的。"

但是那天我没有回去找他，临近暑假，学生会残留的一些交接工作亟待解决。

我打电话告诉叶其文，他只说没关系，下次见面一定要选好时间。我知道他又一次包容了我，我也知道他一定会包容我，因为他总是包容我。

我以为包容会变成一种习惯，其实不然，包容是一种消耗品，我毫无下限地消耗，早已经将他伤得千疮百孔，只不过他不说，我就假装不知道。

但是我有什么办法？我有不得不做的事情，他有优越的家庭当后盾，而我只有我自己。

怎么办呢？

我只能把错误推给时机不对，这样心里才好受一点。

他问我是否爱他，我想是爱的吧，只不过我更爱我自己。

我一早告诉过他，我是唐泽雪穗那样的人。

第九章

我不会让你输的

夜色中，他始终蹲着，抬头望我，额上有几条纹路，眉眼一如既往的惊艳："让我背你会儿吧。"

看着他，我居然鬼使神差地问："一会儿是多久？"

"你想多久就多久。"

很久以后

坚固的城墙会坍塌，刀鞘上的宝石会脱落，再深情的恋人也会分开。

2015 年 10 月 1 日，我和叶其文正式分手，那天是我的生日。

由于我的暑假前半部分在秦皇岛爬山，后半部分在苏州做调研和准备 12 月份的六级考试，所以我们两个多月没有碰面。

国庆放假之前，叶其文兴致勃勃与我商讨见面的事情，他说要来上海找我，让我陪他去一次金茂大厦，他想亲眼看看姚明的签名版球衣，还说我们要一起去吃最正宗的阳春面和小杨生煎，然后再一起去苏州河看日落。他说他买了一架单反，可以给我拍很多照片，然后放到朋友圈秀恩爱……

现在想想，假如这些都是真的，该多好。

叶其文是 9 月 30 号晚七点半的飞机，从当地的机场起飞，仍旧在成都转机，停留七个小时后次日 8 点 55 分在浦东国际机场落地。

10 月 1 号那天，我早早地去机场接他，人群熙攘的航站楼里，无数行色匆匆的陌生人中，我一眼就认出他来。

他永远是最好看的那一个。

那天他穿着北面经典款的连帽冲锋衣，拉链一直拉到最顶端，掩住半个下巴，帅到路人纷纷驻足。

很久不见，涌上我心头的又是陌生而疏离的感觉。这种感觉让我以为自己是在做梦，梦见有个人正向我走来。

叶其文眼里噙着笑：“程小昭，你应该冲上来抱住我。”

我僵硬地回答他：“要不我走远点，重来一次？”

“傻不傻啊？”他拉住我，“去酒店让你抱个够。”

“好。”我很快打到一辆出租车。

上了出租车，叶其文问：“晚上想吃什么？在上海待了一年多，发现什么美食没有？”

“有，看看你想吃什么？”我打开手机，“你想吃什么，外卖都有，或者咱们也可以去超市买点零食，晚上吃。”

他揉了揉我的头发：“行，都听……”

“嘘——”我打断他，我的电话铃响，来电显示是张善陈老师，我接了起来，“喂，张老师吗？”

电话里，张老师问我有关苏州社会调研的事情，我忙问：“出什么问题了吗？”

张老师说：“你的表格有几处数据错误需要更正。你怎么会犯这么低级的错误？数据都不对，你的结论有什么意义？”

我沉默了，心提到嗓子眼。

“这样吧，你重新核对数据，做完了先发给我审核。”

“好吧，那您什么时候要？”

“最早今天最晚明天，及时汇报进度吧。”

“好，我知道了。”

我挂掉电话后，叶其文问：“又有事儿吗？”

我收起手机，面露难色：“我们暑假去苏州做社会调研，报告出了几处数据错误，需要修改，你先自己回酒店行吗？”

他不悦地皱起眉头：“就非得现在吗？”

“嗯，老师要得挺急。”我试探地说，“现在做事最好积极一点，得给老师留个好印象，这对以后的综合评定会很有好处。”

叶其文不说话，脸上隐着怒气。

“怎么了？”我摇摇他的胳膊。

“怎么了？”他冷冷地反问我。

我从来没见过他这副怒不可遏的样子，额头上青筋暴起，好像要吃人。

其实他是个绵羊脾气的人。

一路上，他没再跟我说话，我问他他不理，我拉他的手，他气愤地躲掉。

出租车到了地方，他打开车门自己下车，我忙追出去：“叶其文，你干什么？”

我喊他，他拿着行李头也不回地往酒店走去。我追上他，拉住他的胳膊：“你莫名其妙啊，好端端的发什么脾气？”

他甩开我的手：“程小昭，我不想在大街上跟你吵架。”

“你是嫌我去改报告？就为这个？”

叶其文背对着我，边走边说：“我哪敢耽误你的时间啊，你改你的报告去吧！”

他已经走远，我虽然生气，但还是追了上去。

他在前台办理入住手续，全程不理我。我跟着他进去房间，一进门，他就猛地把门一摔，我惊讶地张大嘴：“你吃枪药了？”

他把书包扔在地上：“我吃枪药了？我大老远从新疆赶过来找你，昨天晚上没睡，在机场待了七八个小时，一见面，你就跟我说你要去改报告了。上次就是这样，说好了开完会回来找我的，结果呢，放我鸽子很有趣吗？”

我有点害怕：“我只是去改报告，又不是不回来，你至于这么小题大做吗？不就是稍微等一会儿……”

他的脸色越来越冷，不大的空间里，他向我步步紧逼，我一退再退，直到小腿磕到床沿，跌坐在床上，他这才停下，站在离我咫尺的地方。

其实这并非小题大做，而是一场积蓄已久的狂风暴雨，我们的关系早已乌云密布。

“稍微等一会儿？”叶其文冷笑着，“你凭什么总是让我等着？凭我喜欢你是吗？我喜欢你，你就对我呼之即来，挥之即去？你把我当什么了？”

他的眼睛开始泛红，不知道是生气还是伤心。

可我觉得只是改个报告而已，没好气地说：“我知道了，你根本就不是为改报告的事生气，你就是不想让我读研。”我自以为看透他的心事，也冷笑起来，“但是我也有我自己的人生规划，我这个专业不读研不好就业，我总得为将来考虑吧？你能不能不要总是这么儿女情长？”

叶其文忽然笑了，整张脸被失望浸透：“程小昭，你真是自私而不自知。我什么时候说过不让你读研了？我什么时候给过你这样的感觉了？你总是有自己的人生计划，一步一步计划得那么清楚，读研、读博再出国是吗？那我呢？我在你计划的哪一步？你计划了这么久，有一次考虑过我吗？”

他把我问住了。

的确，有关我的人生计划，好像真的从来没有考虑过他。

叶其文一直居高临下地看我，我不敢抬头看他，只看到他起起伏伏的胸膛。

他大概是在平复自己的心情。

过了一会儿，他的声音变得相当沉静：“我就问你一个问题。”他看着我，一字一句，“你把我当你男朋友了吗？”

我不回答，将头别到一边。

“有吗？”他的声音高了一个八度。

我打了个哆嗦，我不是不想回答，而是不知道怎么回答。

我确实好像从来没有考虑过他，因为我的人生不容有闪失。

一直没有得到我的答案，隔了很久，他才叹了口气，自嘲地笑起来："我就知道会是这样，高三毕业报志愿的时候我就说我不去新疆，我不愿意和你隔这么远，早晚会出问题的……你没时间理我，不回我消息，冷战，我能忍的都忍了，尽量有时间就跑来找你，可是你呢？今天忙这个，明天忙那个。可能你真的很忙，真的有急事……可能真的是我太儿女情长……"

他说着说着开始哽咽，我看见他的眼里闪烁着泪光："今天我听见你说要去改报告，我突然觉得整个人就像垮掉了一样，我撑不住了，一点力气都没有了。假如是你不远千里来见我的话，我一定不会为了一纸报告把你晾在一边的。"

有种对失去的强烈预知感，我哀求地望着叶其文，眼里蓄起泪水："你别这样好不好？对不起……"

我站起来，战战兢兢地抱住他："对不起，都是我的错，我让你觉得累了。"

他痛苦地皱起眉头："程小昭，我恨不得把心都掏给你了，你是看不见吗？你说爱我，都是骗我的吧？"

"不是，我不是的！"我贴着他的胸膛寻找他的心跳。

他却把我的手指一根一根掰开："少跟我来这一套，打一棍子给块糖是吗？你当我是马戏团的狗熊？"

他不信了。

"对不起，对不起……"

他把我推开，我就重新扑过去抱住他，不停地重复"对不起"。除了这三个字，我什么都说不出来。

我们挣扎了无数个回合，到最后都耗尽力气。终于，我抱着他，他也回抱我，但是他摸了摸我的头发，再次把我推开。

那一刻，我像失掉了灵魂，被遗弃在深渊。

他不要我了。

眼泪不断涌出，我的视线模糊不堪，只听见叶其文苦涩的声音："程小昭，我们分手吧，我太累了……"

后来我把这些事情告诉路雪，她叹了一阵后，说道：“程小昭，你上辈子是积了什么德，能遇见叶其文，而他是造了什么孽，会碰上你。”

路雪说得没错，我上辈子一定是积了天大的德，所以才能遇见叶其文，不过，我也一定是造了天大的孽，所以又失去他。

那天，叶其文从酒店的房间离开，我一路追出去，不停地喊他的名字，途经的客房里断续有人探出头来看热闹。

走廊的地毯绊得我踉踉跄跄：“叶其文，对不起……你别这样，好吗？求你了，对不起，都是我的错……”

我有一万句对不起想跟他说，但是他为什么走得那么快，一点也不肯等等我。其实这么多年我就是这样对他的，一点也不肯等他，而现在这种感觉真真实实地落在我自己身上，我才知道有多难受。

追到楼梯口的时候，我一脚踩空，摔倒在楼梯上。听见我倒地的声音，叶其文终于停下来回头看着我。

一身黑衣的少年站在洁白的大理石楼梯上，好像一位失望又孤独的王子，脸上泛起苦涩又无奈的笑容：“程小昭，你以后……照顾好自己吧。”

对于我来说，2015 年的 10 月 1 日是黑色的。

我的左脚剧烈疼痛，我回房间拿到我的手机时，已有三四个未接电话，都是张善陈老师和宁曜打来的。我正想给张老师回个电话，宁曜又打进来：“程小昭，你在干什么？张老师说还有几点要求刚才忘了告诉你，给你发微信你没有回复。”

“我知道，我会改的。但是……我现在想先去浦东机场，应该就是浦东吧，可万一是虹桥怎么办？你说上海为什么有两个机场！”

“你在说什么啊？”宁曜问。

“对不起，麻烦你转告张老师一声，我临时有点事情。”

“好吧。”宁曜说，“你怎么了？声音怎么这样？赶飞机吗？

我送你过去吧，我有车。”

假如我知道叶其文一直没舍得走，就在某个角落偷偷看着我的话，我是打死都不会让宁曜过来的。

宁曜扶着我，我把胳膊搭在宁曜的肩膀上，我们两个举止亲密地从叶其文面前走过，然后上了同一辆车，疾驰而去……

我无法想象叶其文的心情是怎样的。

那天宁曜开车载我跑完浦东跑虹桥，我也没能找到叶其文。

我的左脚，因为原先就有过骨折，再加上摔了那一跤，所以在一定程度上旧伤复发。虽然没什么大碍，但是医生建议我保守治疗，注意休息，以后都不能再有剧烈的活动了。

我和叶其文分手之后，王飞扬和路雪先后赶过来看我。

假期的末尾，王飞扬打电话给我：“我去租车行租一辆车，带着你和路雪散散心？”

我说不去，他和路雪强行把我拖上车。

去租车行的路上，王飞扬和路雪就为了租大众还是租别克这个问题吵个不停，最后路雪打了一通电话，她爸爸的司机立刻送来一辆奔驰 G 级的 SUV。王飞扬惊掉了下巴，我呆滞的脸上也难得有了点表情。

王飞扬战战兢兢地说：“我可不敢开。”

路雪一副“你真没出息”的表情：“都是四个轮子，有什么不敢的？你不敢，我敢。”

王飞扬抢过钥匙：“那还是我来吧。”

王飞扬开车，路雪坐在副驾，我一个人坐在空荡荡的后排。

路雪伸手递给我一个零食袋子：“程小昭，你想去哪儿？”

我摇摇头，表示不想吃：“去苏州河行吗？”

我和叶其文曾约定去苏州河看日落，我幻想假如他没走，是不是有可能碰到。

王飞扬比了一个“OK”的手势，发动车子。

我们从虹口区出发，跟着导航走的中环路，没出什么岔子，大概一个半小时后到达苏州河。一路上，路雪和王飞扬安静得很刻意，就算说话也是想方设法逗我开口。

王飞扬从后视镜里看我："程小昭，你给姓叶……其文打过电话了吗？发消息呢？"

路雪抓起一个榴莲酥塞进他嘴里："就你话多！"

"王飞扬，你给他打电话好不好？路雪，你再给他打电话试试好不好？"我从后座扑到了前排，"他不肯接我的电话，我用我室友的手机打也打不通，我换了一个不是上海本地的号码，他还是不接。我不管怎么给他发消息他都不回……王飞扬，你给他打个电话好不好？"

"你别着急，我现在就打。"

王飞扬连上汽车蓝牙，拨通了叶其文的手机，冗长的"嘟嘟"声后，机械的女声开始说："对不起，您所拨打的电话已关机……"接着又用英文重复了一遍。

这下我彻底死心。

挂掉电话，王飞扬低声骂了一句："这小子估计是直接把电话卡扔了吧，真够绝情的。"

"不说话没人把你当哑巴。"路雪瞪着王飞扬，王飞扬委屈巴巴地把嘴闭上。

又是一阵沉默，车子恰好驶过减速带，发出"吭哧吭哧"的声音，好像一阵急促的心跳。我越来越坐不住，浑身发毛，很想打开车门跳下去。

我不去苏州河了，我要去找叶其文。

虽然我不知道他在哪儿。

路雪递给我一瓶水："没事儿，他现在正在气头上，等过两天气消了，说不定会主动回来找你呢。"

我摇摇头，没有接，我知道路雪是在宽慰我，可我了解叶其文，他从来不是意气用事的人，这次真是下定决心了。

到达苏州河，王飞扬去停车，路雪先陪我在外白渡桥上散步。

10月的风里开始泛起凉意。我和叶其文的故事全部开始于10月。2011年的10月，我给他做了一杯奶茶，忘了加西米，他自恋地以为我是为了引起他的注意，我很生气地说祝他和赵冉冉“百年好合”，他说“谢谢”。

他当时一定也很生气。

我们从10月开始做了同桌，我们从10月开始每天肩并肩坐在一起，我给他包书皮，他送我洗衣粉，他羞涩地说以后咱们两个就一个味道了，他还说他不喜欢唐泽雪穗，但是没不喜欢我……

走了一会儿，路雪陪我停下来，我们攀着桥上的栏杆看水。

路雪看着我，那眼神好像是在后悔带我来河边，她的手一刻也不离地拉着我：“要不然咱们吃饭去吧，买个甜品，吃点甜的心情会好。”

我不说话，目光呆滞地盯着波光闪闪的水面，看了一会儿就开始头晕。

河对岸就是陆家嘴，一抬眼就能看见东方明珠和上海环球金融中心，那里有全长江流域全部的安迪，那里是比我虚荣心更大的地方……可是为什么现在再看，我觉得它是灰色的，连同世界都是灰色的，好像一条孤寂冗长的路，没有声音也没有色彩？

“程小昭，要不咱们去逛街吧，反正今天有拎包的。”路雪再一次劝我。

“对啊，对啊，我给你们拎包。”王飞扬附和，“程小昭，我请你们俩吃饭好不好？吃什么都行。”

我却鬼使神差地说：“《情深深雨濛濛》里，依萍就是在这儿跳的河，她一跳河，何书桓立马就出现了。”

有时候，真希望生活是一部肥皂剧，充满着狗血又迷人的巧合。

我话音刚落，路雪和王飞扬就以绑架人质的手法和速度将我从桥上扛走，塞进后车厢里。

回学校的路上，王飞扬开车，路雪坐在后排看护我。

我哭着问她："他不接我的电话，也不回我的消息，是不是很烦我？他想自己清净几天，还是彻底不理我了？明明是我先伤害了他，但是现在我又死缠烂打跟他求复合，是不是很不要脸？"

路雪一时语塞："我觉得还是面对面聊一聊比较好吧。"

"那我去新疆找他！"我立刻说。

路雪说："好，到时候态度好一点，跟他服个软认个错。叶其文这个人没什么优点，就是脾气好，上初中那会儿就这样，跟个老头似的，谁也惹不恼他。"

"我记得以前有女生给他写信，他从来都不扔垃圾桶，总是找个没人的时候给人家放回去，那时候我们都挺喜欢他的。"路雪一路给我讲叶其文过去的事，"他字写得好看，每次班里出黑板报都是一大群女生，就他一个男生……不过他英语不好，英语老师总喜欢提问他。"

听着路雪的描述，我又哭又笑，我们高中不就是这样吗？单纯又快乐。

回到学校之后，我向导员请了一个星期的假，虽然我没什么积蓄，但是我觉得这件事情还是越快越好，所以没有选择火车，而是问路雪借钱买了机票。

10 月 8 号下午五点多，我到达新疆，到 B 大的时候，天上还挂着太阳。

但是那天我没有见到叶其文，我在经管学院一顿打听，只找到他的两个室友。其中一个胖胖的男生叫王鹏远，一点不怯生，笑着问我："你就是老叶的女朋友？"

见我点头，他泛起疑惑："他不是去上海找你了吗？你怎么又跑到新疆来了？你们没商量好吗？我昨天还寻思呢，这都假期最后一天了，他怎么还不回来。不过也正常，他上次不就请假去找你嘛。"

王鹏远的话使我心里发酸，我一开口居然带上哭腔：“你是说他没回来？”

王鹏远更摸不着头脑：“他现在不是应该在上海吗？”

“你最近跟他联系过吗？我打不通他的电话，他除了这个号码……”我忙把叶其文的号码调出来给王鹏远看，“他除了这个号码，还有别的吗？”

王鹏远辨别着号码尾数：“哦，这是我们学校发的电话卡，我们平时联系就用这个，应该没有别的了吧。这个打不通吗？”

“打不通，你给他打个电话行吗？或者发个消息什么的！”我近乎哀求。

“可以啊。”王鹏远掏出手机，不过结果是可想而知的，“怎么不在服务区呢？老叶不会把号码注销了吧？怎么会这样？这是校园卡啊，有很多优惠套餐的……”

我不理会王鹏远的自言自语，双手合十向他拜了拜：“帅哥，再麻烦你个事行吗？他要是回学校，你能让他给我回个电话吗？或者……或者你把他的新号码发给我，我打给他也行，我有两句话想跟他说。”

王鹏远答应：“可以是可以，如果他同意的话。但是，你们怎么了？”

我叹了口气，没有回答。

这是一次无疾而终的旅程。我兜里的钱所剩不多，回程的时候只能选择绿皮火车，而且是硬座，在乌鲁木齐换乘，整整两天的路程，整整两个从天黑到天亮。

我靠着油腻肮脏的座椅一遍一遍地睡着，又一遍一遍地醒过来，幻想着一睁眼就可以看见叶其文坐在我对面，他喝着牛奶跟我讨论杰克和露丝婚后的生活究竟是美满还是惨淡。

其实叶其文来找我这么多次，哪一次不是无疾而终呢？

幸好我知道叶其文妈妈的电话，打过去试探着问了一下，叶妈妈说他想爷爷奶奶了，所以国庆节回了青岛老家。

我这才放下心来。

叶妈妈问我怎么了，我说没事儿，就是随便问问。

她毕竟是过来人，很容易察觉到什么，但是她没有多问，只叫我注意身体，别耽误学业。

2015年，从国庆节到放寒假，我一直在向王鹏远打听叶其文的消息。王鹏远支支吾吾了几次，到最后干脆告诉我，叶其文不想跟我联系，也没有话跟我说，让我该干吗干吗去，别再来烦他。

其实那个时候我还没有死心，我觉得叶其文到底是没有见到我，没有面对面跟我说过话，再怎么生气也是跟今年10月1号之前那个不讲理的程小昭生气，只要我们见面，只要我们再说上话，那就还有挽回的余地。

可是等到放寒假的时候，我迫不及待跑到他家找他，那次，我的心才彻底死掉。

2016年1月11日，我放寒假了。

上海的冬天很冷，我这个土生土长的北方人缺乏抵抗湿寒的能力，来到上海之后才知道什么叫作彻骨。但是这里下雪并不多，有时候会和着雨一起下，下完即融，只留下湿漉漉的一片，一点也不浪漫。

但这里是魔都，天气冷暖并不妨碍许多人为了行走在时尚尖端而衣着单薄。

路雪就是其中一位，她戴着双C耳钉的耳朵冻得通红，一边跟我说话，一边蹦跶着取暖："程小昭，我真羡慕你啊，有点腿伤，体育课全改健康保健了，期末写篇论文就能过，不像我们还得跑八百米和做仰卧起坐！"

路雪羡慕我不用跑八百米和做仰卧起坐，可她并不知道我的左脚现在走两步路就会像针扎一样疼。

我把毛线帽子摘下来戴在她头上："你寒假留在上海陪爸爸，还是回青岛陪妈妈？"

路雪嘿嘿一笑："今年我和我爸一起回青岛了，这两年我爸在那边发展了很多新客户，而且青岛现在越来越好了，其实比起上海，我还是更喜欢我们青岛。"

她说"我们青岛"的时候满脸骄傲，幸福又自豪。

今年寒假，我有幸抢到一张特价机票，三百多块钱的经济舱，虽然选座位的时候没有选到靠窗的位置，但是大幅度缩短了归途时间，我已经非常满意了。

我查了 B 大的校历，大致估计了叶其文回家的日期，挑了一个合适的时间去他家找他。

我一定得见他一面。

去之前，汪明好还打电话来鼓励我："程小昭，你一个连微信运动都要争第一的人害怕什么？"

是啊，我还为这个刷过步数呢，我只不过是觉得假如叶其文也用微信运动的话，打开排行榜，一眼就能看到我的头像。也许他会觉得我阴魂不散，忍不住打电话过来质问，程小昭，你是蜈蚣吗？为什么每天都走两万多步？

其实我知道，那个账号他早就不用了。

还有 QQ 空间也是，我像个中二少女一样天天更新内心孤独的说说，并且没有设置访客权限，就是希望哪天他能心血来潮点进去看看。

那天是叶其文的妈妈给我开的门，一见到她，我好像觉得"这就是小昭吧，一双凤儿眼真好看"的日子就在昨天。

我忽然发现叶其文跟她长得真像，眉梢眼角处处都像是复刻的。

"阿姨好。"我尽量笑得大方，手里拎着一盒补品。

叶妈妈的表情有些迟疑，好像在想我是谁，又好像在想我为什么会出现。她脸上透露出微不可察的担忧，抑或是厌恶，但是我一直努力保持微笑。

叶妈妈终于把我让进屋里，请我坐下，给我倒了一杯茶，我忙站起来接住：“谢谢阿姨，您不用麻烦。”

“没事儿，外面冷，喝点儿茶暖和暖和。”

我坐在客厅的沙发上，使劲探头向南边的房间看。那间是叶其文的卧室，我想他应该就在里面。

我希望他听见我的声音会出来看看，穿着慵懒的家居服，揉着乱七八糟的头发，但眼睛是澄明又温柔的。

“小昭，你怎么来了？”叶妈妈打断了我的想象。

“我……”我不知道该怎么说，索性开门见山，“我是来找叶其文的，他在家吗？”

叶妈妈摇了摇头：“他不在家，从今年国庆节开始，他就不回这里了。”

“什么？”我呆住，“那，那他以后都回老家吗？”

“对，他说你们已经分手了，所以你今天来是……”

鼻尖酸疼得仿佛要裂开，我低下头努力克制泪意：“是的，我们分手了。可是我……我还有两句话想跟他说，但是我一直联系不上他。”

我泣不成声。

叶妈妈抽了两张纸巾给我：“好孩子，先别哭，你们两个为什么分开，我不清楚，他不愿意说，我们也问不出来。其实我和他爸爸还算开明，他谈恋爱只要不做出格的事情，我们是不太管的。但是，他要是真对你做了什么不好的事，让你受了委屈，你大可以告诉阿姨，阿姨为你做主。”

“不，不是！阿姨你误会了，”我疯狂摇头，“不是的，他没做什么不好的事，是我做得太过分。”

叶妈妈拍拍我的肩膀让我别激动，但是我想起我对叶其文做过的种种，想起他每次见我时疲倦不堪的样子，我就抑制不住想哭。

“那、那他以后都不会再回来了吗？他现在怎么样？”

叶妈妈又拿纸巾给我擦着眼泪：“你先别哭，他很好，和他爷爷奶奶住在一块，有人照顾他。”

我接过纸巾自己擦着泪：“那就好，谢谢阿姨，但是我能再……给他打个电话吗？我想跟他道个歉，想跟他说句对不起，但是我没有他的号码。”

叶妈妈说：“小昭，你是个好姑娘，上高中的时候阿姨就知道。那时候你们班主任还老夸你呢，说小姑娘可是撑起我们班的半边天。”她脸上挂笑，“要是没有你，叶其文也考不上这么好的大学。他那时候老跟我和他爸说，程小昭可太厉害了，她上高一就把政治必修四给看完了，结果到头来她还学理，这还不算什么，她竟然说理科学不好才学，那我也得好好学习，不能输给她……”

叶妈妈接着说：“你不知道，和你做同桌之后，他学习劲头可足了，每天早上五点钟起床背单词，吵得我和他爸都睡不着觉。

“他高一那年寒假从集训班去看你，还记得吧？是我帮他请的假。我们两个还为了这件事闹别扭呢，他那一个寒假都没跟我说几句话。”

这些事叶其文从来没有告诉过我。

叶妈妈把茶杯端起来递到我手上：“待会儿就凉了，快趁热喝。小昭，阿姨谢谢你帮他这么多。阿姨也对不起你，要不是他高中影响了你，兴许你早就考上比这更好的大学了。”

“不，不是的！”我一激动，杯子里的水洒出来溅到手上，“他没有影响我，从来都没有……是我不好，是我对不起他。”

叶妈妈接过我的杯子给我擦手：“好了好了，你别哭。感情上的事就是你情我愿，哪有那么多对不起，我看你们这事能翻篇就翻篇了吧。你们现在还小，多经历经历就知道这些都不算什么。”

我刚要说“怎么能不挂在心上”，叶妈妈又开口了：“哦，对了，他们学校这学期有几个国际交换生的名额，他说想去外面开开眼界，我和他爸爸就同意了。小昭，你是个好孩子，你念的大学比他好，你比他更有前途，现在正是打拼的好年纪，别被儿女情长耽误了前程，不然过几年你要后悔的。”

我茫然地看着她，终于明白了她说这番话的意思。

“你说是不是呢？”叶妈妈又问。

我喉咙发紧，嘴巴张了半天，说不出一句话。

叶妈妈拍了拍我的肩膀，用极亲切的语气说：“不要哭了，你也不必麻烦跑到青岛去找他。小昭，别怪阿姨心狠，阿姨就这么一个儿子，他前段时间不吃不喝的，整个人瘦了一大圈……”

她说到最后无声哽咽，我几乎能想象得出叶其文消瘦憔悴的样子。

叶妈妈的意思已经很清楚了，话都说到这份儿上了，我要是再去纠缠，那就是真的不知好歹了。

我点了点头：“谢谢阿姨，我懂了。我肯定不去打扰他，您叫他好好准备出国吧……出国，挺好的。”

我吸了吸鼻子，使劲挤出一个礼貌的笑容：“那我就先走了，对了，那个，您和叔叔保重身体啊，新年快乐……”

叶妈妈将我送到门口：“也祝你新年快乐。”

我恋恋不舍地看着叶妈妈，看着她的眼睛，一双与叶其文极其相似的眼睛。

我的新年一点也不快乐。

那段时间我变得暴躁无比，来串门的七大姑八大姨谈话内容只要涉及婚恋问题，我能立马掀桌子撵人。

另外，我还变得过分呆滞和沉默，看见什么都会触发伤心的情绪，比如小龙虾，比如对联，比如云南白药，比如那本砖头一样的《志愿填报手册》……我把它们通通扔到了楼下的垃圾桶里。

我可以理解叶其文为什么不愿意再回到这里，因为在这里，任何一样东西都可以是揭开伤疤的利刃，换作是我，只会比他更甚。

如果能直接清空记忆就好了，可是世界上哪有这样的好事。

年三十的晚上，我爸妈在外面看春晚，从开场舞一直到《难忘今宵》，我全程枯坐在窗户边发呆，密密匝匝的铁窗栅栏将升腾又坠落的烟花切割成无数等份的碎片。我把它们当作流星，许了一个愿望——

假如注定我和叶其文的结局如此，那我希望这辈子再也不要见到他。

我消沉了一个寒假，除了睡觉就是睡觉，好像一只冬眠的熊，有时候还会梦魇，动不了，又醒不过来。

我们家餐馆开业之前，除了走亲戚，爸妈把全部时间和精力都放在开解我身上。

不过他们所谓的开解就是让我全方位立体化地相信我和叶其文并不合适，所以我们分手是迟早的事。

我妈的观点是，叶其文非本地人，因父亲的工作调动而来，迟早会因父亲的工作调动而去，而她不希望我远嫁他乡。紧接着，她又列举了昭君出塞、文成公主入藏，以及我大舅家的二表姐远嫁的例子向我证明远嫁的都过得不幸福。

我爸则是封建王朝那一套说辞，他说我们两家门不当户不对，他们家是书香门第，我们家是蓬门荜户，他和我妈在叶家父母面前根本抬不起头来，这样的婚姻不会幸福。

他们这样说，我就安静地听着，一点也不反驳。因为我发现，假如这样想，心里会好受很多。是啊，一件本来就没什么希望的事情，何必再为它难过呢？

也许他们说得都对，只是现阶段这些问题还不曾爆发，一旦爆发，我们迟早还是要分手的。我这样想得久了，竟然会觉得我们现在分手很有先见之明。

可是我却突然开始害怕，我可以接受这样的观点，叶其文是否也可以接受呢？

假如真是这样，那估计用不了多久，我们就都可以释然了吧？

我从不觉得释然是件好事，我一点也不希望我们释然，我希望如同王菲歌词里唱的：我们要藕断丝连，我们要互相亏欠。

寒假还没结束，宿舍楼解禁的当天，我即刻返回学校。因为只有忙碌起来，我才会不那么伤心。

2016年2月，去学校的那天，爸妈送我去车站。

临别时，他们不停地嘱咐我照顾好自己。我使劲把嘴角挂在耳朵上，叫他们别担心。

回校后我做了很多事情，帮张老师处理数据、写论文、参加学生工作、备考各种乱七八糟有用无用的证书……但是那段时间我也仿佛进入了人生低谷期，事情做不好经常挨老师的骂，我陷入深深的自我否定，觉得人人都比我优秀。

我时不时想起高三的某个下午，我和叶其文在奶茶店聊天。我问他为什么对我这么好，他说因为我是世界上最好的女孩，眼神肯定确切不带一丝犹疑。

其实我根本就没有那么好，只有他这么觉得。

开学很长一段时间后，路雪才从青岛赶回学校。从这学期开始，她彻底搬离了宿舍，原因很简单，就是与那个名叫西安琳的女生相处不睦。

路雪在附近的小区租了很大一间公寓，卧室厨房一应俱全。她邀请我合租，但我因为经费原因拒绝了她。

为了庆祝路雪的乔迁之喜，我请她去学校对面的美食城吃烤涮一体的自助火锅。

选好了锅底，开吃之前，路雪竭诚为我服务，她一趟一趟地忙活，直到把我们的桌子堆得再也堆不下。

路雪坐下来将几片毛肚丢进锅里：“你和叶其文怎么样了？”

热气渐渐上来，路雪那张娴静秀丽的脸在白色的水雾中若隐若现，我把火关小一些才看清楚她的表情，说：“涮毛肚要讲究七上八下，你这样烫很容易老的。”

“哟，看来不怎么顺利啊，还学会打太极拳了。”路雪一针见血戳破我的心事。

我又把火调大，希望水雾彻底遮住她的脸。

我没所谓地说：“嗐，散了就散了呗，天下没有不散的筵席，谁生命里还没有几个过客呢。”

其实我心如刀绞。

“怎么回事？”路雪惊讶地张大嘴巴，“这就散了？前两个月还要跳苏州河呢，这就过客了？”

“谁要跳苏州河了？”

路雪用手肘撑着桌子：“真的散了？是他很坚决，还是你不够真诚啊？”

“都不是。”我尽量平静地说，“我连他的面都没有见到，他以后都回青岛，不会再回我们那里了。他妈妈还说他要准备出国，希望我不要去打扰他。”

“出国？”

“嗯。”我点头，“交换生，少说也得一年吧。这有什么，我能跑到上海念大学，人家就不能跑到国外开阔开阔眼界吗？”我满不在意地涮着羊肉，“这样正好啊，我可以心无旁骛地学习了。保研之后再申请硕博连读，一共读五年，读完了就能有机会进大学做讲师，然后再做教授。”

路雪下巴直接掉到地上，仿佛在看一个怪物：“程小昭，我可以让我爸爸帮忙打听叶其文在青岛的地址，他还是有点人脉的。还有以前的初中同学，也可以试着联系……”

“不用了。”我将路雪的话打断，“他又不是在逃通缉犯，我要真想找他，用得着这么费劲吗？我这人没什么优点，就是记性好。我之前看过他的身份证，还大致记得他们家在青岛市南区，他的身份证号和学号我也记了个七七八八。而且现在网络这么发达，我要找他，还不是有一万种方法。”

我自嘲地笑了笑：“我们家的门他比我都熟，我的所有联系方式也都没有换过，可他铁了心要跟我分手，我何必再自讨没趣？况且他妈妈都把话说到那份儿上了，我总得要点脸吧。”

路雪抿着唇为难地点头：“可是你真的想好了吗？他出国之后万一不回来了怎么办？”

“那敢情好啊！”我冷笑着扔下筷子，“国外天大地大，我倒是希望他不回来了，在国外读完硕士读博士，最好在读书期间就把婚姻大事一块儿给解决了，找个对象，是首富或者股神的独生女，明眸善睐楚楚动人，婚后两个人立马生一对混血小宝宝，一儿一女，男孩女孩全都不像他，他以后每天开着加长林肯上下班，住着三四百平方米的大房子，享受着人类最先进的科技成果，一开窗就能呼吸到自由新鲜的空气……”

路雪张着嘴，一脸茫然。

我说得嗓子冒烟，还不忘嘲讽地笑。我也不知道自己在嘲讽什么，是嘲讽我替他安排的与我无关的美好人生吗？还是在嘲讽自己因得不到而假意不在乎？更或许我只是借着嘲讽掩饰掉一些东西，比如我一直在想他。

路雪目瞪口呆地看着我，那眼神好像在看一个疯子：“程小昭，你生命中的过客都这么惨吗？有点恶毒吧？”

“我就是恶毒，我巴不得他往后余生每一分每一秒都过得无比煎熬水深火热。我要每天诅咒他，每天诅咒他一千次、一万次、一亿次！”

我说着说着就哭了，我是真的不希望他过得开开心心然后把我忘掉。

我之前许愿说，假如我和叶其文的结局注定如此，那我愿意这辈子再也不要见到他。现在我想给这个愿望再加上一句话：假如这个世界太小，非要我们碰上，那我希望他一辈子不幸福。

我也怀疑自己是不是一个疯子。假如我和叶其文的故事可以写成一本书，那我必定是书中因爱生恨的恶毒女配。

可即便如此，我也做不到我们分手还笑着祝他幸福。

其实故事的最后，路雪差点成为那个完美的女主角。

2018 年 6 月，我的大学生活在炙烤的烈日中彻底宣告结束。校园里一拨又一拨比我们稚嫩的面孔夹着书穿梭在各个教学楼之中，也许正在抱怨没有划重点的期末考试。

他们朝气蓬勃的样子让我心生羡慕。

真奇怪，人为什么总是在失去之后才懂得珍惜呢？

在宿舍收拾完行李，我和路雪一起去快递点办理邮寄。

路雪问我接下来的安排是什么，我说："这个月 11 号到下个月中旬，我要留在上海给一个准高三生做家教，辅导他的英语和地理。我得多赚点学费和生活费，毕竟读研还要花很多钱。结束之后就回家陪爸妈，再然后就是准备九月份的研究生开学了。"

她抱了抱我："小昭，咱们毕业后就不知道下次再见是什么时候了，你会不会读博读成秃子啊？"

说这话时，我们身旁正巧飘过一个两鬓斑白的数统女老师。

路雪趴在我耳边悄悄说："其实刘老师今年才三十五。"

我暂时忘记了离别之苦，笑喷出来。

而那时的我不曾预料到，我和路雪没隔多久就又重新见面了。

是我去青岛找的她，因为叶其文。

7 月下旬的一天，我正赋闲在家休息，大约晚上十点多钟，路雪给我打了一通电话，她说："程小昭，我今天在 KTV 跟朋友唱歌，有个人来找我，他说是来跟我相亲的，还要送我回家。"

"现在就相亲？"我开了免提，一边收拾着行李，一边跟路雪讲话，"对方什么人啊？"

“你猜？”

“我怎么猜得到。”

有时候，女人的第六感准得吓人。

那天路雪约了一群高中同学在KTV唱歌，结账的时候，发现账单上多出15%的服务费。

路雪的高中同学习以为常，但路雪喝得微醺，非要跟人理论。她趴在KTV大厅的前台上，指着服务员的鼻子开骂：“你们服务什么了？我们刚来的时候你们怎么没说还有服务费？”

服务员歪头躲开她的手指：“小姐，你别激动，我们一直都是这么收费的。”

“哪里有写？有明码标价吗？我告诉你们，不该花的钱，姐姐我一分都不会多花！”

路雪正跟服务生吵得脸红脖子粗，一个男人向这边走近。隔着三五米远的距离，他扬声道：“你应该直接说打12315。”

“什么？”路雪和服务员都是一愣。

他笑了笑，一字一句地重复：“我说你应该直接打12315。”

路雪转身，觉得他非常眼熟：“你是……叶其文吗？”

路雪从初中毕业就没再见过叶其文，大一的时候我给她看过一次照片，剩下的两年时间，这个人仅仅活跃在我和她的对话里，而自从叶其文成为我的禁忌，也就鲜少再提起了。

叶其文颔首，很客气地说：“你好，路雪，你爸爸叫我过来接你，时间太晚，他怕你不安全。”

路雪的朋友大多是青岛本地的高中同学，外加六七年的时间蜕变，在场的各位几乎也都不认识叶其文了。

有人问了句：“小雪什么时候交的男朋友？”

还有人玩笑说：“小雪藏得可真够深的。”

路雪冲他们比了个噤声的手势，继续问叶其文：“我爸？”

他面色平静：“对。”

“你等下。”

路雪不信，掏出手机给父亲打了通电话，电话那头很快传来她爸爸的声音：“喂，小雪啊，爸爸晚上有应酬，叫小叶送你回家。”

路雪咬牙质问：“那你可以叫我妈来啊，还有陈叔呢？”

路爸爸要起赖皮：“谁去不都一样嘛，你把电话给小叶。”

叶其文听见电话里的声音，向路雪伸手。路雪一边怀疑自己是在做梦，一边将手机递给他。

叶其文接过电话“嗯”了两声，把手机还给路雪：“好了，走吧。”

他说完径自走开，路雪扔下一大票朋友追上去：“叶其文？为什么会是你？我爸为什么会叫你来？”

叶其文替路雪推开了金光闪闪的 KTV 大门：“看来你爸没有告诉你。”

“告诉我什么？”

他笑了笑：“那算了。”

“你什么意思？”路雪恍然大悟，“相亲是吗？他居然叫你跟我相亲？可是我和程……”

猜中她的下文，叶其文皱了皱眉，路雪没有说下去。

同样，我也是他的禁忌吧？

关于路雪说的相亲，叶其文并没有反驳，不过他的表情始终平静单一，看不出任何喜恶，好像他对相亲这种事情是麻木且从善如流的。

路雪一直跟着他走到车子近旁，她站在副驾的车门前一通抱怨：“亏我爸想得出来，知道我不愿意跟那些男人出去吃饭，直接叫人来找我了，我才刚毕业！叶其文，你可以接受相亲吗？我们才二十二岁，而且我有男朋友，我爸他只是不知道而已。”

叶其文并没有理会，打开车门自己坐进去，路雪只好跟着上车。

车门合上，他提醒她系好安全带：“那就走个过场吧，你爸妈很热情。”

路雪嗤笑："他们当然热情，我爸想回来发展，这老家伙如意算盘打得叮当响，想偷偷摸摸把我卖了我还替他数钱呢。"

其实路雪也并非看上去那般大大咧咧，她也有很多烦恼，也有不为人知的一面。

车子驶上主路，路雪落下车窗吹着晚风。叶其文几番掀动嘴唇想要说话，却都没有发声。

昏暗的车内，路雪一直观察着他："你想说什么？"

他回想起刚才路雪与人争辩的画面，静默半晌才开口："其实吵架，不管是讲理还是不讲理，我都没见过比程小昭更厉害的。她高中毕业的时候也在KTV跟服务生吵过架，吵得比你有水准。"

他说这些时，一直紧张地捏着方向盘。

我记得那是高三毕业，我刚跟人吵完架，我们就接吻了。

路雪笑了笑，接上他的话："可不是吗？我见识过，程小昭不去打辩论可惜了。"她想到什么，莞尔一笑，接着说，"你没见识过她诅咒别人吧？同样是无出其右。"

"诅咒？"叶其文有些好奇。

路雪上下打量他："你这两年居然还能全须全尾的，真心不容易啊。"

叶其文没有多问，嘴角泛起一丝苦涩的笑意。

路雪捕捉到他稍纵即逝的表情，明白了原来他还是没能忘记程小昭。

"我是不会选择一个心里装着别人的男人的。"路雪掏出粉饼补妆，"送我回家，我会跟我爸爸说清楚。"

"我心里没有装着任何人。"叶其文说。

"哦，真的吗？那我会将你的原话转告给小昭，"路雪笑了笑，"但愿你不会后悔。"

叶其文握着方向盘的手一再收紧，此时他的心乱成一团。

虽然时间已经过去两年，但他仍旧会陷入这种矛盾无法自拔。

他本来想婉拒这次相亲，但是想到路雪是他目前的圈子里唯一和小昭有关系的人，他就又鬼迷心窍地同意了。

他不知道小昭和宁曜是什么关系，他也不敢知道。他在最心痛的时候完全换掉了自己的生活圈，将小昭以及所有相关的人都隔离出去。但当伤口快要愈合的时候，他又试探着亲手揭开。

他想，假如他知道了小昭和宁曜在一起的事实，或者小昭和别人在一起的事实，他就能彻底死心了吧？

提过程小昭这个敏感话题后，路雪和叶其文一路静默，但是在与路雪道别时，叶其文又将她叫住了：“她……早就跟别人在一起了吧？”

路雪回头，看着叶其文那张苦涩又佯装平静的脸，如实道：“没有，小昭和宁曜只是普通朋友。不过，我不觉得你们分开的原因是宁曜。”

“我知道你想说什么。”叶其文终于承认了，“我爸妈也是这样劝我的。”

两个人的成长环境截然不同，性格和人生追求也截然不同。在各自成长和需要打拼的年纪相遇，又选择了不同的道路，走到十字路口时自然是要分开的。

“我可以理解她，她是一个很有想法的女孩，有自己的主张，又从小被父母寄予厚望，她的压力也很大，不像我，闲散惯了。”

叶其文终于承认了他和小昭分手的真正原因，他没想到话说出口的时候，比知道小昭和宁曜是否在一起更令他心痛。

不合适的人是注定要分开的。

看着叶其文的样子，路雪难免有些担忧：“你应该试着接触接触别人，当然，肯定不包括我。我的意思是你一定会找到更适合自己的人，而且生活又不是只有爱情。我爸爸说你工作找得很好，还跟朋友做了点外贸上的生意，你爱好很多，还有很多朋友……”

叶其文又是沉寂半晌，最后点点头：“你说得对，谢谢。”

然而他的神情是落寞的，路雪不知道他在想什么，只有微风吹动他额前的碎发。

也许他要下定决心开始新的生活了。

毕业后的那个暑假，我在上海找了一份家教的工作，为一个准高三生辅导英语和地理。7 月 15 日，我的工作结束，并买了次日的火车票准备回老家。

等到九月份我就可以去到另外一个城市念研究生了，仍旧是繁华的大都市，那将会是一段全新的开始。

那么在这之后呢？

我想了一下，五年的硕博连读后，我可能会顺利进入一所高校任教，会有很多学生，会过上优渥的生活，会认识一个男人，等到年龄合适和不讨厌对方的时候，就会和他结婚。也许婚后我们相处得还算不错，也许我会渐渐爱上他，渐渐习惯和他一起生活，渐渐离不开他，渐渐忘记我在十六岁的花季曾遇见过一个男孩，那个男孩曾全心全意爱过我……

没错，时间会将这些都变得不重要，不重要到也许哪天我们再次碰面，他牵着他的妻子，我挽着我的丈夫，我们认出彼此后相视一笑，然后擦肩而过，唯一感慨的就只有岁月匆匆，青春不再。

时间的强大之处就在这里，它能治愈一切忧伤，也能消逝一切美好，把很多爱过的恨过的通通变作路人。

其实这样很好，因为人不能永远困在一段爱或者恨里走不出来。

由于买的火车票是下午四点的，我到家的时候已经临近晚上，爸妈做了一桌子好菜，让我有种衣锦还乡、荣归故里的感觉。

我洗完手坐下来吃饭，看着他们眉开眼笑的样子，我觉得自己的努力很有意义。

生活永远公平，至少我超额完成了父母的期许。

7 月下旬的某天，我在家休息，晚上十点多钟接到路雪的电话，她的语气异常激动："小昭，你猜我的相亲对象是谁？"

我讶异路雪竟然开始相亲："我怎么知……"可话还没说完，我就有了一种不好的预感。

"是叶其文。"路雪说。

那一瞬间，我的双耳间歇性失聪，世界于我而言如同死寂一般。

短暂的失神后，我不自觉在脑海中勾勒出路雪和叶其文在一起谈婚论嫁的画面，他们是多么般配的一对璧人，不论家世门第，还是性格长相。

"哦……"我浅浅答道，"挺好的。"

路雪赶紧解释："你别误会，我跟他没有可能，只是我们聊到了你，看样子他似乎还放不下，但是也好像已经释然了，我也不是很确定他的状态。"

路雪的话让我心生恐惧。释然？他如何会释然呢？我都还没有完全释然。

路雪问道："要不要帮你要个联系方式，你们见一面？"

我迟疑了，如果叶其文真的释然了，我该怎么办呢？千里迢迢去找他，亲眼看看他对我冷漠无情的样子吗？还是亲耳听他说你来干什么？

我不敢，也做不到，我宁愿永远当个不明所以的傻子。

"不用了，既然他没有找我，我又何必找他。"我用十分平静甚至冷漠的语气拒绝了路雪的提议，挂掉电话的瞬间，我却难过到几乎失声。

那天晚上我大哭了一场，两年的时间，我也以为自己彻底走出来了，但是做梦梦到叶其文的时候，我仍旧心如刀绞。

我只好安慰自己，也许是路雪的理解有误，叶其文一定没有对我释然。过了一段时间，在这样的自我催眠下，我重新恢复到之前的状态，幻想着叶其文还没有彻底把我忘掉。

休息几天后，我一个人出去逛街，本来想约汪明好，但她已经开始工作，不好随便请假。

我买了一条黑色连衣裙，面料很有质感，虽然昂贵，但是逛遍整个商场再也找不到比这更喜欢的了。我想将它作为一种补偿。

逛完街，我在楼下的咖啡厅歇脚，点了一杯热拿铁，掏出手机玩了一会儿，抬头时，看见新品杯子展示区有个熟悉的身影。

是我的高中同学，李燕菲。

我确定是她，虽然她烫了头发并化了全妆。

李燕菲身旁站着一个男生，正和她一起挑杯子。她也看到我了，我们目光交错后，她拉着那个男生很快走过来："嗨，程小昭？"

我点点头，请他们在我对面坐下。

"你变化真大，越来越漂亮了。"我看向她一旁的男生，男生有些羞涩地低下头，"这是你男朋友吗？"

李燕菲十分大方地说："是的，我们是大学同学，在社团活动上认识的。"

"真好，一起出来逛街吗？"

"嗯，我们进了同一家单位，以后还要一起上下班。"李燕菲的幸福溢于言表，她阳光自信的样子让人觉得很舒服。

"你呢，工作还是考研？"她问我。

"考研了，九月份要去上学。"

"哦，大家基本都考研了呀。"

说完这个，我们共同陷入沉默，很久不见，一时找不到可以继续的话题。

我端起杯子喝了口咖啡，希望她能主动提出先走。但是很遗憾，事与愿违。

李燕菲十分好奇地看着我，原来李燕菲还是那个李燕菲，她的眼里充满了八卦的意味。

我尴尬地笑着，有点想逃跑，正在想借口的时候，她终于问出了我最害怕的问题："你和叶其文还在一起吗？"

我呛了一口咖啡。

分手近两年，虽然听到“叶其文”这三个字时的痛感已经大不如前，但我依旧做不到轻描淡写地说出我们的故事，也许还需要两年吧。

“你去帮我买杯喝的。”李燕菲推了一把身侧的男朋友。

“你要喝什么？”男朋友并没有意识到自己这是被支走的意思。

“随便买什么都行。”

男朋友走后，她再次问我：“你们俩怎么连朋友圈都不发？”

我无奈地笑了笑：“我们分手了。”

她惊讶道：“什么时候的事儿？”

“大二就分了。”

“为什么呀？”

我求求您别问了。

我的目光飘向别处，随口搪塞道：“就那样呗，不合适，闹了两回别扭就散了。”

她一拍大腿，好像对我的观点十分赞同：“哎呀，谁说不是呢，有时候喜欢的不一定合适，合适的又不一定喜欢。但是啊，我觉得咱们总能找到既合适又喜欢的。你说是不是？”

沉浸在爱情里的人总是十分相信爱情，并且殷切地希望身边的人也同他们一样相信。

商场里正在播放一首情歌，是薛之谦的《你还要我怎样》，沉郁的男声深情唱道：“我慢慢回到自己的生活圈，也开始接触新的人选……爱你到最后，不痛不痒。”

听着歌声，李燕菲忽然说：“程小昭，你和……他大学都在上海吧？他交女朋友了没？”

我知道她说的是王飞扬，只是没想到她会主动提起。我莫名想起上学的时候，李燕菲总是羞涩地站在王飞扬身边，他在哪里她就在哪里。

她是为什么喜欢他？哦，好像是军训的时候她弄丢了帽徽，王飞扬恰好帮她捡到。

我以为，她已经把王飞扬忘了。

“你知道吗？”李燕菲很认真地看着我，“其实他喜欢你。”

她将声音放得很轻，但在我听来却格外沉重。

因为暗恋是最沉重的一种喜欢，除非放弃，不然决定权永远不在自己手上。

我说：“他交女朋友了，是我们学校的，是个很漂亮且很有个性的女孩子，我们还是好朋友呢。”

王飞扬的苹果终于送出去了，去年的圣诞节，他是和路雪一起过的。

祝他们幸福。

李燕菲“哦”了一声，目光在透明玻璃墙外游移，也许多少是有些失落的。过了会儿，她的目光重新落在我身上：“程小昭，说实话，我以前真的很羡慕你，甚至是嫉妒。”

她的表情没有太大起伏，因为曾经的羡慕或者嫉妒都早已经随时间流逝变得不痛不痒了。

“你可能不知道，我毕业后跟他表白了，可是他告诉我他喜欢的人是你。”说到这里时，她轻轻皱了下眉头，显然触到旧伤，“有一次，你弄伤了脚，他不敢去看你，我以为你们吵架了，当时我就硬着头皮说我和你是室友，我替他去看看你吧……”

李燕菲的话一下子把我拉回那个寒假，我几乎闻得到凛冬雪花的味道。那一年奶奶过世，我弄伤了左脚，李燕菲来看我，她说，程小昭，文科班和理科班不在同一楼层，以后见面就不那么容易了。

李燕菲继续说：“我那个时候甚至很想变成你，我觉得假如能让我变成你，让我干什么都行。你学习好，大家也都喜欢你。你说天底下的好事怎么都叫你占尽了呢？”

我惊讶，我疯狂地羡慕李文晶，原来也有人疯狂地羡慕我。

别人身上总有自己得不到的东西，而且我们往往只看得见自己得不到的东西。

我失去叶其文后，也开始疯狂地羡慕从前的程小昭。

也许这不叫羡慕，应该叫后悔。

“我真没想到你和叶其文大二就会分手……也没想到他交的女朋友还是你的好朋友。”她一直管王飞扬叫“他”。

曾经喜欢过的人，是很难轻易喊出名字的吧？

李燕菲叹了口气，不知道是在叹我，还是在叹她羡慕的东西我也失去了。

“命里有时终须有。”我十指交错，低下头装得洒脱。

她安慰我：“其实都无所谓，有句话说得好，结束一段感情的最好方式就是开始一段新的感情。我觉得说得真对，我认识我现在的男朋友之后，才觉得自己以前好傻，那时候哭得死去活来，不吃不喝不睡觉，天天拿着本子抄伤心情歌。”

她说着说着就笑了，显然已经释然。

“‘可惜不是我，陪你到最后’是什么歌来着？弄得我到现在都不敢听，因为一听就想起以前干的傻事来，哈哈哈！”

李燕菲的样子很活泼，我跟着笑了下，附和道：“找到新的就能把旧的忘了，人都这样，挺好的。”

她点头：“缘分这东西，确实靠天定，有些东西不是你的，再怎么努力争取也不是你的。”

我端咖啡的手一滞，错愕地盯住她。她脸上只有淡淡的笑，叫人捉摸不透。

我不知道该说什么，只是觉得这样的观点很悲观。

爱情就是这样，见仁见智，观点太多，分不清对错，也没有对错。

所以我还是比较喜欢理科类的东西，错就是错，对就是对，没有太多模糊不清，因为模糊不清太折磨人了。

可是叶其文呢？他不就是我当下最模糊不清的东西吗？他如今

对我究竟是怎样一种感觉呢？

其实我对他一直抱有幻想，我想也许他还爱我。这就是我一直不敢见他的原因，我不愿意打破这个幻想。

“小昭？”李燕菲叫我一声，可我回神的时候已经看不清她的样子。

“你怎么哭了？”她递来一张纸巾。

我接过来擦着眼泪，说：“没怎么……就是想起一些事情，有点难受。”

这时，李燕菲的男朋友买完饮料回来。男孩子相当客气，不光给她买了一杯，还给我买了一杯，我接过来道了声谢。

李燕菲起身要走，她走到我身边拍了拍我的肩膀：“没事儿，别太伤心，咱们又不是输不起，天底下有的是好男人。”

“输不起？”我不明白，“怎么叫输不起？”

她略作思考：“输得起就是死心，输不起就是不死心。我那时知道他喜欢你后，就慢慢死心了。”

李燕菲的话将我击中，是啊，她说得没错，因为输不起，所以才迟迟不肯死心，所以不愿意叫自己相信他早就把我忘了。

我笑了，站起来同她道别：“你说得对，咱们还年轻，又不是输不起。没错，世界上好男人多得是！”

李燕菲眨眨眼就挽着男朋友离开了。

事后，我立即给路雪打了一通电话。路雪接通后，我做了好几个深呼吸：“路雪，我想死心！”

“什么？”路雪正在做美甲，那边有人问她要不要贴钻。

“什么都不要，做纯色。”路雪边回答边问我，“你想什么？”

“我要叶其文的联系方式，不，地址！不，我都要！”

我还是决定去见他一面，因为就算死心，我也不希望是隔着电话，这样太没仪式感。

路雪问：“为什么？好突然啊，之前给你你不是不要吗？”

李燕菲的一番话让我决定亲自做一个了断，我也想开始新的生活了。

我没有回答路雪的问题：“可以帮忙吗？要尽快。”

路雪虽然一头雾水，但还是答应下来：“那我叫我爸爸帮你问问吧。”

“好，多谢你了。”

路雪的办事效率极高，仅用一天时间就把叶其文的地址和现在的电话通通找到了。她告诉我，现在他不与爷爷奶奶住在一起，而是一个人住在父母家里。

她发给我后，问道：“你是否需要助攻？”

我就这个问题思考了一会儿，虽然我不需要助攻，但还是觉得有个人陪着会比较好。

“那好吧，万一我发现叶其文正在和别的女人同居，伤心得当场晕厥，到时候你可得负责把我送到医院去。”

“我可抬不动你。”

其实，我只是觉得，离开的时候一个人孤零零的会很可怜。

7 月末，我买了一张去青岛的机票，路雪去机场接我，她自己开车，是一辆很可爱的红色甲壳虫。

我到的时候已经下午五点多，从流亭机场到叶其文家，正常开车只需四十几分钟，但路雪非说自己路熟，死活不肯开导航，结果差点开到崂山去。

我很无奈，从吃早饭到现在，我只在飞机上喝过一瓶矿泉水。我害怕心还没死，人就先死了。

到地方后，已经晚上七点多，天都黑透了，路雪一直陪我走到叶其文家楼下。

站在单元门口，我迟迟不敢按响门铃。

“你要不要先给他打个电话？”路雪问。

“哦对，但是我……”我是不敢。

犹豫了一会儿，我终于拨通了叶其文的新号码，闭着眼睛按下呼叫键。电话里的“嘟”声响了很久，但对方迟迟没有接听。

这也不奇怪，他是认得我的号码的，一个断了联系一两年的前女友突然向他致电，他多少需要点时间缓和。

这时，我听见有手机铃声由远及近。

我以为是幻听，但是一抬头，真的看见了一个陌生又熟悉的影子。叶其文就站在离我不远的地方，大概刚从超市回来，一只手提着很大一兜吃的，另一只手拿着手机，犹豫着是否要接那通电话。

夜色和手机屏幕的亮光在他脸上交织，留下好看的阴影。他剪了更利落的头发，永远拥有好看到无以复加的轮廓。

手机里温柔的女声已经开始提醒“对不起，您所拨打的电话暂时无人接听，请稍后再拨”，我将电话挂断，叶其文的手机也刚好停止振铃。

他抬头，我们两个都愣住了。

接下来便是长时间的沉默。

叶其文手里的袋子掉到地上，有一个橙子咕噜咕噜滚出来，一直滚到周边的草丛里不见了踪影。

我机械地走下台阶，因为视线一直黏在他脸上，所以不曾看路。我没有防备，一脚踩空栽倒在地上，是脸先着的地。

我也没有预料到再见叶其文会是这种狼狈的情形。

那天我穿的正是我刚买的那条黑色连衣裙，质感很好，V 领的款式让我看上去消减很多。我“亲吻”大地后，用胳膊撑着地面慢慢抬头，一双脚就停在我面前，是黑色的匡威 1970S。

他左脚往后一撤，蹲下来：“行这么大礼干什么？”

我看着叶其文的眼睛，一直在等他扶我起来，但是他迟迟没有动作，只是回看着我，掀了掀一侧的唇角。

他最终都没有扶我，自己拎着袋子站起来。他太高了，我再怎么抬头也看不见他的眼睛。

我当时笃定地认为叶其文一定是有了别的女人，因为我看见他提的袋子里有一包粉色的东西。

其实那是盼盼瑞士卷和炫迈口香糖。

但是，这不能怪我，应该怪路雪。如果不是她害得我到现在都没吃上一口饭的话，我也不会饿到两眼昏花。

但是那一刻，我的心在左侧胸腔粉碎性骨折。

是的，不虚此行，我的心，死掉了。

见叶其文没有扶我，路雪把我从地上拖起来："小昭，你没事儿吧？"

我攀着路雪的胳膊站起来，眼泪开始打转："我们走吧。"

"现在就走？"路雪替我擦擦脸上的灰。

"嗯，现在就走。"

路雪不明所以地瞪大眼睛："为什么呀？"

我不说话，甩掉她的胳膊一瘸一拐往停车位走去。

"站住！"叶其文沉声喊我，"你是来找我的？"

我站住，回头的时候努力扬起一个笑脸，想让自己看上去洒脱一点。

没什么不好承认的，我来时就说过，我输得起。

我吸了吸鼻子："是啊，我是来找你的。"

路雪识趣地走开，独留我和叶其文站在那里。

"找我干什么？"叶其文问。

我实话实说："不干什么，看看你有没有别的女朋友，看完我就回去了。我很好，你也好好的吧。"

"你怎么知道我有别的女朋友？"

"那你刚才为什么不扶我起来？"

他一笑，走过来弹了我一个脑瓜崩儿："不想扶你不行吗？就想欣赏欣赏你趴在地上可怜巴巴的样子不行吗？就想欺负你不行吗？就想让你吃点苦头不行吗？凭什么一直是你欺负我？”

“程小昭，你看你脏的。”叶其文抹了一把我脸上的灰，开始上下打量我，“别觉得自己长得高，这条裙子还是配高跟鞋好看。”

我想起酒店那次，我们闹分手，我追出去在楼梯上摔倒，他说，程小昭，你以后照顾好自己吧。从那时到现在，我们一别两年了。

我微微踮起左脚脚跟：“没办法，我应该穿不了高跟鞋了。”

他一怔，居然蹲下来看我的脚：“这么严重？”

我摇摇头：“没关系。”

夜色中，他始终蹲着，抬头望我，额上有几条纹路，眉眼一如既往的惊艳：“让我背你会儿吧。”

看着他，我居然鬼使神差地问：“一会儿是多久？”

“你想多久就多久。”

叶其文站起来微微屈腿，我爬上他的背：“你还没告诉我你有没有女朋友呢。如果没有，我可以追你吗？”

“怎么追？”他问。

“这样可以吗？”我轻轻咬了下他的脖子。

他吃痛叫了一声：“程小昭，你怎么咬人啊！”

“跟你学的。”

他“哼”了一声：“是吗？只跟我一个人学过吗？”

我一开始并不明白他的意思：“不然呢？哦，还跟我们邻居家的狗学过，你们俩是亲戚呢，同属犬科。”

叶其文嗤地一笑：“再胡说八道，当心我咬你！”

我嗲起来：“你当我男朋友，我就给你咬个够。”

他往上掂了掂我：“那我……考虑考虑吧。”

我趴在他的背上，紧紧环住他的脖子：“你知道吗？我今天就是来死心的，假如你过得很好，找了新的女朋友，我就告诉自己彻底把你忘了。我也会找个男朋友，好好过我的生活。可你为什么不来找我呢？”

“所以我才不去找你。”叶其文说，“程小昭，我真的不知道你对我是什么感觉。你爱我吗？为什么我感觉不到？我只觉得很累。其实后来我又后悔了，比起跟你分手，累点就累点吧，就算你的人生计划里没有我，我也认了。但是等我后悔的时候，又害怕你早就跟别人在一起了，早就把我给忘了……所以我才不愿意去找你。我哪是不愿意，我是不敢啊！”

我拼命摇头，眼泪洒在他肩膀上：“对不起……都是我的错，是我太自私了，做什么都不考虑你。你放心，以后我的人生计划里都有你，以后的路我们商量着一起走……”

原来我是输得起的那个，他竟然是输不起的那个。

比起我爱他，他一直都更爱我。

“叶其文，我不会让你输的。”

这是我对他的承诺。

番外一

灵连蜷兮既留，烂昭昭兮未央

看着她可怜兮兮的样子，叶其文知道，自己刚做的心理建设连地基都没打稳就变成了一摊废墟。

有时，人就是会像飞蛾一样扑到火上。

很久以后

（一）

王飞扬初一就认识了程小昭，初二与她做同桌。

开学初老师调换座位时，王飞扬正懒洋洋地趴在桌子上等待分配结果。

来个美女来个美女，男生也行……

当程小昭抱着书走到他身旁时，他的希望彻底破灭了。他翻了个身继续趴着，丝毫没有要帮忙的意思。

“你什么表情？”程小昭对王飞扬的表现不满。

王飞扬眼皮都没抬一下：“怎么是你？”随即又嘟囔道，“脸又大又圆。”

程小昭“砰”的一声把手里的书摔在桌上，王飞扬被震了三震：“哟呵，脾气还不小。”

王飞扬刚想重新趴下，程小昭已经拧着他的耳朵单手把他提了起来：“你说谁的脸又大又圆！”

“疼疼疼……”王飞扬疼得龇牙咧嘴，求助的眼神直勾勾盯着讲台上的班长。

可是班长说：“王飞扬，你注意点纪律！”

有一次英语老师留了听写作业，程小昭笑盈盈地说：“不想背没关系呀，到时候我把本子往你那边挪挪，你抄上就行了，以后大家互帮互助呀。”可真到听写的时候，程小昭把自己的作业本捂得密不透风，王飞扬气得摔笔骂人。

还有一次，王飞扬前脚举报了程小昭上课看言情小说，程小昭后脚就把王飞扬写给女同学的小字条夹进了书页里。老师随手翻了翻那本小说，叫程小昭下课去办公室听训话，王飞扬正得意扬扬地看着笑话，谁想下一秒老师就翻到了那张字条，并当着全班人的面宣读：“世界上最遥远的距离不是生与死，而是我站在你面前，你却不知道我爱你……程小昭，这谁写的？”

“他！”程小昭一指身旁瑟瑟发抖的那位。

老师将书一扔：“王飞扬，你爱谁？我就想知道你爱谁？”

爱谁都不可能爱程小昭！王飞扬恨得牙痒痒，他的字条还没送出去，就先被叫了家长。

程小昭问：“你服了吗？”

“服，服。”王飞扬沮丧着脸，终于举了白旗。

那段时间，王飞扬无时无刻不在期盼结束与程小昭同桌的日子。

但是渐渐地，王飞扬发现程小昭也有弱点，即使她整天埋头学习，也考不过一个叫李文晶的女生，于是他便嘲讽她：“你脑子笨，读死书，多吃点鱼补补吧。”

他说完，程小昭便哭了，一开始是啜泣，后来是号啕大哭。她的哭声越来越大，为了不把任课老师招来，王飞扬赔上自己一周的零食，差点跪地求饶。程小昭边哭边吃，王飞扬添水递纸，殷勤得像个小弟。

王飞扬觉得程小昭也不是一无是处，她有时候金句频出，逗得他哈哈大笑，有时候也会良心发现给他抄抄作业。

他还在厕所里对着哥们儿吐槽：“跟程小昭那种女生做同桌简直就是造孽，长得一般，脾气还不好，下学期要是能跟林月坐一块就好了……”

他嘴上这样说着，心里却想，跟程小昭做同桌也没有那么不好。

圣诞节那天，王飞扬的哥们儿怂恿他把苹果送给林月，王飞扬却想，送给林月还不如给程小昭呢，说不定她会大发慈悲辅导他期末考试。

他将那个精心挑选的大红蛇果，以一个自以为很帅的投篮姿势扔到程小昭的桌子上："咳咳……这给你吧，没人吃，快坏了。你看你，圣诞节也没人搭理你。"

被一个从天而降的苹果打断了解题思路，程小昭先是气愤，接着她好像明白了王飞扬的意思。思考了半晌，她以一种委婉的措辞说："王飞扬，我是十月的，你是腊月的，我比你大一个月……"

理解程小昭的意思后，王飞扬被一阵错愕的心痛击中——他被拒绝了。

为了掩盖自己刚才的真实意图，王飞扬展开了对程小昭激烈的语言攻击："程小昭，你少自作多情了……老子好心给你送温暖，还不如喂狗！"

也不知道当时他骂了多久，反正程小昭很罕见地没有回击他。

后来，王飞扬从其他女生口中得知，程小昭说他学习不好，还说他见一个爱一个，跟他这样的人应当保持距离。

那段时间王飞扬很沮丧，他觉得自己糟透了。

到了初二下学期，王飞扬曾经许下的愿望终于成真，他和程小昭真的不做同桌了。程小昭调到了前排，和一个成绩很好的男生坐在一起。他却会忍不住朝她的位置看去，看她和新同桌相处得如何，看她今天的马尾辫扎得歪不歪，看她会不会回头看他……他开始怀念和程小昭做同桌的日子。

即将升初三的时候，老师让大家考虑未来的升学选择，最好的高中、普高，还是职业院校。王飞扬第一次意识到成绩单上的第一名和最后一名间隔的绝不是一张 A4 纸的距离。

王飞扬有些慌了，他对自己的未来很迷茫。

程小昭的成绩很好，是一定可以考上一中的，而他却离一中的大门很远。于是，初二升初三的那个暑假，王飞扬开始努力，下定决心要考上一中。

王飞扬一改贪玩的性格，开始发愤图强，挑灯夜读，废寝忘食。所幸他很聪明，成绩以令人惊叹的速度提升，一个学期不到，他从班里的四十几名考进了前二十名。

中考结束后，王飞扬悬着的心终于放下来，他如愿以偿进入一中，还成为了程小昭的同班同学。入学前一天，他激动地去理发店弄了一个新潮的美式前刺，可是还没来得及得到大家的赞美，就在军训当天被教官一推子剃成了平头。

后来程小昭也剪了头发，王飞扬嘴上说丑，但心里却想她的审美终于提升了，她留短发的样子比留马尾辫时更加俏皮可爱。可后来他才从同班同学汪明妤口中得知，程小昭似乎是因为换新同桌有点紧张，担心自己的脸又大又圆……而程小昭的新同桌不是他，是一个新来的转校生，叫叶其文。

这次的座位是老师根据入班的第一次月考成绩调的，程小昭破天荒考了第一。

程小昭与叶其文做了同桌，王飞扬恶狠狠地希望程小昭和叶其文相处得不好，希望他们天天吵架，最好拿课本互扔。可是王飞扬发现他们经常有说有笑，一起上课，一起吃东西，一起聊天……

叶其文的成绩并不好，比王飞扬的成绩烂多了，可是王飞扬明明记得程小昭说过不喜欢学习不好的人。

每次出成绩，王飞扬都会拿本子仔细地抄下他和程小昭的成绩，可是程小昭记的却是叶其文的成绩。

有一次，一个叫李燕菲的女生夸王飞扬物理好，怯生生向他要物理试卷，还问他国庆节有什么安排。

李燕菲轻飘飘的一句话使王飞扬内心警铃大作，他终于明白了初二的那个圣诞节程小昭收到苹果时的心情。

原来不喜欢一个人是这样的感觉。

王飞扬什么都明白了，可他想，只要程小昭永远都不说出来，自己就可以一直假装不知道。

可她偏偏就是要把话说得那么清楚。

王飞扬不明白，他只是想对程小昭好一点，跟她说说话，或者帮她搬点东西，他没有别的意思，可偏偏落到程小昭眼里就变了味道，她拒绝他的帮助，刻意与他保持距离，最后她还对他说“谢谢你帮我，以后不用了”。

他最不想听到的话，她还是说了出来。

那天晚上，王飞扬一个人躲在阳台伤心，窗户打开时，凛冽的寒风猛灌进来，冬天真冷，冷得彻骨，冷得让人清醒……

王飞扬还是一如既往的聪明，选择理科对他来说如鱼得水，他的成绩提升很快，甚至超越了程小昭。他再度在 A4 纸上与程小昭拉开了距离，这次他成为了前面的那一个。

高考结束后，王飞扬同样选择了上海，不过他进入了比程小昭更好的大学。他不知道程小昭是否也会仰望他，但是优秀的学习成绩于他而言是一种巨大的收获。

人永远不能困在过去走不出来，王飞扬是一个很好的践行者。

程小昭成为了他中学时代一抹珍贵又酸涩的记忆。

后来，他认识了路雪，一开始他们有些不对付，总是一言不合就斗嘴吵架，他说她高冷，她说他土。

冬天，路雪穿着昂贵的皮草和靴子，走一步踢两块石子，趁他不注意，顺手捡起一个扔进河里打起水漂。王飞扬觉得路雪这样的千金大小姐一定是个走旁门左道进 A 大的绣花枕头，直到他去 A 大旁听了一节数统学院的专业课，见到了路雪在讲台上侃侃而谈的样子，他想，自己不该戴着有色眼镜看人。

下课时，路雪叫住他：“你怎么在这儿？等小昭？”

王飞扬支支吾吾：“路过。”

路雪哼道：“路过？顺便听了一节复变函数？”

“不行吗？”

“行，”路雪笑了，“那你待会顺便路过一下逸夫楼帮我把英语上了吧。”

此时，上海又下雪了，纷纷扬扬，美丽而纯净。

（二）

叶其文的爷爷是X大汉语言文学专业的教授，喜欢戏曲、书法、中国古代文学。叶其文从小跟着爷爷奶奶长大，对于这些虽然谈不上兴趣有多浓厚，但也耳濡目染，至少高中语文课本里的每一篇文言文都难不倒他。

初升高时，他因父亲工作调动转入一中。入学第一天，他跟随班主任老师来到新的班级。当时高一（3）班的历史课刚刚结束，历史老师问：“大家知道梨园鼻祖是谁吗？”

班里响起稀稀拉拉的讨论声，这时，一个斜倚在桌子上的女生，转着笔，漫不经心地开口：“唐明皇，他老人家也是票友。”

叶其文透过教室后门那块狭长的玻璃观察这个女生，觉得她真酷，也有趣，一般人都喜欢叫李隆基为唐玄宗，很少有人叫唐明皇。

班主任让叶其文做自我介绍，他做自我介绍时有意无意地看向那个女生。她与同桌耳语了几句，表情在无奈与傲娇中来回转换，虽然不知道说的是什么，但大概率与他这个转校生相关吧。

可下一秒，她就和同桌在班主任老师的怒斥声中正襟危坐起来，乖得像只犯错的小狗。

她的样子令他忍俊不禁。

叶其文以为他和程小昭不会熟悉得这么快，没想到大课间跑操时，她就因为踩了他的鞋子而把他扑倒。他伸手想将她扶起来，她却迟迟不敢握他的手，他索性直接抓住她的胳膊把她扶了起来。她紧张得满口胡言：“嗐，没事儿，我皮厚。”

她的样子逗得他直想笑。

叶其文执意要带女生去医务室处理伤口，回来的路上问她的名字，她说她叫小昭。

叶其文说这个名字好听。

灵连蜷兮既留，烂昭昭兮未央。

后来程小昭告诉他，她叫小昭是因为她爸爸喜欢《倚天屠龙记》里邱淑贞饰演的小昭，她很庆幸她爸爸没给她起名叫程淑贞。

程小昭的话逗得叶其文捧腹大笑，真是一个有趣的女生。

程小昭的《出师表》背不下来，被语文老师抓包。

语文老师问新来的那位同学是否背得下来，叶其文不假思索："背不下。"

他从来没有告诉过小昭，他十岁时就能将《出师表》倒背如流。

叶其文的成绩欠佳，学校要搞互助小组，班主任老师从几个成绩优秀的学生中挑中了"老实本分"的程小昭给叶其文做同桌。

叶其文激动地将小昭杂乱的书桌和自己的摆到一起，他喜欢这个女孩，他想要跟她做同桌。

曾经班上有一个叫赵冉冉的女生最先对他表示好感，赵冉冉约他的那家店，恰巧程小昭在那里打工，他喝的那杯奶茶是程小昭做的，他记得他要了西米，可是喝到最后，一颗西米都没有。

叶其文几乎笃定程小昭是为了引起他的注意。他满怀信心、迫不及待地加了程小昭的联系方式，可是程小昭却为了自证清白，气急败坏地说："祝你和赵冉冉百年好合。"

叶其文觉得尴尬，但当时失落的心情是大于尴尬的。

后来误会很快解开，程小昭知道叶其文并不喜欢赵冉冉，他们完全不熟悉。

叶其文和程小昭同桌的时光真的很快乐，程小昭耐心地教叶其文学英语，叶其文送程小昭饼干、巧克力、用茶叶桶装的洗衣粉，他甚至会为了博她一笑，在数学课上戏弄全班同学……

那年冬天放寒假时，王飞扬竟然要帮程小昭搬行李，于是叶其文霸道地将她的行李抢过来，全部扛在肩上。

也是那年冬天，程小昭的脚扭伤了，叶其文跑到程小昭家里看她，他们聊起《倚天屠龙记》和《泰坦尼克号》。

程小昭说：“张无忌喜欢赵敏。”

可是叶其文说：“假如我是张无忌，我就喜欢小昭。”

叶其文还说：“你要相信婚姻和爱情。”因为程小昭在这方面似乎有些悲观。

时间过得很快，高考成绩出来后，程小昭和叶其文一个去了上海，一个远赴新疆。其实叶其文并不在意去哪儿读书，也不在意读哪所大学，他只知道新疆和上海离得很远，相距四千公里，还有两个小时的时差，他以前从来没觉得中国有这么大。

程小昭真的很厉害，她读书认真，积极参加社团，参与学校的各项活动……她每天都很忙，忙着争取她那所谓的前途，她不回叶其文的消息，喝得酩酊大醉被宁曜送回宿舍，跟叶其文冷战一个星期不说一句话……

其实叶其文明白，程小昭的家庭对她寄予厚望，她也对自己寄予厚望，她除了拼命努力，别无他法。而他呢，自小家境优渥，用程小昭的话来说，他是站在父辈肩膀上的人，不用努力就什么都有了，也许他们真的不是一个世界的人。

可即使不是一个世界的人，叶其文也不愿意放开程小昭的手，她是他十几岁时就认定的人。

大二的那个国庆节，也是程小昭的生日，叶其文坐了十几个小时的飞机从新疆飞来上海，他是何其疲惫，但是在出租车上，他还是满心欢喜地跟程小昭商量待会儿要吃什么，要不要去超市买一堆零食。

其实那天叶其文隐隐有一种不好的预感，果然，程小昭在出租车上接了一通电话就说自己要赶回学校改报告。

叶其文很失望，他不是介意程小昭临时有急事，而是想到假如是他的话，再十万火急的事情都不能让他放弃程小昭。

他相信小昭一定是在意他的，但是他将小昭对他的爱与他对小昭的爱对比，他觉得自己付出太多了。

他想，他也许是有些累了。

也就是那天，叶其文提出了分手，他从酒店离开，小昭惊慌失措地追了出来，小昭也没想到那么爱她的男孩要忍不住先离开了。

他们都低估了时间、距离，以及人生的考验。

小昭重重地跌倒在酒店的地毯上，叶其文知道小昭曾有脚伤，但是他想他不能再照顾她了，他狠下心，头也不回地离开。小昭只看到他决绝的背影，却不知道他也是边走边哭。

十月份的风明明不冷，却已经染上秋天萧瑟凄凉的气息。

叶其文最终也没狠下心先离开，然而当他折返回酒店的时候，却看见一个男生扶着小昭上了同一辆车。

他想，他这次是真的不能再继续照顾小昭了。

那段时间，分手带来的巨大痛苦让叶其文精神状态很差，他换掉了全部的联系方式，隔绝了与程小昭有关的所有圈子，争取了赴英的交换生名额，他想他需要用一段时间来忘记小昭。

在国外，他认识了很多新朋友，上课、登山、旅行、学最让他讨厌的英语，还与朋友一起做生意……他似乎正在将程小昭慢慢地从生命里隔离出去。

某次他与朋友出去逛街，路过一家珠宝店，朋友问："叶，你是否有正在交往的对象？"

叶其文虽然摇头，却执意要买下一对情侣戒指。

他不知道是否还会见到程小昭，但是他想买给自己。

叶其文大学毕业之后，父母很快为他安排了相亲，当得知对方是路雪时，他感叹老天爷为什么就是不肯放过他。

路雪是他的好友圈子里唯一和程小昭有交集的人，她们是朋友。

他煎熬了一晚上没有睡着，理智让他拒绝，可本能又让他答应。

最终他还是答应了，好不容易愈合的伤疤，他偏又要亲手揭开。他嘲讽自己贱，要是能像程小昭一样绝情该多么洒脱。

贱就贱吧，再贱最后一次。

那天他见到路雪的时候，路雪正在KTV前台与服务生吵架，他猛然想起高三毕业的那个暑假，他和程小昭第一次接吻也是在KTV里。程小昭把自己舌战服务生的光荣战绩讲与他听，他觉得程小昭有时候蛮不讲理，但真是世界上最可爱的女孩。

路雪劝他向前看，他答应了。他承认路雪说的是对的，人不能总是活在过去，只是他又要花时间做新一轮的心理建设。

不过他想，也是时候该彻底放下了，他希望永远不要再与程小昭见面。

可是他没想到，没几天程小昭就阴魂不散地出现在他家门口。

彼时他刚从超市回家，买了新鲜的橙子和一堆零食，他准备做点橙子布丁当夜宵。

程小昭总是那么有趣，就连久别重逢的出场方式都那么有趣，她从台阶上踩空，一个跟头栽倒在他面前。

看着她可怜兮兮的样子，叶其文知道，自己刚做的心理建设连地基都没打稳就变成了一摊废墟。

有时，人就是会像飞蛾一样扑到火上。

番外二

他想一辈子跟她在一起

“你看新娘那大裙摆多有仪式感。”

程小昭不以为然：“大夏天的看着就热，新郎那个领结好像很勒脖子，你看他动不动就要整理一下，多难受。”

她说完，叶其文下意识摸了摸自己的脖子：“反正一辈子就结一回婚，难受点就难受点呗。”

很久以后

青岛三面环海，气候湿润，是个多平流雾的城市，虽然潮湿，但起雾时，整座城市会充盈着神秘的美感，蓝色玻璃幕墙拼接而成的高楼大厦和上世纪遗留的欧式建筑会被一同笼罩其中，云缠雾绕，犹如人间仙境。

其实青岛与上海有很多相似之处，比如，它们全都和谐地兼具着岁月与潮流。但对于程小昭来说，什么都不重要了，重要的是叶其文在这里。

早上六点钟，程小昭醒来。

以前同桌，现在同床共枕，真是像做梦一样。

宽松的纯棉T恤被汗水浸湿黏在背上，她动了动，但身后的人却搂得更紧了——这两天她一直处于这种“被封印”的状态。

“别走好不好？”身后那位封印本印闭着眼睛呓语。

“好，不走。”她只是想翻个身，长时间侧躺，一侧的肩膀都麻了。

“那你还动。”叶其文直接把腿搭在她身上，把她锁了个严严实实。

她无奈：“大哥，我就是想翻个身。”

他“哦”了一声，这才把腿拿开。

程小昭翻身之后面朝叶其文，用胳膊撑着脑袋欣赏他的睡颜。

叶其文闭着眼睛尚在梦乡，所以没有察觉她正在盯着他看。

他有清隽的眉眼，尘埃不染，睡着的时候落下的睫毛让他看上去柔软中带着几分稚气。

程小昭真庆幸，如今他就躺在自己身边，假如他是躺在别人身边，露出这副纯天然无公害的样子，她一定会嫉妒得疯掉。

自己以前究竟是怎么舍得不理他还跟他冷战的呢？

以后再也不会了。

看着叶其文，程小昭希望时间就此停住，这大概是所有身处幸福中的人都会幻想的一件事情吧？因为未来变数太多，现在就很满足了。

程小昭试着伸手去摸叶其文的鼻子，指尖沿着他的山根滑下，落到鼻尖处时，小心翼翼往下压了压。他尚在梦境，受到外界干扰，不由自主地吸了吸鼻子。

程小昭觉得好玩，见他没醒，又来回压了三四次，等玩够了想把手撤走的时候，他却突然捉住了她的手指。

他手心汗涔涔的。

她吓了一跳：“你什么时候醒的？”

“刚醒。”叶其文睁开眼睛，“你摸我鼻子干什么？”

她不想承认自己刚才是在欣赏他的睡颜：“我，我是检查一下你鼻子里有没有……假体啊什么的。”

“什么假体？”叶其文把她拉进怀里，想了想，终于明白过来，“哦，我懂了，你的言外之意就是夸我帅呗。”

她翻了个大大的白眼，把他推到一边：“起床起床起床！”

起床之后，程小昭准备去做早餐。

打开冰箱，保鲜层里有西红柿、鸡蛋和生面条，那就刚好可以做一道番茄鸡蛋捞面。

她熟练地起锅烧油，切番茄打鸡蛋，最后在番茄鸡蛋汤里加上一大勺番茄酱，红艳沸腾的汤汁立刻变得浓郁诱人。要出锅的时候，她舀起一勺尝了尝味道，嗯，还算满意。

接下来就是煮面条。

叶其文从盥洗室出来，走到厨房，从背后抱住程小昭的腰：“这么香？要不要喝豆浆？楼下有卖。”

水开后，程小昭把面条放进去：“喝吧，你去买。”

叶其文换了鞋子，“噔噔噔”跑到楼下去买豆浆。

他买回来时，程小昭刚好把番茄汤浇在面条上，他放下豆浆，赶去厨房帮忙，左右手各一碗将面条端上餐桌，程小昭拿着筷子和勺子跟在他身后。

两个人坐下来面对面吃饭。

程小昭的头发草草挽在脑后，吃饭的时候，一低头就很容易有头发散下来，叶其文伸手替她往耳后别了别。

别完之后，他的手没有拿走，而是在她脸颊流连。早上阳光正好，大片的金黄透过餐桌旁的大落地窗洒在她脸上，阳光下，她的皮肤近乎透明，连脸上细微的绒毛都清晰可见。

“程小昭，”叶其文轻轻喊着她的名字，笑意在他脸上舒展，“你真好看。”

“那当然。”程小昭没皮没脸地笑起来。

吃过早饭，程小昭和叶其文拿上相机准备出门，叶其文前几天说要带她在青岛各地逛一逛。

“我们怎么去？”程小昭坐在玄关处换鞋。

叶其文背好书包，也坐下换鞋：“我开车啊，路我都熟，咱们先去栈桥好不好？”

程小昭穿好鞋子后，拿过叶其文的另一只鞋替他松着鞋带：“都行，这事儿你说了算，我没意见。”

见她亲力亲为，叶其文索性把脚往她腿上一搭：“你帮我穿。”

“德行！”她瞥他一眼，粗鲁地把鞋子套在他脚上，又粗鲁地把他的脚拨到地上，“鞋带你自己系。”

叶其文胳膊一抱，耍起赖皮：“你不给我系，我就不走了！”

嗯？程小昭觉得这句台词怎么这么耳熟呢？这不是她的惯用伎俩吗？

她看着叶其文那副傲娇又幼稚的样子，气得半天说不出话：“你不走是不是？你不走那我可走了。”

“不行！谁允许你走的？”叶其文扣住她的手腕，稍一用力就把她带进了怀里，“不准走，以后再也不准走了。”

程小昭发现，自从分过一次手之后，叶其文的黏人程度简直堪比狗皮膏药，恨不得每一分每一秒贴在她身上。

现在他就环着她的腰，蹭着她的背，说：“程小昭，要不然我们不出去了吧，其实也没什么好玩的，还那么热，在家多好啊，在家也有很多好玩的事儿可以做啊。”

程小昭对叶其文的现状表示十分担忧，除了生理上的担忧，更担忧他的心理。程小昭反手摸了摸他的额头，像是在给他看病：“叶其文，你该不会是得了分离焦虑症吧？”

“嗯？那是什么？”

“十分害怕分离。”

叶其文立刻笃定地点头：“那有可能是，你看，都是你害的！”

“但是多发人群为学龄前儿童。”

他们磨磨叽叽拖到八点多才出门，还是程小昭给叶其文系的鞋带。她系完之后真诚地建议，学龄前儿童可以不穿系鞋带的鞋子。

夏天是滨海城市景致最好的季节，因为这里有最蓝的大海和最热闹的风。

路上，叶其文一边开车，一边问程小昭：“你有没有发现我们这边的路几乎都不划非机动车道的？其实我能学会骑自行车真是个奇迹。”

程小昭不明白他这话的意思："奇迹？你用这个词是为了表达什么？你的智商吗？"

"我是说我们这里的道路起伏比较大，自行车很难骑，所以没有非机动车道，也就没什么人骑自行车，所以我能学会骑自行车是个……意外。"

他自己换了说辞。

对于他的解释，程小昭没所谓地挑了挑眉："哦。"

叶其文气得语塞。

车辆驶往中山路。

现在是暑假，游人如织，停车很困难，但栈桥是青岛的地标，非得看一看不可。海天圣景，四百多米长的栈道一直延伸到了海里，终端就是青岛啤酒上那个标志性的建筑——回澜阁。

程小昭伸手挡住阳光，远眺南端那座黄瓦红墙的亭阁。

"飞阁回澜。"叶其文拉着她往那边走，"程小昭，待会儿你站过去，我给你拍张照片，咱们回头发朋友圈打卡。"

程小昭实在不敢相信叶其文的拍照技术，但是他满脸期待的样子叫她不好拒绝。

栈道上人满为患，快到的时候，叶其文一个劲儿地催促："赶紧赶紧，一会儿人又多了！"

"哦。"程小昭跑到回澜阁正中间僵硬地比了个"耶"。

叶其文举着单反一顿"咔嚓"："你刚才闭眼了，笑一笑……程小昭，咱这是旅游，不是拍遗像……哎，除了这个，你能不能换个别的姿势？"

叶其文旁若无人地指挥，引得周围一大群人盯着程小昭看，程小昭觉得自己现在很像一个傻子。

她实在受不了就跑回叶其文身边："哎呀，我不照了，你过去，我给你照。"

"我有很多这里的照片。"叶其文收起单反把相机带子缠在手臂上，“要不然找人给咱俩拍张合照吧，咱俩都没有正儿八经拍过合照。”

程小昭想，拉着他一起当傻子总比她一个人当傻子好。

“那也行。”

一位阿姨正举着蓝色的纱巾迎风拍照，看见他们俩想找人帮忙照相，收起纱巾自告奋勇地接过相机。

阿姨笑得眼睛都没了：“来来来，阿姨给你们拍。我儿子跟你们差不多大，今年刚结婚。小姑娘小伙子长得可真俊啊！”

叶其文顺杆儿就爬：“谢谢阿姨。真是巧呢，我们也是今年刚结婚。”

程小昭在背后使劲掐他的腰。

拍照开始，纱巾阿姨一会儿让他们喊“茄子”，一会儿让他们换动作。叶其文十分听话地配合，程小昭全程像个机器人，对于拍照摆 pose，她就是个白痴。

最后快门按下，叶其文搂着程小昭肩膀的画面被定格在相机屏幕里。两个人都笑得灿烂，身后是碧海蓝天和那座年代久远的琉璃彩瓦八角亭。

在回澜阁拍完照片，下一站是浙江路的天主大教堂，五四广场则留在晚上去，因为叶其文说五四广场的灯光秀很值得一看。

去天主大教堂的路上，叶其文开车，程小昭坐在副驾驶上拿着相机挑照片。

“哎呀，这张不行，这张我闭眼了。”

“这张也不行，脸好大。”

“这张我好严肃。”

“这张修修还能用。”

等红绿灯的时候，程小昭把相机举到叶其文面前：“你看这个行吗？”

叶其文滑动屏幕放大照片：“可是这张我闭眼了。”

“没事儿，到时候发朋友圈给你打上狗头贴纸盖起来。”

叶其文不满意地“哼”了一声：“打上狗头算哪门子合照？就没有别的了吗？”

“别的？”程小昭继续翻相册，“这个你照得特别好看，跟男明星似的，但是我照得不好看，到时候你发这个，给我打上狗头。”

“……咱还是下一个景点再合照吧。”

一想到还要拍照，程小昭就欲哭无泪：“你饶了我吧，我真的好讨厌拍照！”

位于浙江路的天主教堂全名叫作圣弥厄尔大教堂，是二战时期德国人的手笔，其实它本应比现在更高，但因为战争，不得不改了原定的图纸。教堂的建筑风格兼具罗马式和哥特式，有着红色的顶和白色的墙，造型简单又大方。

他们到的时候，教堂门口除了排队等候的游客，还有好几对拍婚纱照的新人。

程小昭伸出手指数着：“一、二、三、四……”

“那儿还有一对。”叶其文指给她看。

她顺着他手指的方向看过去，一对身着情侣牛仔服的新人正在摄影师的指挥下摆着造型，头戴蓬松蕾丝头纱的女生靠在男生怀里，男生则撑起牛仔外衣替女生挡住太阳。

程小昭目不转睛地盯着：“我喜欢这个哎，有点街拍的感觉。”

“我喜欢那个，”叶其文转头看向教堂正门那一对，“你看新娘那大裙摆多有仪式感。”

程小昭不以为然：“大夏天的，看着就热，新郎那个领结好像很勒脖子，你看他动不动就要整理一下，多难受。”

她说完，叶其文下意识摸了摸自己的脖子：“反正一辈子就结一回婚，难受点就难受点呗。”

程小昭抬头看他，他这句话是不假思索脱口而出的。

他的意思很明确，他想一辈子跟她在一起。

程小昭低头笑了笑，拉过叶其文的胳膊：“走了，热不热啊？”

花上十块钱即可进去这座教堂走一遭，假如他们的学生证还生效，那么五块钱就够了。教堂里有可容纳千人的长椅和圣经故事壁画，他们走马观花转上一圈就离开了。

从教堂出来，他们又驱车赶往第一海水浴场。

停好车，往海边走，身侧是红瓦白墙，眼前是碧海蓝天，他们光脚踩在沙滩上。幸好都带了长袖，要不然这样的日头能叫人脱掉一层皮。

两个人不准备下海就没有带泳衣，牵着手在沙滩上散步。

叶其文问程小昭：“会游泳吗？”

“不会。”她摇头。

“有机会我教你。”

“好吧。”她想了想，答应下来，以后又有事做了。

午餐没有讲究，随便找个地方应付一顿，但菜式花样很多，而且大多是程小昭闻所未闻的，比如用塑料袋装的散装啤酒，比如鲅鱼馅的水饺，比如地道的青岛脂渣，比如海菜凉粉。

尤其是那道脂渣，点的时候她不让叶其文点，吃的时候又不让叶其文吃，因为她自己包揽了一整盘。

叶其文看着态度一百八十度大转弯的程小昭，得意十足，好像这道菜是他亲自下的厨：“怎么样，真香了吧？你还嫌人家名字不好听。”

“谁知道脂渣是五花肉啊。”她夹起一块放到他嘴边，“啊——张嘴。”

叶其文笑眯眯张开嘴巴，刚要吃，她的筷子却突然往后一撤。

他愣了愣，程小昭已经开始大口咀嚼了：“嗯，真好吃啊！”

下午，他们去了八大关和鲁迅公园，最后去的五四广场。今天是周末，五四广场的灯光秀晚上七点钟开始，他们先在情人坝的餐厅吃海鲜，而后手挽着手在奥帆中心散步消食。

晚间的五四广场，清凉的海风掀动着游人的头发和女士的裙摆，一侧是海，一侧是林立的高楼，变幻的灯光在楼身展开。

看灯的人很多，其中不乏肩扛昂贵设备的专业摄影师，无论如何，美景都是值得的。

程小昭举着手机拍下灯光秀的视频，叶其文因为司空见惯，一直将手插在兜里。他目不转睛地看着程小昭，觉得那些穷尽科技的灯光不过只是陪衬，他眼里就只有她。

你站在桥上看风景，看风景的人在楼上看你。

她便是他全部的风景，再也容不下其他。

这世界上美丽的人无数，有趣的人无数，聪明的人亦无数，但总有一个人是独一无二的，她的一颦一笑在他眼里都无比珍贵。

“程小昭？”叶其文从她背后靠上来，双手环住她的腰，下巴搁在她的肩膀上，“你拍完了吗？”

“拍完了。”

“那我送你个东西好不好？”

“什么东西？”程小昭侧了侧脸，脸颊贴住叶其文的额头。她想到他之前送过的东西，洗衣粉、对联、云南白药，最正常的算是巧克力，“你要送什么？”

叶其文从衣兜里摸出一个小小的盒子，在晚上也看得出来是漂亮的知更鸟蛋蓝。

“你自己打开看看。”

程小昭觉得意外，没想到这位“钢铁直男”居然悄无声息地升级了，还知道买首饰了。她接过来的时候在想，这该不会是用首饰盒装的洗衣粉吧？

程小昭拉开盒子上的白色蝴蝶结，打开盖子，里面不是洗衣粉，而是静静躺着两枚戒指，是情侣对戒。

叶其文亲了亲她的脸颊：“喜欢吗？”

“喜欢。”程小昭的眼睛有些湿润，“贵不贵呀？”

“不贵，陪朋友出去闲逛的时候顺手买的，也不知道为什么，就是想买。”叶其文拿过尺寸稍小的那枚套在指尖玩着，“我是估计着买的，如果戴着不行，我就给你买新的。”

“嗯。那我也要给你买一件礼物，只是现在还没想好买什么。”

“除了你，我什么也不要。”叶其文轻吻程小昭的耳垂，“你不用跟我礼尚往来，我毕业了有工作，可以自己赚钱。你还要念书，正是花钱的时候。你在我们家多住几天，多给我做两顿饭我就很开心了。你将来还要跟我结婚，跟我一起过日子，有的是机会报答我。”

“嗯。”程小昭点点头，任由他将戒指套在自己的中指上。

灯光秀结束，叶其文拉着她的手穿过喧闹的人群，沿着海边的围栏慢慢往家去了。

· 全文完 ·

作者后记

很久以后，也许错过了的男孩和女孩会再次相见。

很久以后

时至今日，距离这个故事写完已经过去四年多了，很荣幸连载的时候被一些读者喜欢，没想到如今还能被刊印成册。

我是个很懒的人，在写作上也没有太多经验，只有在十七岁的时候梦想当一个网络写手，当时动不动就在草稿纸上写“以梦为马，贩字为生”之类的矫情句子。但事实是我如同大多数人一样，完成学业后就开始工作了。

写这个故事的时候我上大三，每天很闲，便开始写小说。还记得某次在宿舍里跟室友聊起高中时喜欢或暗恋的对象，她们都说了，轮到我时，我说没有。

其实是有的，只是我不敢说，那时想起他，还是会心跳如擂鼓。

他是我隔壁班的一个男生。

不知道是从什么时候开始的，他总是千方百计地找我说话，升旗仪式上他跟一个又一个同学换位置，直到换到我边上为止；不小心在人群里与他对视，他会冲我灿烂地笑；有一次我在食堂打饭，有人拽了拽我的袖子，我一回头，竟然是他……当时我像只惊弓之鸟，头也不回地跑掉了。

其实我到现在也想不明白，他为什么会注意到我，因为我实在没什么特别的。

我是个从小到大都很循规蹈矩的人，再加上那段时间成绩不好经常被老师约谈，我自卑敏感，也更加小心翼翼，严格地遵守着学校和家里的规矩，不敢出一点差错。

某次我和同学走在回宿舍的路上，察觉到他就跟在我身后，于是我故意大声说，我有喜欢的人了，是我的初中同学！

不知道他当时的心情，反正从那以后，他再没找过我。

在我印象里，他不是优秀的学生，总是断断续续地来学校，偶尔来偶尔不来，连着几天看不见他也很正常。直到很长一段时间都没再见到他，于是我旁敲侧击地向别人打听，那时我才知道他是来我们学校借读的艺术生，高三时转回原来的学校了。他们讲完，我若无其事地回应着，像个普通的吃瓜群众，但是心里早就乱作一团。

也是从那时起，我和他再没见过了。

这件事情在我心里是个遗憾，所以我想，假如我的女主人公是个成绩优异、性格大方、热情活泼的女孩，又恰好碰上一个积极向上、温柔和煦的男孩，两个人说说笑笑，一起努力学习，就这样快乐地度过学生时代又步入婚姻殿堂，该是多么美好。

所以这个故事是没有原型的，不是我，也不是其他任何人，我只是想写一个欢乐愉快的故事。

但是当我开始构思的时候，又不由自主地给小昭带上了很多现实的元素，比如学习压力、父母的寄托、家庭琐事……以至于她很拼命地去完成生活交给她的重任，甚至变得有点自私和利己。而小叶呢，我认为他必须是一个积极向上、没有恶习、对待感情一心一意的人才行，因为只有这样的男孩才值得被喜欢。

在爱情观方面，两个人天差地别。相比于家庭条件优越的小叶，爱情对于小昭而言只是锦上添花的东西，坚实的物质基础才是她的第一追求。她没有父辈兜底，只能靠自己的努力。也许是成长环境、人生信条和生活理念存在背离，两个人的结局大概率是不完美的。

想到这里时，这个故事就变成了 Bad Ending（悲剧结局）。

取名为《很久以后》，也是因为当初构思的结局是不完美的。很久以后，也许错过了的男孩和女孩会再次相见，他们会礼貌地问候，或者形同陌路，擦肩而过。不管有过多少珍贵的记忆，也是桥归桥，路归路了。

不过最终我没有舍得，故事的结局是美好的。我希望互相念念不忘的人，遗憾可以少一点，幸福可以多一点，或者至少每个人都可以过得很好。

时间已经过去太久太久，久到再让我说出给予我灵感的人和事，可以很自然地当作一个故事讲给别人听，唯独感慨那个时候怎么那么可爱、简单和美好。

而隔壁班的男生，我已经记不清楚他长什么样子了……

Springs

很久以后